T0414276

LAS MUJERES QUE BORDARON
SU LIBERTAD

LAS MUJERES QUE BORDARON SU LIBERTAD

Thatiana Pretelt

SUMA

El papel utilizado para la impresión de este libro ha sido fabricado a partir de madera procedente de bosques y plantaciones gestionadas con los más altos estándares ambientales, garantizando una explotación de los recursos sostenible con el medio ambiente y beneficiosa para las personas.

Penguin
Random House
Grupo Editorial

Las mujeres que bordaron su libertad

Primera edición: agosto, 2024

D. R. © 2024, Thatiana Pretelt

D. R. © 2024, derechos de edición mundiales en lengua castellana:
Penguin Random House Grupo Editorial, S. A. de C. V.
Blvd. Miguel de Cervantes Saavedra núm. 301, 1er piso,
colonia Granada, alcaldía Miguel Hidalgo, C. P. 11520,
Ciudad de México

penguinlibros.com

Mapa de interiores: Ana Paula Dávila

ISBN: 978-607-384-809-1

Impreso en México – *Printed in Mexico*

*A las mujeres esclavizadas en América en siglos pasados,
cuyas hábiles manos no sólo bordaron las sayas de sus
amas, sino también historias de resistencia y esperanza.
Una noche, una de ellas se apareció en mis sueños,
implorando que su voz no se perdiera en el tiempo.
Esta obra es para ti, para que tu legado perdure
y tu historia sea contada. ¡Viva Nengre!*

Plano de la nueva ciudad de Panamá y su arrabal

1. Iglesia Catedral
2. Cementerio
3. Convento de La Merced
4. Postigo San Juan de Dios
5. Puerta de Tierra
6. Baluarte Mano de Tigre
7. Matadero
8. Bohío Ana
9. Bohío Josefa
10. Casa de Tomasa Núñez
11. Plaza Santa Ana
12. Iglesia de Santa Ana
13. Casa del Conde de Santa Ana
14. Casa de don Antonio
15. Casa de don Rodrigo, el sacristán
16. Cuartel de Chiriquí

Durante gran parte de la historia, Anónimo era una mujer.
VIRGINIA WOOLF

Sólo quiero que me recuerden como una persona
que quería ser libre.
ROSA PARKS

…Esa mañana, cuando el Lucumí, a la cabeza de la fila,
se colocó la argolla en el cuello, supieron que había llegado
la hora. Hubo zozobra y pánico al principio.
Pero, ¿qué se podía perder? ¿La vida? ¿Acaso era vida lo que
vivían? ¿Acaso no es más prometedora la muerte? Los hombres
sabios de sus aldeas, en África, les hablaban de la otra vida
y les decían que si morían peleando serían premiados por los
dioses y que podrían reencarnar en pez, águila, serpiente,
hombre, de acuerdo con sus méritos.
Alma que mi pecho inflama, no tengo miedo a la muerte.
PEDRO RIVERA, "Cimarrones",
del libro *Las huellas de mis pasos*,
Premio Ricardo Miró 1993,
categoría de Cuento.

1

NUEVA CIUDAD DE PANAMÁ

AÑO DE NUESTRO SEÑOR DE 1745

La noche de la fuga una premonición extraña se apoderó de la esclava Damiana. El aire denso, cargado de un olor nauseabundo, evocaba antiguas creencias, las cuales afirmaban que la muerte se perfumaba antes de mostrar su rostro.

La negra tenía un buen rato de estar sentada ansiosa e incómoda en el piso de calicanto. Sentía que sus piernas lentamente comenzaban a entumecerse.

A lo lejos se escuchó un grito lúgubre.

—¡¿Qué fue eso?! —exclamó santiguándose.

Con un gesto brusco alejó de su vista el pedazo del añejo papel, cómplice silencioso que llevaba dibujados entre sus pliegues ríos y veredas que culebreaban y tejían una ruta clandestina.

La negra Manuela, asustada, detuvo el movimiento de sus dedos embadurnados de manteca e imploró justicia al dios africano del trueno y el fuego.

—¡Ay, Changó, protégenos!

Después de unos segundos, con el temor aprisionándole las manos, siguió trenzando, apurada, en el ensortijado cabello de Damiana, los giros y desvíos que mostraban el mapa secreto para llegar a un palenque, la tierra prometida y el escondite de los negros prófugos que escapaban de la esclavitud, señalados por la sociedad como rebeldes cimarrones. Las ceñidas trenzas de las negras eran un lenguaje maestro, lleno de códigos ocultos para comunicarse a espaldas de la vigilancia española, ignorantes sobre aquel idioma poderoso, conocido sólo por los esclavos. Los peinados africanos en sus recovecos encrespados también se convirtieron en despensas, resguardando tesoros como semillas y monedas para sobrevivir la travesía hacia la libertad.

—¡Espera, negra! ¡Apaga la vela! —ordenó Damiana en la oscuridad del cañón, la rudimentaria vivienda que habitaban los esclavos, construida detrás de la casa principal de la opulenta familia Fernández Bautista.

Asomaron la cabeza por la ventana. La Calle Real de la Merced, intramuros, estaba en penumbras.

El ritmo acelerado de la respiración de las dos mujeres era una melodía disonante. Sus vidas ahora estaban entrelazadas con endebles alfileres al estrecho espacio de tiempo que debían usar para eludir la vigilancia y lograr escapar junto con otra esclava llamada María Yoruba, que ya se encontraba cumpliendo su parte del plan.

Aquel día, en horas de la mañana, Damiana, Manuela y María, detrás de una aparente calma, escondían el nerviosismo que las agitaba. Mientras cumplían con sus labores en casa de los patronos, sus ojos atentos se comunicaban y cada una repasaba en su mente la difícil travesía que las esperaba. Manuela había trenzado en la larga cabellera de María Yoruba el trayecto al Chagres. Desde el centro de la cabeza de la esclava surgían trenzas simulando el cauce del río majestuoso. Le amarró unas tiras de colores para señalar el lugar indicado en donde debían cruzarlo. Al caer la tarde, a la Yoruba le tocaba ir al puerto de playa Prieta a cumplir con la entrega de las polleras bordadas con esmero.

La aguardaba Casimiro Mena, un zambo pícaro que trabajaba como arriero en el puerto, ocupación que era el camuflaje perfecto para delinquir con su verdadero oficio, el contrabando. Casimiro prometió pagarles unos buenos pesos que les aseguraban la fuga. Las polleras, junto a otro cargamento, viajarían por el camino que guiaba hacia el río Coclé del Norte, ruta usada para defraudar el fisco. Después de entregar las polleras, María esperaría a sus otras dos compañeras, quienes saldrían por una de las grietas más grandes que tenía la descuidada muralla, cerca de uno de los postigos, el de San Juan de Dios. Las tres mujeres seguirían como guerreras las sendas trenzadas en la cartografía oculta de sus cabezas.

—¡Ya es la hora de partir! María debe estar cerca del postigo —exclamó Damiana, con el alma agitada.

No cargaban bultos para evitar sospechas. Cada una vestía dos enaguas y mantenían las cabezas cubiertas con trapos blancos que aseguraban todo lo que llevaban almacenado en sus melenas. Acordaron salir por la puerta de atrás de la casa y cruzar el Callejón de las Ánimas. Damiana llevaba el mando. Su delgado cuerpo era dirigido por el movimiento de sus sinuosas caderas. A cada paso aguaitaba que nadie las descubriera. Más atrás iba Manuela tratando de apurar la marcha. Su gran trasero levantaba las enaguas y no dejaba que éstas tocaran la tierra, pero las dudas comenzaron a tejer un nudo de miedo enmarañando su mente. Pensó que tal vez ella no era tan valiente para sublevarse.

—¡Damiana, aguanta! Me gustaría despedirme de mi abuela.

—¡Se te ha ido el juicio! No podemos avisar a nadie. Si le dices a Josefa, va a impedir que te escapes, le contará a mi madre y no permitirán que nos larguemos.

Damiana estaba segura de que si lograban huir nunca más volverían a ver a sus familiares. Ése era el costo para terminar con los días de azotes y abusos por parte de los patrones blancos. No había vuelta atrás, esta vez la ansiada libertad no las iba a rechazar por negras.

Varios perros criollos, flacos y con cola larga, estaban echados como dueños de la ciudad en el medio de la vía. Al ver a las mujeres se levantaron y comenzaron con sus majaderos ladridos. Damiana y Manuela hicieron todo tipo de muecas para acallarlos, pero nada parecía funcionar, de modo que agarraron unas piedras y amagaron con rabia para silenciarlos. Por un momento lo consiguieron. De pronto, las campanas de la iglesia de Santa Ana, en el arrabal, hicieron sonar el lenguaje de la desgracia. Los perros emprendieron a aullar de nuevo y las dos mujeres detuvieron la huida.

—¿Qué está pasando? ¡Están tocando las campanas como si hubiera ocurrido un infortunio!

—¡Damiana, mejor regresemos al cañón!

—¡Manuela! ¡Nuestra ruta hacia la libertad ya ha iniciado!

A lo lejos vieron a un batallón de guardias correr hacia la Puerta de Tierra, entrada principal de la ciudad amurallada que se encontraba entre los baluartes de Mano de Tigre y Barlovento. Los perros huyeron espantados. La negra Damiana por fin aceptó enojada que era mejor volver. Tornaron por el mismo camino, entraron al cañón y esperaron unos minutos. ¿Habían encontrado a María entregando las polleras al tal Casimiro? No, nadie iba a halar con desesperación las campanas por un suceso como ése. Damiana y Manuela, escondidas debajo de la ventana, especulaban qué estaba sucediendo en los arrabales.

—¡Justo el día en que nos hemos llenado de voluntad para escapar, las campanas se desatan con rabia, como si estuvieran alertando a todos sobre nuestras intenciones! ¿Será un aviso del infierno, Damiana?

—¡Sujeta tu lengua, Manuela, y no atraigas a la desventura!

Pasados unos minutos el repique concluyó y lograron escuchar que alguien entró por la puerta del patio de la casa que daba a la calle. Damiana metió la mano en la faltriquera de una de sus enaguas, donde guardaba la vieja navaja de macedonia. Decían que esa cuchilla había pertenecido al cimarrón Luis de Mozambique, por la década de 1570, y que su espíritu guerrero vivía en ella.

—¡Negra, cálmate! Tal vez es María —susurró Manuela, sosteniéndole la mano a su amiga con firmeza para que no sacara la navaja.

—¡Manuela, Manuela! —se escucharon los gritos alterados del esclavo Nuflo.

—¡Ay, muchacho! ¿Qué está pasando?

—¡Las he buscado por todos lados! ¡Es María!

—¿Qué pasa con María, Nuflo? ¿¡Qué pasa!? —preguntaba Manuela aferrada a la esperanza de que no era algo grave lo que el esclavo iba a decirles.

Damiana sintió que el ambiente se cargaba de una pesadez que sólo se percibe cuando la vida te va a dar un golpe donde menos lo esperas. El aire dejó de correr y sus orejas comenzaron a calentarse.

—¡Negras, unos guardias acaban de encontrar a María Yoruba degollada cerca del camino del Chorrillo!

Al esclavo le temblaba la voz; Manuela se colgó de la sucia y descosida camisa de Nuflo y sacudía la cabeza de un lado a otro. Damiana estaba paralizada. El negro cerró los ojos por un momento y tomó fuerzas para contar lo que sabía de la tragedia.

—Yo estaba con los demás en la iglesia de Santa Ana, entregando el pedido de velas del patrón, cuando llegó el sacristán Rodrigo con la cara roja y la vista perdida. El padre Víctor lo jamaqueó para que hablara, pero no lo logró. Rodrigo se quitó de encima las manos del sacerdote, y subió atolondrado al campanario a colgarse del badajo una y otra vez. Todos pensamos que se trataba de un incendio y comenzamos a gritar mientras salíamos de la iglesia junto al padre, pero la gente corría hacia el camino del Chorrillo, entonces nos dimos cuenta de que no era un fuego. Arrancamos detrás del gentío, hasta que vimos a los guardias rodear algo y cuando nos asomamos, ahí estaba la Yoruba degollada.

—¡No, no es ella! ¡Eres un mentiroso deslenguado! —exclamó Damiana luchando por mantener la ilusión de que aquella horrible tragedia no había ocurrido. Pero el pobre hombre se defendía ante los insultos que le propinaba la negra, demostrándole que todo lo que decía era cierto y seguía detallando la escena del escalofriante crimen.

—¡No, no! ¡Ojalá y fuera un embuste mío! Yo la vi, tenía los ojos abiertos, como si estuviera asustada. Estaba sobre un gran charco de sangre, rodeada de sus caracoles. Yo quería pensar que no era ella, pero la gente gritaba: «¡Es María Yoruba, la esclava de los Fernández Bautista!», «Alguien la ha sacrificado para entregarla al demonio».

Manuela y Damiana se abrazaban buscando consuelo ante aquel suceso inesperado; creyeron que lograrían una conquista, pero el presagio de la muerte se cumplió y las ganas de ser libres se habían convertido en una maldición. La nerviosa verborrea no le daba tregua a Nuflo, ahora parecía incapaz de detener el cuento.

—¡María está muerta! Yo las he estado buscando por todos lados. Los guardias no me querían dejar entrar, pero les dije que venía por mi amo. Cuando logré pasar, fui a la iglesia de la Merced a mirar si estaban en ese pesaje y nada. Entonces corrí hacia acá y vi al patrón montarse en la calesa del obispo Castañeda, junto a don Dionisio Alcedo y Herrera, el gobernador, y al escribano Gamallo. Los seguía en su caballo el mulato comandante de las milicias, don Juan de Palmas. Iban directo para el arrabal, lo más seguro a reconocer el cuerpo de la pobre María que según todos fue entregado al mismo diablo —Nuflo terminó la última frase con un pesar profundo. Se abrazó con Manuela y juntos lloraron sin consuelo.

En las primeras horas de aquel funesto día, Damiana había sentido los mismos escalofríos que la atacaron cuando su padre murió. Trató de ignorarlos, hasta que resignada pensó: «La muerte anda cerca. Si viene por mí la voy a enfrentar con valentía. Tal vez resulte más piadosa que los azotes que recibo por limpiar mal el miao de la vieja Catalina». Estaba resuelta a huir y sus razones al principio envalentonaron a Manuela, quien en el fondo quería ser una rebelde como su madre, Petronila, a la que no veía desde que era una niña. María Yoruba era experta tirando los caracoles y cada vez que lo hizo para preguntarle a sus dioses africanos si el plan era el correcto, la respuesta fue negativa, pero no podían posponerlo más, porque el contrabandista les había dado la fecha en que debían entregar las polleras. Unas horas antes, María hizo ofrendas a Oshún y decidió que estaba lista para cruzar la Puerta de Tierra y cumplir con su parte del plan. Todo había sido una trampa. El bandido le robó las polleras y después la mató. Esta idea rondaba en la desesperada mente de la negra Damiana, mientras sus compañeros sollozaban abrazados hundidos en el dolor. Ella, con ganas de que todo fuera un sueño del cual despertaría aliviada, se agarraba el pañuelo blanco atado a su cabeza.

Asustados y estremecidos por el cruel acontecimiento, los esclavos de la familia Fernández Bautista regresaban del arrabal escoltados e intimidados hasta la casa de sus patrones por más de una docena de guardias con sus espadas desenfundadas. Las pisadas de las botas de cuero de los militares retumbaban como una sentencia a la horca. En ese momento todos eran sospechosos del asesinato. Sólo faltaba un gesto autoritario por parte del comandante De Palmas para que la milicia comenzara la cacería de alguna evidencia que delatara al homicida de María Yoruba.

2

Varios moradores del arrabal se amotinaron frente al puente levadizo de la Puerta de Tierra, un pasadizo público que unía extramuros con intramuros. La otra entrada de la ciudad era la Puerta del Mar y a esas horas también estaba cerrada y bien custodiada. Agitados, y con la intención de generar disturbios, exigían saber más sobre el asesinato de la esclava. Los atrevidos comentaban que los Fernández Bautista se creían la familia más rica de Panamá y ostentaban una plétora de sirvientes usados para cada uno de sus caprichos y necesidades. Algunas acusaciones morbosas aseguraban que era un crimen pasional y que don Cristóbal estaba involucrado, ya que esclava que compraba, esclava que llevaba a un lecho clandestino. Varias voces tomaban el mando y cuando una se callaba otra gritaba: «¡Los Fernández Bautista tienen una maldición! ¡Al fin el castigo divino alcanzó a la boquimuelle de Catalina, que tiene negros hasta para llevarse la taza de chocolate a la boca, son una vergüenza para la moral de esta ciudad!».

Las hijas también salieron afectadas por estar solteras, los arrabaleros aseveraban con su algazara que nadie las iba a querer desposar para no mezclarse con su sangre y, por último, una voz clamó que era una obligación de las autoridades expulsar a los Fernández Bautista de la ciudad, ya que tal vez el asesino era el mismo don Cristóbal. Un gran coro apoyó el clamor como si fuera una formal sentencia. Cantando y aplaudiendo repetían: «¡Que se larguen por herejes! ¡Que se larguen!».

Los guardias, al ver a la gente descontrolada, rodearon con sus armas la Puerta de Tierra. Uno de los negros que estaba en la turba del arrabal le dijo en voz baja y sospechosa a otro sujeto:

—Acude a la casa del jefe y pregúntale cuánto tiempo más tenemos que estar gritando insultos a la familia del viejo Cristóbal. Pronto los uniformados se tornarán violentos.

Así lo hizo el hombre y se apresuró hacia una de las pocas casas elegantes que existían en el arrabal, mientras que, entre la turba, se veían algunos habitantes de intramuros tratando de llegar sanos y salvos a sus casas. Entre ellos estaba Rodrigo, el sacristán, pálido y con terror en su mirada. Fue reconocido por los guardias, quienes le permitieron cruzar la gran puerta de la ciudad y correr hasta su vivienda ubicada en la Calle de San Miguel. Las manos mostraban un camino de sangre por la fuerza que puso al halar las campanas, y su respiración parecía la de un toro embravecido. Sus oídos aún escuchaban el repique enloquecido de las campanas. Abrió la pesada puerta de madera y entró a su vivienda con la sensación de una incesante persecución, como si el tropel lo estuviera acorralando. Desesperado, se cercioró de echar llave a todas las cerraduras. Una vez sintió que la seguridad volvió a él, se dejó caer al suelo, apretó con fuerza sus ojos y balanceó la cabeza de un lado a otro en un intento por liberarse de la impresión. La mirada penetrante de una pintura de su difunto padre lo instó a levantarse; apoyó la mano derecha en un mueble y aferró con la izquierda el gran crucifijo que pendía de su cintura. Había viajado con ese cuadro desde Madrid y fue una de las pruebas que usó para poder cobrar ante las autoridades la herencia de su familia panameña. Se arrodilló y con la Biblia en la mano rezó el acto de contrición y el salmo 23. Se tiró en la cama y trató de olvidar aquella noche siniestra.

Después de ver la escena del crimen y reconocer a la esclava muerta, don Cristóbal Fernández regresó a su casa junto a las autoridades. El motín se quería abalanzar contra la calesa del obispo, pero don Juan mandó a unos guardias que pusieran orden.

Doña Catalina no esperó a que su esposo saliera del carruaje, lo abordó con ansias interrogándolo sobre la identidad de la esclava.

—¡Sí, mujer! Se trata de María Yoruba, la han matado de una manera siniestra, pobre negra. Pero su asesinato no es lo peor, a la esclava la rodeaban unos caracoles, como si se tratara de un acto de brujería y la turba está en el arrabal gritando insultos hacia nuestra familia e incriminándome en este horrible suceso —respondió el marido, preocupado. Después, el hombre entró a la casa junto al gobernador, el escribano, que no perdía detalle para plasmarlo en su informe, y don Juan de Palmas. Se reunieron en el despacho. La abochornada mujer se quedó tiesa en la calle junto al obispo, escuchando a lo lejos el clamor de los arrabaleros en contra de ella, su marido y sus hijas.

—Doña Catalina, usted sabe que por ser una cristiana fiel la tengo en alta estima. No se preocupe, el Santo Oficio investigará la muerte de esa negra. Con seguridad, el asesino será otro negro practicando alguna de sus abominables costumbres traídas de África. Pasemos a su residencia y no preste atención a esas palabras necias. Muy pronto el nombre de su familia será limpiado.

Éstas eran las palabras de aliento del obispo.

Dentro de la casa don Cristóbal insistía en defender a sus sirvientes.

—¡Mis esclavos no son unos asesinos!

—Cristóbal, ¿es que no lo entiendes? ¡A la esclava la han matado en un rito satánico! ¡Este homicidio va a manchar nuestra reputación! ¡Deja de defender a esos negros! ¿Quién sabe cuántos más son herejes? ¡Nuestras hijas nunca van a conseguir maridos con esta fama que nos están dando! Dios mío, me voy a desmayar.

Los hombres ayudaron a doña Catalina a sentarse. Ella agarró su abanico y lo movía de un lado a otro con ímpetu, buscando que el fresco la consolara. Escondida tras la puerta del despacho, Isabel, la hija mayor, escuchaba todo.

—Guardemos la calma. Don Juan, confío en que usted llegará al fondo de este lamentable asunto. Hay una gran agitación porque no estamos acostumbrados a este tipo de sucesos y lo que más preocupa es que los negros se alcen en una rebelión —exclamó el gobernador.

Mientras los patrones y autoridades conversaban, un grupo de guardias custodiaba a los negros que estaban apiñados y desconcertados afuera del cañón. Este tipo de edificaciones eran comunes en la ciudad amurallada. Aquella sencilla estructura, maltrecha, oscura y llena de catres viejos, era lo más cercano a un hogar para los esclavos.

En un rincón, el negro Toribio junto a Eduarda, su mujer, protegían a sus hijos mellizos de 8 años, Toñita y Benildito. La niña era experta llevando mensajes en sus trenzas a los enamorados de otras esclavas y al niño le decían Perico Veloz, porque no paraba de hablar y era muy rápido haciendo los mandados.

«Mamá, me dan miedo los guardias», «¿No vamos a volver a ver a María?», «¿Qué es *degolló*?», «¿Su cabeza se le cayó?», chachareaban los inocentes chiquillos encima del regazo de su madre, que estaba ida, con las lágrimas corriendo por su rostro sin responder a sus hijos.

—Eduarda, no llores. Esta mala noche va a pasar —le susurraba su marido tratando de consolarla, ignorando que su llanto tenía otra razón. Él era consciente de que la ley no estaba hecha para defender a los de su raza y menos en una situación en donde el Santo Oficio estuviera involucrado. Siempre había considerado la posibilidad de escaparse con su familia a un palenque. Desde que bajó del barco negrero había sufrido los peores abusos por parte de sus primeros patrones, hasta que fue comprado por don Cristóbal. Sabía que los esclavos tenían vidas muy cortas y que los niños negros padecían un alto riesgo de morir por la mala alimentación y por los maltratos. Su patrona se quejaba cuando notaba la presencia de los chiquillos, los insultaba y ordenaba que se los llevaran lejos de su vista.

Otro grupo de negros murmuraba: «¿Vieron esa cortada? Estaba hecha con saña». «¿Será cierto que fue un sacrificio al diablo?».

El calor de la noche era intenso y la humedad hacía que los cuerpos sudaran sin control. Los esclavos varones que trabajaban afuera de la casa vestían camisas de telas de bayeta sucias, deshilachadas en las mangas y pantalones mal cortados. Las mujeres usaban faldas hechas de textiles baratos y blusas desgastadas por el tiempo, que dejaban ver las costuras rotas, con un escote pronunciado en los hombros.

La negra Damiana, desconectada de lo que cuchicheaban los demás, repasaba en su cabeza los hechos que desencadenaron esa desgracia. Unos años antes, Josefa, la abuela de Manuela, les había enseñado el arte de bordar polleras criollas. Desde hacía casi doscientos años, era un trabajo realizado por las mujeres africanas esclavizadas que llegaron a Panamá la Vieja durante el siglo XVI. Las patronas españolas fueron las maestras y las esclavas, con sus manos ágiles, aprendieron rápido a bordar con gracia y determinación. La historia recordaba a una joven negra, Juana Criolla. El legado imborrable de sus tejidos trascendió en el tiempo y cada puntada contaba la historia de su destreza. Siglos después,

Juana sería la referencia más antigua de aquellas mujeres bordadoras de polleras criollas.

El conocimiento era traspasado a las siguientes generaciones para que nunca muriera, y las esclavas mezclaban el estilo influido por la moda española que usaban sus amas con sus anhelos y sus propias concepciones del mundo y la naturaleza. Al istmo comenzaron a llegar telas de tafetán, de algodón, encajes, telas de seda procedente de Pequín, en la lejana China, y muselina. Con todas ellas las negras cosían hermosas sayas, bordaban pañuelos de seda y mantillas. Las mujeres de sociedad enloquecían con los diseños que algunas negras bordadoras elaboraban y competían por lucir los mejores. A menudo las esclavas eran enviadas por sus amas a vender las polleras que no iban a usar pregonándolas por las calles de la ciudad. Las dotes de las señoritas de alcurnia se volvieron más valiosas porque incluían, no sólo las ambicionadas polleras, sino también a la esclava costurera.

Las voces subían el tono y Damiana regresaba al siniestro momento. Los guardias gritaban y apuntaban a los esclavos para que se callaran. El comandante aún no daba la orden a sus soldados, la espera causaba ansiedad en ambos bandos. Los negros tenían miedo de ser acusados y los guardias temían que se sublevaran.

Damiana, en medio de aquel turbio y caótico escenario, se sentía culpable porque había sido ella quien insistió en vender las polleras y usar el dinero para fugarse. Presionó a sus amigas para que cosieran y bordaran sin descanso. Después de terminar sus faenas, con sus cabellos encrespados y los cuerpos brillantes por el calor, las esclavas se escondían en algún rincón del patio de la casa y a la luz titilante de las velas empezaban a realizar sus laboriosas puntadas.

Los caracoles le advirtieron a María Yoruba que no era el momento de escapar, que el camino estaba manchado de fatalidad, pero las ansias de libertad fueron más fuertes que la obediencia y todo el dinero que las mujeres habían ahorrado, moneda a moneda, lo invirtieron comprando en secreto hilos y telas robadas por los contrabandistas. Meses antes, Josefa las llevó a recorrer las iglesias de la ciudad para que observaran los retablos de los altares coloniales y allí se inspiraran. En algunos había flores, los pétalos estaban tallados de rojo a los pies de la Virgen María. En otros, las frutas tropicales apoyaban a los querubines que abrían el cielo para acompañar a algún santo. Las vueltas de la madera tallada y cubiertas con pan de oro definían aquellos cuadros religiosos. Las jóvenes observaban cada detalle y lo guardaban en su mente para después dibujarlos con la aguja en las telas.

La libertad se había convertido en una obsesión y una buena forma de obtenerla era ganar dinero vendiendo las polleras por cuenta propia a los contrabandistas, pero ahora María estaba degollada y el derecho de ser libres embarrado de sangre. El desenlace de aquel plan de fuga se convirtió en un instante terrible, una escena que parecía extraída de una pintura macabra.

Al mismo tiempo que los guardias los amenazaban, Dolores Lucumí, enemiga declarada de Damiana, escondía sus pequeños ojos bajo la protuberante frente. Mascullaba entre sus dientes negros, roídos por los demonios.

—Esos que parecen inocentes son los peores.

—Dolores, ¿de qué hablas? —le preguntó otra esclava.

La negra Lucumí no contestó. Ella misma se entendía y prefirió guardarse la escena que había visto unas horas antes en el pozo detrás de la iglesia de Santa Ana. La usaría para amenazar a la negra involucrada y tal vez ganar unos pocos reales.

Dolores Lucumí había llegado en un barco negrero desde Benín. Enseguida fue comprada por la familia Fernández Bautista. Su labor era la de limpiar el piso de la cocina y los fogones y no tenía permiso para subir a las demás áreas de la casa. La esclava sentía que Damiana era muy afortunada por ser una de las pocas negras que sabían leer y escribir el castellano. Le envidiaba el ajuar, conformado por enaguas de Bretaña, camisas con encajes, dos polleras y unos pañuelos de seda que, gracias a su talento como costurera, poseía. Corría el rumor de que Dolores era una bruja y que en las noches fumaba tabaco con un trapo negro en la cabeza, invocando los espíritus de muertos malignos.

Después de la tensión e intercambio de palabras en el despacho de los Fernández Bautista, el comandante se dio cuenta de que no sería una noche fácil, empezaba a desesperarse porque sus soldados estaban frente a los esclavos, aguardando la voz de mando. Don Cristóbal y su esposa se mostraban más preocupados por los insultos que recibía el nombre de la familia que por la pobre negra que acababa de ser víctima de un siniestro crimen. Para la sociedad la vida de los esclavos valía muy poco y la de María Yoruba no sería la excepción. Sin embargo, las sospechas de que fuera un acto de brujería causaban espanto y alertaban al implacable ojo juzgador de la Santa Inquisición. El comandante De Palmas mandó a algunos guardias a poner orden en los gritos y protestas de las calles extramuros. Desde el cuartel de Mano de Tigre, en la muralla, uno de los milicianos hizo un tiro al aire y se formó el caos. Los arrabaleros se olvidaron de las ofensas, gritaban y corrían en todas las direcciones tratando de salvar sus vidas.

En medio del barullo que traspasaba las murallas y se colaba entre las calles, se imponía la voz gruesa del patrón mientras se dirigía con las autoridades a las afueras del cañón, en donde estaban los negros.

—¡Mis esclavos no son asesinos!

Doña Catalina iba a la zaga criticando en voz baja a su marido por su empeño en defender a los esclavos. El escribano documentaba la escena.

—Señores, esto es muy incómodo, pero hay que darle prisa. Don Juan representa la ley de los hombres y yo estoy aquí por la ley de Dios. Espero que las sospechas sobre un acto de brujería no sean ciertas y nos libremos de involucrar al Tribunal del Santo Oficio de Cartagena.

—Tengamos calma, señor obispo, y no hagamos conjeturas antes de tiempo —dijo el gobernador tratando de bajar los ánimos del prelado.

El comandante enfrentaba el tenso y engorroso momento. El calor de la noche había convertido su espalda en un surco por donde corrían las gotas de sudor. Cuando estuvo frente a los negros, todos guardaron silencio. Sólo se escuchaba el crepitar de las llamas de las velas de sebo que iluminaban la cara grasienta y angustiada de los esclavos. Don Juan recorrió con su mirada perspicaz la postura de cada individuo. Su padre le había enseñado que la gente, antes de expresarse con la boca, hablaba con el cuerpo. Todos parecían asustados y sentían el peso de la injusticia. Sólo dos mujeres se diferenciaban en el grupo, Damiana, que estaba de pie, pero con la mente ausente, y Dolores Lucumí, que mostraba en sus ojos un gesto retador y odioso.

—¡Guardias, entren y revisen el cañón! —varios guardias rompieron fila y, como perros rastreadores, levantaron los catres viejos, ropa, tablones, sillas, telas y revolvieron todo lo que había a su paso buscando pruebas del asesinato.

—¡Negros, formen dos líneas! ¡Los hombres adelante y las mujeres atrás!

Toribio le agarró fuerte la mano a Benildito y Eduarda a Toñita. «Mamá, yo quiero ir con mi papá», susurró la niña, «¡No, ven conmigo!», ordenó la madre sujetando con más fuerza la manita de su hija.

Los demás esclavos acataban las órdenes, mientras apelaban en voz baja, diciendo que ellos no tenían nada que ver.

—¡Se callan! ¿Quién les ha dado permiso para hablar? —gritó el comandante.

Don Juan de Palmas era un mulato alto y perfilado, hijo de padres peruanos. La madre criolla fue desterrada del Perú por enamorarse de un negro liberto. La familia aceptó darles una carta de recomendación con tal de que se establecieran lejos de ellos y así evitar la vergüenza y la deshonra que acababa de cometer la hija. Llegaron a Panamá en 1715 con el bebé en brazos. El padre de don Juan formó parte del batallón fijo de las milicias e inculcó en su hijo un profundo sentido del deber y valentía. Cuando el joven cumplió 18 años, solicitó unirse a las fuerzas milicianas. En 1739 su valor fue puesto a prueba en el campo de batalla en Portobelo, donde combatieron juntos contra las tropas del inglés Edward Vernon, durante el conflicto bélico conocido como la guerra del Asiento. El batallón de los milicianos luchó con valentía ante el enemigo. Don Juan resultó herido en una pierna y al recuperarse fue nombrado comandante de las milicias fijas en la ciudad. En el año 1743, el comandante se vio envuelto en un torbellino de emociones al creer estar enamorado de la hermosa mulata Milagros Sarmiento. Noche tras noche, Milagros tocaba a su puerta y él, cegado de la pasión, le abría. Pero el idilio pronto se vio empañado, ya que unos cuantos meses después, la mujer alegó estar embarazada de él y lo señaló públicamente, acusándolo de negar su responsabilidad como padre. Don Juan, ante el juicio de la moral de la iglesia y de los hipócritas puritanos, aceptó contraer nupcias, pero una vez casados Milagros dijo que había perdido al niño. El miliciano era una autoridad y debía dar el ejemplo ante sus conciudadanos, de modo que no pudo abandonarla porque el matrimonio era para toda la vida.

En 1744 continuaba el conflicto entre España e Inglaterra y tambores de guerra lo hicieron regresar a Portobelo, esta vez para luchar en contra del pirata inglés William Kinghills, quien destruyó la pequeña ciudad caribeña con más de cinco mil cañonazos. De nuevo las fuerzas milicianas pelearon como unos héroes haciendo que el rival desertara. La historia de don Juan se entretejía con gestas heroicas. Gracias a su tenacidad y con la ayuda del gobernador, quien con su pluma narró las proezas del comandante y las envió a Madrid, pudo conseguir el título de don, reservado celosamente para los españoles y criollos de alcurnia. Sin embargo, un enigma sangriento se alzaba ahora ante el comandante, desafiándolo y sumiéndolo en un abismo de incertidumbre.

Los esclavos de la familia Fernández Bautista sentían muy cerca el camino hacia la horca, rehuían la mirada directa del comandante y se enredaban nerviosos ante el simple hecho de formar una hilera.

—Tú —señaló don Juan—. ¿Dónde estabas hoy entre las seis y las siete de la noche? —ésas eran las horas en las que calculaban que se había perpetrado el asesinato.

—¡Le juro, señor, que yo no he matado a nadie, no me lleven a la cárcel! —rogaba el primer elegido, un hombre mayor que siempre había sido un esclavo fiel.

—¡Contesta lo que pregunto! —vociferaba don Juan, tratando de esconder la lástima en su violenta voz.

Un guardia engreído por su uniforme y su ego empujó con el arcabuz al esclavo hasta hacerlo caer de rodillas.

—¡Piedad, por favor! —imploraba el negro con sus manos llenas de sebo de vela y la voz lastimada por la injusticia—. Yo estaba con un grupo de compañeros en la iglesia de Santa Ana entregando las velas del patrón.

El comandante le hizo seña al guardia para que retirara el arma con la que lo apuntaba y ordenó:

—¡De pie, negro! ¿Por qué tú y los otros estaban haciendo ese trabajo tan cerca del anochecer?

Don Cristóbal se acercó al comandante y le aclaró que las entregas de las velas de sebo eran un gran pedido para la Semana Santa que ya se aproximaba. Los esclavos que fueron asignados a la iglesia de Santa Ana tenían un permiso especial para que, al terminar sus labores, los guardias que custodiaban la Puerta de Tierra los dejaran salir. Otro grupo de esclavos estaba en la iglesia de la Merced haciendo el mismo trabajo de verificar cada una de las velas para comprobar que llegaban al peso exigido por la ley, quince onzas.

—¡Levanten la mano los que se encontraban entregando velas junto a este hombre en la iglesia de Santa Ana! —gritó don Juan.

Seis personas alzaron la mano y el resto hizo lo mismo cuando preguntaron quiénes estaban en la iglesia de la Merced, ubicada dentro de la ciudad amurallada, excepto Damiana y Manuela. Las dos negras no asistieron a ninguna de las entregas. Catalina miró estupefacta a las esclavas y le susurró a su marido.

—¿Y por qué Damiana y la otra negra no fueron a entregar las velas? ¿Tú les diste un oficio diferente? —don Cristóbal guardó silencio. No estaba al tanto de que esas esclavas, que eran de su confianza en el negocio, hubieran faltado a sus órdenes.

El escribano Gamallo no perdía detalle y doña Catalina miraba de reojo, preocupada, queriendo leer el documento.

El obispo, viendo que el padre Víctor era nombrado por los negros en sus excusas, sugirió al comandante que el sacerdote identificara a los esclavos que habían estado pesando las velas en la sacristía de Santa Ana. Don Juan no contestó, era obvio que iba a interrogar a los curas de ambas iglesias. Le hervía la sangre cada vez que el obispo interfería en su trabajo, pero el asunto se estaba enmarañando. Conocía muy bien a Damiana y le era difícil pensar que esa negra fuera una asesina. Damiana respiraba profundo con el pañuelo blanco atado a la cabeza cubriendo las trenzas. Manuela miraba el piso llorando desconsolada.

El comandante, mientras se limpiaba el sudor de la frente, ordenó a las dos negras que dieran un paso adelante. El guardia, que parecía disfrutar su papel de hostigador, las empujó. Dolores Lucumí dejó asomar una sonrisa macabra. ¡Por fin iba a ver a su enemiga humillada y apresada! Damiana mantuvo su expresión estoica para ocultar el miedo que la estaba embargando. Manuela sollozaba aterrada, consciente de que su incapacidad para mentir las expondría al delito de rebelión por intentar escapar y entablar tratos con los contrabandistas. Enfrentaban el riesgo inminente de ser entregadas a los alcaldes de la Santa Hermandad, una implacable institución judicial que había llegado a América en el siglo XVI, y agrupaba cuadrillas de funcionarios armados con el objetivo de perseguir, capturar y castigar con brutalidad a los cimarrones. La sombría advertencia de merecer cien latigazos, mutilación o la horca pendía sobre las dos esclavas.

—Mujeres, ¿dónde estaban ustedes dos hoy entre las seis y siete de la noche?

Todos contenían la respiración atentos a la respuesta. En aquel silencio, sólo la candela de las velas se atrevía a crujir más fuerte. El comandante caminó despacio hacia un lado y después, con la misma lentitud, regresó ante las negras. Una apretaba su mandíbula y miraba hacia el horizonte. El sollozo agónico y tembloroso de Manuela resonaba en el espacio lleno de tensión.

—¡¡Contesten!!

Los demás esclavos observaban atónitos aquel cuadro inesperado que apuntaba a que sus compañeras podían ser las asesinas. De pronto, Dolores Lucumí gritó:

—¡Comandante, revise la enagua de Damiana, ella siempre carga una cuchilla!

Damiana cerró los ojos y oprimió sus puños al escuchar la acusación de la Lucumí. El comandante ordenó al guardia que inspeccionara la ropa de la esclava. El tipo casi le arranca con violencia la falda a la negra. Metió la mano en los bolsillos y encontró la navaja. La respiración de Damiana hacía más ancha su nariz y sus dientes rechinaban, apretándose. Ella no era una asesina y por lo tanto el miedo se estaba transformando en cólera. Manuela se dejó caer en el piso a punto de desmayarse del terror.

Doña Catalina, testigo de aquel tejemaneje, le musitaba a su marido:

—¡Ay, Cristóbal, seguro esa navaja es para atacarnos mientras dormimos! ¡Mira qué casta, la madre una prostituta y la hija una asesina!

—¡Cállate, mujer! —replicó el hombre, sulfurado.

El esclavo Nuflo quería defender a sus compañeras, pero temía que lo culparan. Los niños preguntaban nerviosos: «Mamá, ¿Damiana mató a María?», «¿Qué está pasando, papá?», los padres les cubrían la boca. El comandante miraba al cielo, volvía los ojos hacia Damiana. En el fondo anhelaba que las mujeres tuvieran argumentos convincentes sobre su ausencia. Tomó aire y con un grito que hizo eco en los renegridos muros, las increpó:

—¡Damiana y Manuela, contesten! ¡¿Dónde se encontraban ustedes hoy entre las seis y siete de la noche?!

Una voz femenina y altiva clamó con fuerza desde la cocina.

—¡Ellas estaban aquí, conmigo!

Todos se voltearon a ver a la hija mayor de los patrones. Manuela seguía llorando como una niña, Damiana liberó su mandíbula y respiró aliviada.

—¡Isabel! —reaccionó la madre.

El escribano suspendió su pluma en el aire y observó con detenimiento a la joven, capturando cada uno de sus movimientos con meticulosidad, para plasmarlos con precisión en sus escritos. Isabel caminó descalza, cargando en una de sus manos un candelabro y en la otra el rosario. Vestía un camisón de dormir y sobre él una mantilla le cubría gran parte del cuerpo. Mostraba el cabello negro azabache suelto y sus ojos azules miraron de frente a don Juan.

—¡Comandante, estas dos mujeres estuvieron aquí a esas horas que usted dice y esa navaja se la regalé yo a Damiana! ¡Si las apresan me tendrá que aprehender a mí también!

Doña Catalina clavaba sus uñas en el brazo de su marido. Don Cristóbal boquiabierto por esas declaraciones se liberó de las garras de su esposa, se acercó a su hija y le preguntó:

—Isabel, ¿estás segura de todo lo que dices?

—Sí, padre. Damiana y Manuela han permanecido en la casa bordándome unos vestidos.

—¿Y de dónde diantre sacaste esa navaja para regalársela a Damiana? —preguntó a su hija don Cristóbal extrañado.

—Un día, paseando por el mercado del arrabal, la adquirí.

—¡Te lo he dicho, Cristóbal, la amistad de nuestra hija con esa negra indecente no va a acabar bien! —reclamaba doña Catalina.

—Señores, debo hacerle formalmente la pregunta a la señorita Isabel. Con su permiso, don Cristóbal. ¿Señorita Isabel, usted puede dar fe de que Damiana y Manuela estaban hoy, en esta casa, a esas horas?

Todos, incluyendo al obispo pelaron los ojos y esperaron la respuesta de la intrépida joven, que se acercó un poco más a don Juan y con sus labios bien delineados, sin titubear y levantando el rosario en señal de que sus palabras eran avaladas por la santa providencia, afirmó:

—¡Se lo juro por los santos evangelios!

—¡Señor Dios, perdónala porque no sabe lo que dice! —el prelado se persignó escandalizado y después elevó sus manos hacia el cielo.

A la madre le iba a dar un colapso al ver a su hija jurar en nombre de algo tan sagrado y desafiar así a la autoridad por dos negras esclavas. Pero al ver que el escribano detallaba la escena y dejaba plasmado el nombre de Isabel en los registros judiciales la doña, de un manotazo, le tumbó las hojas para que no dejara por escrito lo que acababa de pasar. El hombre no perdió el tiempo y se agachó desesperado a recoger sus instrumentos y, como un soldado en plena batalla, continuó con su labor. Don Cristóbal permanecía en silencio. Seguía creyendo que sus sirvientes eran incapaces de cometer un asesinato, pero estaba seguro de que su hija no decía la verdad. Damiana siempre se había sentido orgullosa de su joven ama. De niñas, jugaba a escondidas con Isabel y Carmela, la menor, a que las apresaban, una de ellas envuelta en mantillas viejas de doña Catalina y con el rosario en señal de que no les importaba jurar por lo sagrado. Cuando una decía la verdad, salía en defensa de la otra haciendo gestos y repitiendo algunas palabras muy parecidas a las que había expresado Isabel.

El comandante se reunió aparte con los demás guardias.

—Comandante, no hemos encontrado ningún arma dentro del cañón.

Enseguida el obispo interfirió con voz de autoridad:

—¿Buscaron correctamente? ¿Acaso no vieron ningún objeto utilizado para prácticas de brujería?

Los guardias intercambiaron miradas inciertas hasta que uno de ellos se atrevió a responder.

—Señor, sólo dimos con unos muñecos de trapo.

Con pasos acelerados, el clérigo se dirigió hacia los guardias, pasando con su imponente figura frente a los negros.

—¡No se quede ahí como tonto y muéstremelos! —el guardia sacó tres pequeñas figuras, remendadas con telas simples, desprovistas de extremidades, cada una vestida con colores distintos. El obispo las examinó sin tocarlas—. ¿Qué tipo de herejía es ésta?

Ningún esclavo se atrevía a hablar. La patrona se persignaba una y otra vez, como si estuvieran al frente del mismo infierno. Don Cristóbal, visiblemente afectado por la situación, se veía arruinado perdiendo a todos sus esclavos y quedándose sin mano de obra para sus empresas. Isabel miraba, confusa, a Damiana. Había escuchado sobre los dones de adivinación de María Yoruba, sin embargo, ignoraba la existencia de las imágenes. Por fin la negra, cabizbaja, se tragó su dolor y se atrevió a hablar.

—Señor obispo, dispense mis humildes palabras, pero esas imágenes que ven sus santos ojos representan a nuestro amado san Francisco de Asís, a la virgen de las Mercedes y a santa Bárbara.

El prelado desconcertado volvió a mirar los monigotes.

—Pero ¿cómo se atreven ustedes a coser de una manera tan sucia a nuestra amada Virgen y a los benditos santos de la santísima Iglesia?

Damiana sentía que la vida se le iba. Su voz sonaba entrecortada. Los demás negros no se atrevían a emitir una palabra. Ya se veían acusados en el Tribunal del Santo Oficio en Cartagena de Indias, desterrados o ardiendo en la hoguera. La esclava volvió a tomar aire y dijo:

—Es nuestra humilde manera de hacer presente la santa religión católica que sabiamente usted nos ha enseñado.

El clérigo lanzó una mirada despectiva a Damiana, se acercó a ella y la reprendió.

—¡No me creo una sola palabra! ¡Quemen esas figuras que no representan a nuestros santos! Si quieren alabar a la santísima Virgen o elevar una oración a los venerables santos católicos, pueden ir a la iglesia y arrodillarse en lugar de idolatrar imágenes inventadas. Estaré pendiente como un águila y si me entero de que en esta casa se realizan actos abominables de hechicería o brujería, ¡los voy a mandar a todos a la hoguera! ¡¿Me escucharon?!

Damiana temblaba por aquella gran mentira que su boca acababa de esbozar. Las imágenes en sí no le pertenecían, pero estaba plenamente consciente de su significado. San Francisco de Asís representaba a Orula, el dios de la adivinación; detrás de la figura de la virgen de las Mercedes escondían a Obatalá, el dios de la justicia y la equidad. Mientras que santa Bárbara personificaba a Changó, dios de la guerra, señor del rayo, el trueno y la música. En este acto de sincretismo, a espaldas de los españoles, la religión africana florecía en América, traspasando las barreras del odio y arraigando sus raíces de fuerza y resistencia.

Después de unos minutos y harto del obispo, don Juan de Palmas se dirigió a los negros y vociferó:

—¡Ha terminado el interrogatorio!

Todos los esclavos exhalaron aliviados. Los niños corrieron a abrazar a Damiana y a Manuela. Dolores Lucumí estaba enfurecida.

—Seguro que si fuéramos nosotras, la patrona Isabel no nos defiende como lo ha hecho con esas dos. Ya veremos quién gana.

La negra, iracunda, caminó junto a Eduarda, se acercó a su oído y le susurró:

—Tú vas a hacer lo que yo te diga y si te niegas voy a contarle a Toribio todo lo que te vi haciendo en lo oscuro.

Dolores se alejó y Eduarda, respirando con agitación, se sentía sucia y pecadora. Miraba sin cesar a su marido, Toribio, asegurándose de que no hubiera escuchado a la Lucumí.

Los patrones empezaron a caminar hacia la casa con las autoridades. Isabel se acercó a Manuela y a Damiana.

—Niña Isabel, ¡nos mataron a nuestra Yoruba! —señaló Manuela, limpiándose con el mandil el rostro mojado por el llanto.

—Pero ¡es terrible!, ¿quién habrá sido tan cruel para cometer ese acto espantoso? —preguntó la joven patrona.

Ambas esclavas guardaron silencio. Damiana pensaba que los contrabandistas ya debían estar muy lejos con las polleras y el dinero. Nadie iba a encontrarlos. El crimen de María quedaría sin resolver o tal vez uno de los esclavos iría a la horca sin merecerlo.

Ante el silencio de las esclavas, Isabel indicó a Damiana que al día siguiente deseaba hablar con ella. Después se retiró, entró a la casa, se cruzó con sus padres, el gobernador, el obispo, que iba aún quejándose por los monigotes, el escribano Gamallo y el comandante De Palmas con quien la joven rozó sus dedos en una caricia secreta.

3

Don Cristóbal se dedicaba a varios negocios. Entre ellos, la fabricación de velas, que tenía una demanda constante ya que los hogares, conventos e iglesias requerían un suministro diario de luminarias. En su finca de Juan Díaz, los esclavos derretían el sebo de vaca en grandes recipientes, luego lo vertían en moldes con tamaño y peso específico. Preparaban cuidadosamente las mechas con hebra de algodón, asegurándose de que se mantuvieran rectas al insertarlas en el sebo con una vara. Después dejaban que las velas se enfriaran y endurecieran antes de retirarlas del molde. Además de la fabricación de las velas, don Cristóbal se beneficiaba de licencias comerciales para importar y exportar plata del Perú, también productos como quinaquina, una planta americana que ayudaba a calmar la fiebre; envases de cuero; herraduras y sogas. Todos sus negocios eran prósperos y le suministraban grandes ganancias económicas.

El esplendor social y financiero de la reciente ubicación de la ciudad amurallada se dejaba ver en la majestuosidad de sus residencias, algunas hasta con tres pisos y cinco ventanales. Los Fernández Bautista pertenecían a una de las afortunadas familias criollas que habían heredado lotes de sus abuelos españoles, fundadores de la nueva ciudad de Panamá en 1673. La gran residencia se erguía en la Calle Real de la Merced. En la planta baja, tras el recibidor, se encontraba el estrado, un confortable salón donde las mujeres de la familia leían y disfrutaban del chocolate, bebida que estaba en boga desde el siglo XVII. El cacao, originario de América, se había convertido en una indulgencia en Europa tanto para reyes como cardenales. Frente al estrado, el despacho de don Cristóbal con un gran escritorio, una vitrina de madera repleta de vinos españoles y un bargueño lleno de pequeños cajones de madera taraceada con marfil. En la segunda planta un amplio salón con balcón a la calle, iluminado por cuatro candilejas lucía el comedor de diez puestos. Se comunicaba por una escalera interior con la gran cocina que se abría a un lado del patio también iluminado por otros candiles. Las habitaciones quedaban en la tercera planta. Las de las hijas eran amplias, con un tocador torneado de madera de cocobolo y un hermoso espejo con marco dorado que don Cristóbal había adquirido a un mercader de Venecia. El cuarto de los patrones era enorme; los ventanales estaban vestidos por unas cortinas de damasco azul con dorado; la cama la cubrían tres juegos de sábanas de algodón a pesar del caluroso clima que agobiaba a Panamá. Una tercera habitación se destinaba a los invitados. No podía faltar un pequeño espacio para las bacinillas, que se guardaban en un mueble cerrado. Gozaban de una tina de baño, que era un gran lujo en la ciudad. La mayoría de las familias intramuros poseían aljibes o pozos privados porque en la Nueva Panamá, igual que en Panamá la Vieja, el agua era un recurso escaso. La mayoría dependía de los aguateros, quienes surtían a las casas el deseado líquido.

Ninguna de las dos hijas de don Cristóbal y doña Catalina había contraído nupcias. Isabel ya tenía 22 años y Carmela 20. Esta situación resultaba escandalosa para la pacata sociedad en la que vivían. Carmela, una joven hermosa, cariñosa y juguetona, desde temprana edad solía entretenerse con las esclavas, imaginándose a sí misma como una comerciante que les vendía diversos objetos: sus muñecas, cintas, trajes y hasta algunas prendas de su hermana. Al finalizar el juego, las sirvientas le devolvían toda la mercancía. Cuando se convirtió en una señorita empezó a mudarse varios meses al año a Natá, a donde su madrina doña Eleonor de la Lastra. Lejos de la ciudad y de su madre se sentía liberada. En casa todos la extrañaban. Isabel, igualmente hermosa, mostraba una rebeldía innata ante las expectativas de su madre de cumplir con los protocolos de la sociedad. Don Cristóbal amaba a sus dos hijas, tanto, que era excesivamente complaciente con ellas y las malcriaba. Doña Catalina intentó casar a Isabel con varios españoles de familias nobles, pero la joven los rechazaba a todos. Le rogaba a su padre que no le hiciera semejante maldad, que se la llevarían a España y nunca más la volverían a ver. Don Cristóbal siempre apoyaba a su hija, quien había heredado su porte. Isabel sacó los ojos azules de su abuela materna y el cabello largo negro azabache, de su madre.

Desde muy pequeña pasaba los meses del verano tropical, de diciembre a marzo, en la finca de la familia, en la zona llamada Juan Díaz. Sabía cazar sapos, corría por los montes y pescaba camarones debajo de las piedras del río.

—Isabel es una salvaje —se quejaba siempre doña Catalina con su marido—. Parece haber venido de África. Mira los encajes de sus sayas llenos de lodo. Todo el tiempo está con esa esclava Damiana, la hija de Ana Mayombe. ¡Cómo odio a esa negra! ¿No será que le traspasó lo arrabalero cuando la amamantó? ¡Tú tienes la culpa de todo, Cristóbal! Ya no hay nadie que la quiera pretender y va arrastrando a su hermana, porque ¿quién se querrá casar con la menor, cuando nadie le ha pedido la mano a la mayor?

»Todos los vecinos dicen que nuestra hija va a quedarse solterona en un convento. No quiero ni pensarlo. En esta ciudad no hay nadie con quien casar a mis hijas. El hijo de los Urriola, que puede ser el único muchacho de abolengo, vive en Madrid y seguro contrae nupcias con alguna noble por Europa. A veces, en las reuniones, he tenido que inventar que pronto llegará un noble a pedir la mano de Isabel, y si esa chiquilla necia no se compromete en matrimonio con un hombre de linaje, las críticas serán cada vez más fuertes y nadie querrá venir a tomar chocolate conmigo. No duermo pensando en esto. Cristóbal, ¿qué vamos a hacer?».

Cuando miraba a su marido buscando una respuesta que calmase su angustia, ya él estaba en el tercer sueño, o al menos eso aparentaba. Era su forma de escapar de aquellos molestos reclamos nocturnos.

Don Cristóbal tenía 50 años y ya su cabello estaba teñido de canas. Siempre fue un hombre noble y bueno, pero con una gran fama, bien ganada, de infiel. Doña Catalina maltrataba a sus esclavos y por eso le tenían toda clase de apodos: Catalina la Loca, la Hija Bastarda de Morgan, la Boquimuelle, Bochinchosa, Lamecharcos, éste último se lo pusieron porque contaban que un día, correteando celosa a don Cristóbal, cayó en un lodazal y quedó lamiendo el agua sucia. Todo el tiempo le sacaban un sobrenombre nuevo y algunas veces, en los bailes africanos que realizaban los esclavos en el arrabal, se disfrazaban de una mujer con las tetas grandes y con la cara de una diabla. La risa que esto causaba mitigaba el dolor de sus injusticias.

Las lenguas viperinas contaban que hacia el año 1717, don Cristóbal se enamoró perdidamente de una negra en Portobelo. Él necesitaba comprar esclavos para aumentar la mano de obra en sus empresas. Al llegar, vio a lo lejos el galeón de la South Sea Company, una compañía inglesa que, desde la firma del Tratado de Utrecht en 1713, poseía el monopolio de suministrar más de cuatro mil esclavos al año a importantes puertos de Nueva España. Cifra que fue muy difícil de cumplir y cada vez que llegaban esclavos se desataba una feroz competencia entre los compradores. Portobelo era conocido como el «pueblo pestífero». En tiempos de feria veía la llegada de más de tres mil mercaderes y marineros que formaban un bullicio inusual en sus calles. No existían posadas suficientes para albergar a los visitantes, quienes no habían sido dotados con un estómago acostumbrado a los alimentos del trópico y muchos morían de disentería o vómito negro. Los cascos de las mulas enlodaban las calles y se podía ver mercancías acumuladas por doquier con esclavos custodiándolas y durmiendo encima de ellas, mientras formaban fila para ser tasadas en la aduana. En la noche los hombres envueltos en una nube de alcohol formaban escenas cómicas y peligrosas de líos y trifulcas que alborotaban el vecindario.

Desde el fondeadero se veían las chatas cargadas de negros acercarse a la orilla. Un marinero les pedía a los comerciantes, ansiosos, que despejaran el área, que primero debían medir las piezas y revisar sus dentaduras. De los botes bajaban hombres, mujeres y niños desterrados de su humanidad con el miedo, el dolor y la vergüenza plasmados en sus rostros. Encadenados de manos y pies, subían a una tarima y eran exhibidos ante miradas despiadadas, burlonas y crueles. Don Cristóbal divisó a una negra que venía con un pedazo de tela blanca amarrado en las caderas y los pechos al aire. Tenía el cabello crecido y redondo como una gran luna y unos ojos pardos profundos, sus nalgas parecían esculpidas por el mismo cielo. La belleza se imponía, aunque se la veía enferma y medio desnutrida. El hombre le gritó a su empleado que hiciera lo que fuera, pero que quería a esa negra. No perdió el tiempo y pagó por ella cuarenta reales de a ocho. También compró otros esclavos y en seguida los llevó a la capilla y allí, el padre, al que le tocaba bautizarlos en masa, dio la bienvenida a los nuevos católicos.

Todos los negros salieron con nombres bíblicos y el apellido de sus amos, en señal de que ya tenían dueño. Sin embargo, entre ellos se llamaban según la región de África en la que habían nacido. Don Cristóbal montó a Ana, la negra mayombe, en su caballo y cabalgó junto a ella hasta la ciudad de Panamá.

No podía esconder la atracción que sentía por ella. Por más que lo intentaba, era incapaz de disimularlo. Muy pronto comenzaron a escaparse al bohío del aserradero en Juan Díaz y, embolillados sobre las pacas de paja, Ana Mayombe le demostró al patrón la furia salvaje del Congo.

Doña Catalina sospechaba de la infidelidad de su marido. Así que obligó a la esclava a casarse con el negro Cirilo, un buen hombre veinte años mayor que Ana. Aprovechó un viaje de trabajo que su esposo tuvo que hacer a Natá y una mañana llevó a Ana Mayombe y a Cirilo a la alejada ermita de Toqué, una rudimentaria capilla de madera construida a las afueras de la ciudad. En la ceremonia, Cirilo estaba inquieto, no sabía si agarrarle la mano a la mujer que dentro de poco sería su esposa. Siempre le había parecido hermosa. Solía escuchar de bocas perniciosas comentar sobre la relación de la negra y su patrón, pero lo que más le preocupaba en ese instante era cómo un viejo de su edad se iba a desnudar ante ese monumento de hembra, rogaba que los nervios no traicionaran su virilidad. Ana sabía que su futuro esposo era un buen hombre, pero no sentía nada por él, sólo consideración. La patrona invitó a todos los esclavos de su casa al matrimonio, y ella misma, que casi nunca pisaba los arrabales, asistió en su palanquín cargado por varios siervos. Debía cerciorarse de que la boda se realizara sin ningún contratiempo. Al terminar la misa, doña Catalina amenazó a Cirilo con mandarlo a azotar si se enteraba de que su mujer andaba correteando a su marido, aunque todos sabían que era don Cristóbal quien perseguía sin cesar a Ana. La patrona les regaló a los novios un catre nuevo para que durmieran. La primera noche de bodas, Cirilo abrazó a Ana y le dijo que no se preocupara, que no tenían que consumar la unión en ese momento. Ella se sintió aliviada, pero en el ardor de la madrugada las manos de su marido le acariciaron el vientre y otra parte de su varonil cuerpo rozó las nalgas fastuosas de la negra. Ana respiró profundo y se entregó a su compañero de vida, quien resultó ser un experto amante.

Cuando don Cristóbal regresó días después de su viaje se encontró con la noticia de que Ana Mayombe había contraído nupcias. Su propia esposa se lo contó. Él le escupió desde lo más profundo de su ser un «¡Te odio!», tiró la puerta de sus aposentos y agarró su caballo. Cabalgó como si quisiera matarse hasta el río Juan Díaz y, sentado sobre unas piedras, sollozó por la negra a la que amaba.

Cirilo trabajaba día y noche en el muelle de Perico, desembarcando para su patrón cajones de monedas de plata que llegaba desde el Perú. El negro Cirilo llevaba la mercancía junto a otros esclavos hasta la Puerta del Mar para pagar todos los impuestos y que le asignaran a los guardacostas. Algunos productos se vendían a los pequeños comerciantes en todo Panamá y otros eran trasportados a lomo de mula a Portobelo para embarcarlos hacia Europa. El trayecto era largo, por el Camino de Cruces. Una cuadrilla de hombres, machete en mano, lo acompañaban para cortar los altos matorrales que cubrían la ruta. Los torrenciales aguaceros hacían que las patas de los animales quedaran atascadas en el fango. Pero el reto más grande llegaba después, cuando había que pasar la carga a los bongos y navegar por el río Chagres, que estaba lleno de cocodrilos. Cristóbal Colón acertó en 1502 al bautizarlo como el Río de los Lagartos, aunque más tarde su nombre fue cambiado en honor al cacique Chagre, que vivía junto a su tribu en las riberas del río. A pesar de los peligros durante el trayecto, Cirilo disfrutaba del reflejo del amanecer en el poderoso afluente y el recuerdo de su esposa Ana lo mantenía animado para regresar y poder tenerla entre sus brazos.

Don Cristóbal estaba enloquecido de amor y de celos. Al principio, le hizo prometer a Ana que no tendría relaciones sexuales con su marido. Ana no quería revelarle a su patrón que Cirilo la había hecho disfrutar de un intenso placer.

La esclava se sentía entre la espada y la pared, estaba traicionando al que creía su gran amor, pero al mismo tiempo pensaba que ésa era la oportunidad para aferrarse a su esposo. Al negro Cirilo se le veía pechón, lucía más joven y estaba seguro de que ya no tenía que preocuparse por los cuentos de Ana y don Cristóbal.

El desesperado patrón le regaló a Juanito Criollo, uno de los jóvenes esclavos, una peinilla de plata para que espiara y le informara si Ana estaba teniendo relaciones con su esposo. Juanito le decía a su amo que no se preocupara, le contaba que él se desvelaba debajo de la ventana del cañón en donde la pareja dormía y cada vez que intentaban tener intimidad, él se ponía a maullar como gata en celo para asustarlos y quitarles la inspiración. Cirilo salía furioso a cazar esa felina impertinente. Juanito Criollo relataba cómo se escondía por el Callejón de las Ánimas y una vez Cirilo volvía adentro, el chiquillo necio aseguraba que retornaba a maullar hasta que los amantes se rendían. El patrón, ansioso y agradecido, le compró unas botas nuevas de cuero a Juanito y un sombrero de paja que un comerciante había traído de Quito. El joven esclavo se paseaba vanidoso por las calles del arrabal y en los días de fiesta, los otros zambitos hacían fila y pagaban un peso para poder peinarse con la peinilla de plata y probarse el sombrero.

Pero pronto la mala suerte llegó al negocio de Juanito Criollo; apenas unos meses después la panza de Ana comenzó a crecer y Juanito supo enseguida que su bonanza estaba por terminar y, tratando de estirar todo lo posible el negocio, le aseveró a don Cristóbal que Ana tenía una enfermedad maligna, por eso andaba vomitando todo el tiempo. Incluso le dijo que en el arrabal una yerbera hacía remedios para eliminar ese mal, pero cuando el embarazo fue un hecho imposible de ocultar, el patrón destituyó a Juanito de sus labores de informante y siguió viviendo con los endemoniados celos, dudando por un tiempo si el hijo que esperaba Ana era de él o de Cirilo.

El nacimiento de Damiana, la primogénita de Ana y Cirilo, fue un acontecimiento. La noche del 10 de mayo de 1723, don Cristóbal y doña Catalina estaban a la expectativa en el salón del comedor. Ambos morían por saber de qué color nacería el bebé de Ana Mayombe. Hasta Cirilo se sentía inseguro. Varios esclavos se mofaban del pobre hombre y lo llamaban Cornamenta Loca.

En mayo se desataban violentos aguaceros que golpeaban con furia los techos de la ciudad, y aquella noche con el agua queriendo colarse por los pisos del cañón, la negra en labor de parto sudaba agarrada de unos trapos. Sus gritos se escuchaban por todo el vecindario. Las otras esclavas socorrían a la partera. La patrona, que a la sazón también estaba embarazada, protestaba frente a su marido.

—Debimos haber mandado a esa esclava a parir a los arrabales. ¡Qué vergüenza con los vecinos!

Don Cristóbal, taciturno, estaba concentrado con las gotas de lluvia que chocaban con la ventana empañada, mientras bebía una copa de vino. Catalina observaba la angustia silenciosa de su marido y por su cabeza pasaban varios pensamientos, «¿Será posible que Cristóbal nos haya embarazado a las dos al mismo tiempo? ¿Cómo vamos a enfrentar esto ante la sociedad? ¿Y si este hombre me deja por esa negra?». Ella se acercó a su esposo y le preguntó:

—¿Tienes miedo, Cristóbal?

—¿De qué hablas, mujer? ¿Miedo de qué?

—¿De que te nazca un hijo bastardo?

Don Cristóbal contestó lleno de ira:

—¡Catalina, que te quede claro, si ese niño es mío, será otro Fernández!

Con esa respuesta la doña se dejó caer, atónita, en una de las sillas del comedor. De pronto, la lluvia se calmó y se escuchó a lo lejos un vagido, ambos bajaron con premura las escaleras hasta la cocina y en medio del aguacero cruzaron el patio hacia el cañón. Juanito Criollo le hizo una seña al patrón para que no entrara, pero éste quiso asegurarse con sus propios ojos. Los Fernández Bautista se asomaron a la puerta y vieron sentado en el catre a un feliz Cirilo y a Ana, recostada, cargando a una hermosa criatura negra. Cristóbal se dio la vuelta decepcionado y Catalina respiró aliviada.

Tras el nacimiento de Damiana, a Cirilo y a Ana se les veía más unidos. Ana trataba de esquivar a don Cristóbal, quien le rogaba que volvieran a estar juntos.

—Patrón, por favor, ahora estoy casada.

—No me importa, Ana, yo te amo, escapémonos.

—No, patrón, no puedo dejar a mi familia. Trate usted de estar bien con la patrona.

En el fondo la negra Mayombe aún lo amaba, pero no quería hacerle daño a Cirilo. Don Cristóbal intentó alejarse teniendo otros amores clandestinos, pero no podía olvidar a Ana. Un buen día, cuando el marido de la esclava estaba trabajando, el patrón logró convencerla y se fueron a la finca de Juan Díaz. El amor que pensaban se había esfumado regresó convertido en pasión. Imaginaron que ambos eran libres y se enrolaron en un furor que dejó arañazos y marcas en la piel. Al anochecer, Ana llegó al cañón y su rostro revelaba la vergüenza por el adulterio, aún olía a sexo y llevaba prendada la inconfundible loción de su patrón. Cirilo había regresado en la tarde de Portobelo, el instante de enfrentar a su marido se acercaba con cada paso. En la oscuridad pudo ver a su esposo con su hija durmiendo en el catre. Ella se acostó en el piso, abrazó sus rodillas y lloró desconsoladamente tratando que nadie la escuchara. El hombre fingía que dormía, pero estaba atento a los sollozos de su mujer que delataban la terrible verdad. Prefirió no hablarle, porque en ese momento la odiaba con todo su ser.

Unas horas después, apareció el patrón por su casa, quien, al terminar del intenso encuentro con Ana y tras dejarla en un extremo de la calle, se refugió en una cantina. Doña Catalina lo esperaba despierta. Él venía con tufo a alcohol. Ella, al verlo, le arrancó la ropa loca de celos y vio en su pecho y en su cuello las marcas de los labios de otra mujer, en la espalda estaban visibles las líneas rojas dejadas por las uñas de la esclava en el instante de la pasión. Catalina no pudo contener la furia, lo agarró por el cabello, y lo zarandeó, pegándole en la cabeza y en la cara hasta que el hombre le sujetó las manos y le advirtió que si no se detenía se iría para siempre.

Ana, Cirilo, Cristóbal y Catalina no encontraron consuelo en el sueño. Don Cristóbal anhelaba la valentía para estar con su verdadero amor. Ana lloraba amargamente por la terrible vida que le estaba dando a Cirilo. Catalina se consumía por el odio hacia Ana. Cirilo quería matarse, tal vez la próxima vez se tiraría al Chagres para que los lagartos se lo comieran. Aquella noche los cuatro se dieron cuenta de que en esta vida no había que ser negro para ser un esclavo.

Al día siguiente, doña Catalina ordenó que le dieran diez latigazos a Ana. Cirilo lloraba pidiendo que no le azotaran a su negra. La patrona decidió darle los rebencazos al esclavo por la falta de su mujer. Don Cristóbal seguía acostado, tratando de pasar la resaca. Los demás negros repudiaron a Ana y al hablar de ella la llamaban prostituta.

A media mañana, en la iglesia de la Merced, a través de la reja de madera del confesionario, doña Catalina, desconsolada, se sinceró con el padre y le dijo que deseaba abandonar a su esposo. El cura, escandalizado, la obligó a rezar veinte credos, cincuenta padrenuestros y treinta avemarías, porque esos eran pensamientos demoníacos y el matrimonio era una institución que debía durar hasta que el Señor decidiera llevarse a uno de los dos.

—Hija, no le des importancia a esos escarceos, la carne es débil y él siempre regresa a su casa. Esas esclavas son sólo para divertirse.

—Pero ¿por qué no se divierte conmigo, padre?

—Mi señora, ¡¿cómo puede siquiera pensar esas cosas?! El pudor de una esposa cristiana debe conservarse intacto, la entrega a la carne no debe ser por vicio ni por fornicio, sino para traer hijos al servicio de Nuestro Señor. Le recomiendo que cuando le pasen esas ideas por la cabeza y sienta ese calor en el vientre, rece el rosario, el credo y el acto de contrición. Siga su vida comportándose como se espera de usted, que bastante le ha dado el Cielo.

Catalina salió del confesionario confundida. No le quedaba otro remedio que continuar ignorando los amoríos de su marido.

Pasaron unos meses desde el nacimiento de Damiana y el 11 de diciembre de 1723, los patrones tuvieron a su primera hija, Isabel. El doctor advirtió que la salud de la niña era precaria y recomendó una mejor alimentación para evitar su muerte. Sugirió la búsqueda de una ama de leche, así les llamaban a las esclavas encargadas de amamantar a los hijos de los patrones. Ana Mayombe, con los pechos cargados, alimentaba a Damiana varias veces al día y se amarraba trapos para detener el elixir maternal que se derramaba de una manera incontrolable. La patrona estuvo a punto de darle pecho ella misma, aunque eso estuviera mal visto entre las de su clase, pero tampoco le salía la cantidad necesaria para que la niña engordara. A regañadientes le entregó su hija a la esclava para que la criara. Este hecho causó que Catalina odiara más a la negra sintiéndose usurpada tanto en el amor de su esposo como en el afecto de su primogénita. Al cabo de unas semanas, la bebé comenzó a engordar y a sonreírle a Ana cada vez que ésta le daba de mamar. Entre Isabel y Damiana creció un lazo fraternal por ser hermanas de leche.

Años después, Ana Mayombe volvió a quedar embarazada. Esa vez nació un varón llamado Bernardo, idéntico a su padre, Cirilo.

En 1739, Cirilo fue uno de los negros reclutados para ir a Portobelo y al castillo de San Lorenzo a enfrentar a la armada del inglés Edward Vernon. Al cabo de unas semanas, Ana recibió la noticia de que su esposo había muerto en combate. Nunca recuperaron el cuerpo. Cirilo quedó inmortalizado como un héroe en la memoria de su familia, quienes con mucho esfuerzo le celebraron un entierro de la gente pobre, representado por una cruz baja en su tumba.

Con el paso de los años Ana Mayombe pidió su libertad. Doña Catalina le impuso el exorbitante monto de 400 pesos, convencida de que la esclava no podría pagarlos pero, en secreto, don Cristóbal ayudó a la negra y logró su emancipación. La patrona la dejó ir con la condición de que se olvidara de su esposo para siempre jamás. La negra accedió sin mirar a su patrona a los ojos, a sabiendas de que no iba a poder cumplir esa promesa. Catalina le juró que, si se volvía a meter con su marido, sus hijos pagarían las consecuencias. Ana adoptó el apellido Pérez y se mudó a uno de los maltrechos bohíos que existían en el arrabal. Sus hijos se quedaron intramuros sirviendo. Damiana floreció irradiando seguridad y con un cuerpo que enloquecía a los hombres. Se convirtió en una experta costurera de polleras y servía a las hijas del matrimonio Fernández Bautista. Su hermano Bernardo, un muchacho bonachón como su padre, fue vendido a los 12 años a la familia Reyes en un arranque de celos de Catalina. Éste se ganó la confianza de su patrón, don Antonio Reyes, un ganadero galán y rico, que tenía amores con algunas esclavas, pero entre todas había puesto los ojos en una y estaba a la espera de la oportunidad para conquistarla.

4

La noche después de la requisa, los esclavos de la familia Fernández Bautista no pudieron conciliar el sueño. Los soldados hicieron un gran desbarajuste dentro del cañón y, mientras volvían a colocar sus pertenencias, varios negros murmuraban: «La ama Isabel mintió para proteger a Damiana y a Manuela», «Esas dos negras siguen siendo sospechosas del crimen», «Si el asesino no aparece, ellas deben entregarse a las autoridades».

Damiana se acostó en su catre recordando a su querida amiga. María Yoruba tenía alrededor de 25 años. Por más que un sacerdote la bautizó en la religión católica a su llegada a Portobelo, todos los negros la buscaban porque decían que tenía el prohibido don de la adivinación. «Lo único que no voy a manifestarles es el día de sus muertes. Los santos no me lo permiten», les advertía.

Antes de ser raptada y enviada a América, María vivía en el reino de Benín, y siempre iba junto a las mujeres de su pueblo a hacer ofrendas a la diosa de la fertilidad en el río Osún. Un día entró en sus aguas y se sumergió en ellas. Cerró los ojos dejándose llevar por la corriente fresca cuando sintió que el torrente se estremeció. Frente a ella estaban dos desconocidos que la agarraron y la arrastraron fuera del río.

Antes de emprender el viaje ambos la violaron, después la hicieron caminar desnuda de día y de noche con una horqueta de madera en el cuello y cadenas en las extremidades para que no escapara. En la orilla del río quedó su delgada túnica; empujada por el viento hasta la corriente, se extendió sobre las aguas y flotó como un fantasma que anuncia que su dueña había muerto para África. En el vientre sombrío y tiránico de un barco negrero, llegó a América cargando en lo más profundo de su corazón la herencia de la fe yoruba. Como tantos otros esclavos, protegía sus creencias sagradas disfrazando a las deidades bajo el manto de imágenes católicas.

Al día siguiente del asesinato, los habitantes de la ciudad de Panamá pretendían hacer sus vidas con normalidad, pero se les veía temerosos. Un asesino andaba suelto matando y entregando las almas al diablo. Muy de madrugada, en el mercado del arrabal los fruteros y vendedores de tabaco colocaban la mercancía en la plaza de Santa Ana con la esperanza de ganarse algunos reales. Los soldados andaban merodeando y miraban con malicia a su alrededor. En una esquina sonó el redoble de un tambor avisando que se daría lectura a una nueva disposición. Todos se apiñaron curiosos a ver de qué se trataba. El pregonero desenrolló el bando y voceó que, por mandato de la Real Audiencia y el gobernador, Dionisio Alcedo y Herrera, ese día iniciaba un toque de queda indefinido desde las cinco de la tarde hasta las cinco de la madrugada del día siguiente. La vigilancia en la Puerta de Tierra y en la del Mar había sido redoblada. Ambos portones también cerrarían a la hora exigida por el toque de queda. Los aguateros debían bajar de sus mulas y permitir que se les revisaran los bolsillos de los pantalones y registraran a sus animales antes de ingresar a la ciudad. Las cantinas del arrabal permanecerían cerradas hasta nueva orden. Los zambos, mulatos, negros esclavos y libertos no podían abandonar la ciudad y sólo se les permitiría acceder intramuros con un motivo válido y tras una estricta revisión. En el muelle de playa Prieta también aumentó la cantidad de soldados. Las familias que vivían dentro de la muralla debían obedecer el toque de queda, pero fuera de ese horario podrían circular libremente. Era obligación que todos los esclavos portaran un permiso firmado de puño y letra y sello de sus amos para cruzar por los puestos de control del ejército.

Las voces de queja por parte de los pequeños comerciantes del arrabal se empezaron a escuchar, ya que el istmo atravesaba una situación económica precaria desde hacía varios años a causa de los ataques de los ingleses a Portobelo y el Fuego Grande que se desató aquel sábado 2 de febrero de 1737, en horas de la madrugada, en la calle de San Felipe Neri. Las llamas consumieron la mayoría de las casas intramuros, dejando a varias familias en la ruina, y también se quemaron cientos de documentos oficiales. Pero lo peor había sido la humillación que sufrieron los que, huyendo del infierno desatado, tuvieron que cruzar por el pasillo que les hicieron los del arrabal mientras les cantaban a coro una letrilla satírica que pasaría de boca en boca a través de los siglos: «El día de las Candelas, la víspera de San Blas, a las muchachas de adentro se les quemó la ciudad».

Después del desbastador Fuego Grande, los poderosos señores ayudaron a que las arcas de la ciudad se recuperaran de la tragedia y, aprovechando su caridad, solicitaron que los zambos, mulatos y esclavos libertos perdieran el privilegio de venta de mercancía. Una petición disfrazada para eliminar a la competencia que ellos consideraban desleal. Las mismas manos que aportaron socorro a la reciente tragedia, comenzaron a aprisionar a los más vulnerables para que no prosperaran.

Desde entonces las negras costureras debían dar a sus amos las ganancias completas de sus bordados. Las duras restricciones y prohibiciones desataron un submundo de ventas clandestinas y actividades ilícitas que involucraba muchas veces a altos mandos, quienes buscaban enriquecer sus bolsillos. Las transacciones prohibidas se gestaban en rincones y callejones oscuros. La mercancía pasaba de mano en mano y la semilla del contrabando fluyó en direcciones incontrolables.

En casa de los Fernández Bautista, Manuela y Damiana se habían levantado de madrugada para comenzar las faenas. Pensaban que tal vez todo había sido una pesadilla y pronto María iba a aparecer con su gran sonrisa, mostrando algún pedazo de piña robado de la cocina para compartirlo con ellas, pero no, la negra yoruba había muerto de una forma trágica y misteriosa, en un camino que nunca fue una ruta marcada en el plan de fuga.

Los demás esclavos estaban en sus tareas. Damiana terminó de vestirse con una camisa negra en señal de luto y se amarró más fuerte el trapo blanco que aún llevaba en la cabeza.

—Negra, ¿cuándo vamos a quitarnos estos reales de las trenzas? —murmuró su compañera.

—Manuela, ¿es que ya no te quieres escapar?

—¿Y cómo vamos a conseguir el dinero que nos falta para la huida? Con esto que tenemos escondido no nos alcanza ni para volver a comprar hilos y telas.

—Escucha, Manuela, yo no nací para ser una esclava y María no murió por nada. Así que, a partir de ahora, vamos a bordar como nunca lo hemos hecho, igual o mejor que nuestras antepasadas de Panamá la Vieja. Tú y yo merecemos ser libres. Y te juro que voy a encontrar a ese asesino.

La esclava lloraba, su amiga trataba de consolarla, pero también sollozaba por toda la calamidad que las embargaba. Al cabo de un momento, Damiana se enjugó las lágrimas y salió del cañón.

—Debo ir con Isabel. Más tarde hablamos sobre el plan.

Manuela se quedó sentada en el catre, en silencio. No se atrevía a confesarle a Damiana que estaba arrepentida de haber utilizado su talento de bordadora para escapar. Su abuela era la única familia que le quedaba y no le había importado desampararla por las ansias de seguirle los pasos a su madre, Petronila.

Manuela nació en el arrabal de Santa Ana en 1719. Tres años después, su madre, una negra libre, comenzó a servir por voluntad propia a don Nicolás Porcio, un hombre que se dedicaba al negocio de esclavos. Éste le había prometido una buena paga. Cuando llegaban los negros, don Nicolás los ubicaba en su hospedería en Portobelo, los alimentaba, los convertía en cristianos y empezaba a prepararlos para alquilarlos y venderlos en época de bonanza, aunque los tiempos de guerra habían afectado a las ferias de Portobelo y éstas estaban llegando a su fin. Porcio, que también tenía sembradíos de maíz, mandaba a alimentar a las mulas y a los negros que trabajaban largas jornadas sin descanso cargando en sus lomos la mercancía vendida hasta sus puertos finales en Panamá y en Portobelo. Petronila cocinaba para todos, limpiaba la casa, sumaba y restaba el dinero de los alquileres y de los viajes. Su trabajo era indispensable para Porcio.

Manuela era aún muy niña y no le permitían vivir con su madre en casa del patrón. Las pocas veces que Petronila visitaba a su hija le prometía que algún día estarían juntas. La pequeña fue criada por su abuela Josefa. A pesar de que Petronila era libre, Nicolás Porcio le daba muy mala vida, no cumplía con la ley y la trataba como a una esclava. Por desdicha la negra se enamoró de su amo y le permitía toda clase de abusos. Al pasar los años, Petronila quedó embarazada de don Porcio y él la obligó a ir a la orilla del mar a sacarse al niño. Le gritaba:

— ¡Yo no puedo tener un hijo con una negra!

—Por favor, patrón, déjeme parirlo —rogaba Petronila.

En una de estas peleas el hombre, fuera de sí, le propinó un fuerte empujón que la lanzó contra el trapiche. Petronila pasó varios días sangrando entre fuertes dolores. La partera le recomendó que se pusiera una piedra en la cabeza que no pesara más de una arroba y que la mantuviera allí todo el día, que ese extraño método la ayudaría a sostener al bebé. Aun así, don Nicolás la obligaba a trabajar, hasta que un día Petronila se desmayó. La partera dijo que el bebé estaba muerto dentro del vientre de su madre y le masajeó el abdomen. Le dio de beber unas yerbas que la hicieron parir el feto sin vida. El grito de dolor se escuchó por toda la costa.

Resentida y furiosa, esperó a que llegara el próximo barco negrero y entre la carga divisó a un hombre fortachón, llamado Abedim. Junto a él y otros más, planearon el escape. Petronila se vistió de guerra y frente a un espejo carcomido por el salitre del Caribe, trenzó en sus cabellos el mapa que seguía la ruta hasta un palenque. Unos bongueros los ayudaron a cruzar el Chagres para adentrarse en la selva. Nicolás Porcio nunca más supo de Petronila, quien, con la venganza en el pecho, organizó su propio palenque. Junto al negro Abedim y otros cimarrones ayudaron a muchos esclavos a escapar de sus abusivos amos.

Un día Manuela jugaba en el patio del bohío de su abuela y vio llegar a una mujer con una parte del rostro cubierto por un rebozo, la niña enseguida reconoció los ojos de su madre. Petronila había ido a despedirse.

—¿Mamá, por qué no puedo ir contigo?

—Escúchame, Manuela, este mundo está lleno de peligros y ahora tengo que irme lejos para poder ayudar a los nuestros. Pero te prometo que algún día volveré por ti.

Petronila le dijo entre susurros a su madre:

—Porcio quizás venga buscar a Manuela para esclavizarla.

—Yo me encargaré de que nada le pase a la niña —aseguró Josefa.

La negra guerrera se fue con el corazón cargado de angustia por abandonar a su hija. Al amanecer del día siguiente, Josefa cruzó la Puerta de Tierra con su nieta y se la entregó a don Cristóbal Fernández. Él recibió a la niña, ya que la negra Josefa lo ayudaba en ciertos menesteres que los blancos de la buena sociedad no podían saber.

Cuando Josefa regresó a su bohío, Nicolás Porcio había tumbado la puerta de entrada.

—¡Negra, vengo a buscar algo que me pertenece!

Josefa prendió un tabaco con mucha calma y comenzó a fumarlo con la candela hacia dentro de su boca, como era costumbre y práctica ritual.

—¡¡Quiero a la hija de Petronila en reparación de todas las pérdidas que he tenido por su culpa!!

La negra seguía inhalando, sintiendo el sabor intenso del tabaco y el calor del fuego llegar hasta su alma.

Nicolás Porcio se acercó a Josefa y le enseñó el puño. La anciana mujer se sacó el tabaco de la boca y con una calma retadora le dijo:

—Hombre, pégame si eso te hace más macho. A ti te gusta maltratar a las mujeres, pero a mi nieta no la vas a tocar. Está fuera de tu alcance. ¡Eres un maldito! Yo sé que le has untado brea ardiendo a esos pobres negros para castigarlos. Te has salvado de la justicia de los hombres, pero de la divina nadie se escapa. Te aconsejo que regreses a Portobelo, porque en este momento los esclavos que te quedan en la hospedería están a punto de escaparse.

Porcio dio unos pasos hacia atrás.

—¡A tu hija le voy a sacar las tripas! ¡Y a ti te acusaré ante el Santo Oficio por bruja!

Josefa se echó en la hamaca y chupó de la candela. Porcio llamó a voces al esclavo que lo había acompañado para preguntarle a gritos si sabía algo sobre otra rebelión en su hospedería. El negro guardó silencio, don Nicolás se montó en su caballo como alma que lleva el diablo y salió disparado.

La negra soltó el humo de su tabaco y su rostro se envolvió despacio en las volutas grises. Días después, unos viajeros que venían de Portobelo le contaron que un caballo desbocado se había caído en el río Chagres con todo y jinete. El hombre gritaba desesperado para que lo ayudaran, pero fue imposible, porque varios lagartos llegaron antes, lo rodearon y terminaron devorándolo mientras el caballo lograba alcanzar sano y salvo la orilla. Después de ese día, todos los esclavos de Nicolás Porcio, guiados por Petronila, escaparon al palenque recién fundado y fueron libres.

Manuela nunca supo el paradero de su madre, pero siempre guardó la esperanza de encontrarla.

La faena en casa de los Fernández Bautista iniciaba desde que el patrón se levantaba a las cinco de la madrugada. Antes que el sol diera sus primeros rayos, ya los esclavos estaban en sus puestos de trabajo. Pero el grito que marcaba el inicio de la jornada era cuando la voz enérgica de don Cristóbal emitía el acostumbrado «¡Buenos días!» desde la escalera. En el despacho, Juanito Criollo, convertido ya en un hombre maduro hecho y derecho, lo esperaba con un tazón de chocolate y un bocadillo que podía ser una tortilla o un bollo de maíz. El amo cruzaba imponente por la puerta con una bata de seda azul y se sentaba en la gran silla de cuero frente a su escritorio. El esclavo comenzaba a reportarle los asuntos de importancia y todo lo ocurrido el día anterior en la ciudad.

—Patrón, anoche después de que terminó aquí el interrogatorio, me fui al arrabal como usted me ordenó.

—¿Y qué averiguaste?

—Los pocos negros que quedaron escondidos entre los bohíos hablaban de que la muerte de María Yoruba era una amenaza.

Don Cristóbal bajó su taza de chocolate y extrañado miró a su esclavo.

—¡Sí, patrón! Dicen que los ricos no están contentos con que la ciudad se esté poblando de tantos negros libertos, mulatos y zambos.

—Pero ¿quién les está metiendo esas ideas en la cabeza a los arrabaleros? —preguntó don Cristóbal.

—Yo no dije nada, sólo escuchaba. Lo culpan a usted de ser el líder de esa conspiración. Después caminé a la plaza de Santa Ana que estaba oscura y vacía. Sólo se veían velas prendidas en la casa de don Mateo Izaguirre. Pasó un rato y salió el asistente don Diego de Noriega junto a dos negros y los candiles de la casa de Izaguirre se apagaron.

—Juanito, con esto que me dices, ahora sé que mis enemigos usarán el crimen de la esclava para culparme y tratar de que me despojen de mis licencias de exportación. No quiero pensar que llegaron a cometer un acto tan horrible con el fin de quedarse con mi negocio.

—¡Ay, patrón! ¿Y si me matan a mí?

—Deja el miedo, Juanito, tú siempre estás conmigo y si te matan a ti, me tendrían que matar a mí. ¿Y cómo hiciste para entrar tan tarde a intramuros?

—No entré, le pedí posada a la vieja Josefa hasta que abrieran la Puerta de Tierra.

Don Cristóbal estaba preocupado. Al no haber tenido un hijo varón sentía que, si algo le sucedía, su fortuna quedaría en manos de los tiburones que se peleaban como una arrebatiña el espacio de los negocios en Panamá. Pero entre tanta maraña, el sospechoso comportamiento de su hija Isabel al defender a las dos esclavas seguía dándole vueltas en su mente.

Las diez de la mañana era la hora de tomar el almuerzo y los patrones se encontraban en el comedor, cuando recibieron una nota de parte del comandante De Palmas con la ley del toque de queda escrita en ella.

—Cristóbal, por favor, le dices a tus negros y a tu hija Isabel, que poco le falta para convertirse en uno de ellos, que hagan caso a la ley. No vaya a ser que volvamos a tener a esos vulgares milicianos aquí metidos.

—Deja de hablar tonterías, Catalina. Ahora lo único que me preocupa es que encuentren al criminal para limpiar nuestro buen nombre y también darle un entierro digno a esa muchacha.

—¡Ay, no, Cristóbal! Que se encargue su gente. Bastante tuve con el sepelio precario de Cirilo hace unos años.

—Y ¿cómo pretendías que fuera el sepelio? Son pobres, no tienen los reales para pagar por un entierro de ricos con cruz alta. Mira, mujer, no asistas. Estoy seguro de que ellos prefieren tu ausencia —don Cristóbal terminó de comer y se levantó molesto de la mesa.

Doña Catalina lo siguió con la mirada mientras se deleitaba con un chocolate. Levantó una ceja pensando, «Claro, quieres asistir al entierro solo para encontrarte con la negra Mayombe. No te voy a dar el gusto. ¡Desde luego que sí voy a ir!».

Mientras los patrones discutían en el comedor, Damiana recogía agua del aljibe con un cántaro. En la cocina se percató de que los esclavos comentaban sobre la sonada ley y cada uno le añadía algo más a la disposición: «Dicen que ahorcarán a los negros que se atrevan a salir de intramuros». «Estamos presos dentro de la muralla». «Escuché que van a clausurar el mercado de Santa Ana». «¡Si la vieja Catalina no nos da casi de comer diario, ahora con esta ley nos vamos a morir de hambre!».

Damiana ignoró las chachareas, tenía asuntos más importantes en qué pensar. Con esa nueva ley le sería imposible ir al puerto a buscar al contrabandista. Antes de subir a los aposentos de Isabel, le pidió a un esclavo que cargara la bandeja que portaba el almuerzo para la joven ama, carne en tasajo, arroz y plátano. Entre los alimentos iba un pedacito de jengibre que ayudaba al aseo bucal. Isabel no se había levantado aún de la cama. La esclava vertió en un aguamanil el agua del cántaro, después fue donde el esclavo, que esperaba afuera, tomó los platos y los colocó en el tocador, buscó la bacinilla de su ama, quien se levantó de la cama y lo primero que hizo fue sentarse en el recipiente y orinar. Cuando terminó, Damiana le dio al esclavo el orinal. Éste se aproximó al balcón y se fijó que nadie estuviera caminando cerca. De todos modos, antes de lanzar el líquido, todavía tibio, gritó un «¡Agua va!», así se deshizo del orín y tras haber cumplido con su labor fue al aljibe para enjuagar la bacinilla y ponerla en su lugar.

Mientras tanto la negra ayudaba a Isabel a lavarse el rostro, le pasó el pedacito de jengibre y en un vaso le sirvió agua.

—Cuánto lo siento, Damiana. Aún no puedo creer que hayan matado de esa forma tan horrible a María.

Damiana no aguantó más y comenzó a llorar.

—¡Ay, Isabel, todo esto ha sido mi culpa!

—¿Por qué dices eso?

La esclava no tuvo más remedio que contar lo que tenían planeado. Isabel abrazó a su amiga, la quería como a una hermana.

—No es tu culpa, negra, sé lo mucho que has anhelado tu libertad. Con razón te veía bordando a todas horas. Ya no llores más.

—Me he quedado sin nada, Isabel. Casi todo lo que tenía se lo he vendido a las mujeres del mercado para comprar los hilos y las telas con que bordamos las polleras. Lo mismo hicieron Manuela y María.

—Damiana, ¿cuánto vale comprar tu libertad?

—Mi madre obtuvo su emancipación por 400 pesos hace unos años. Después del Fuego Grande la vida se ha puesto muy difícil para nosotros. Casimiro, el bandido, ofreció 25 pesos por cada pollera y con ese dinero escaparíamos.

La joven patrona se quedó pensativa, aquello era mucho dinero. Deseaba ayudar a Damiana, pero sentía que tenía las manos atadas.

—Isabel, quiero ir al muelle a buscar al contrabandista para que me diga si vio algo extraño después de recibirle las polleras a María.

—Negra, ¿qué tal que él sea el asesino? Tal vez huyó.

—No lo sé, es posible, pero si no voy no me lo perdonaré jamás.

—Damiana, hay otro problema. No podemos acusar a ese bandido porque si las autoridades se enteran de que ustedes hicieron trato con unos delincuentes, las van a condenar a la horca.

—Lo sé, por eso debo ir yo misma a enfrentarlo, pero con la nueva ley no puedo salir sin un permiso dado por el patrón.

—¡Mujer!, ¿y si te mata a ti?

—No lo hará en este momento porque sería muy sospechoso y yo sí tengo cómo defenderme.

Isabel caminaba de un lado a otro. No había tocado su comida.

—Yo misma puedo hacerte ese permiso. ¡Sé hacer la firma de mi padre!, pero nos faltaría el sello, aun así, no creo que debas ir, es peligroso que te arriesgues tanto, Damiana.

—No puedo quedarme con los brazos cruzados.

Isabel abrió una gaveta, sacó un papel, mojó su pluma y con mucho cuidado escribió:

Autorizo a mi esclava Damiana Fernández a salir a los arrabales a comprar unas frutas.

Después aprovechó la ausencia de su padre y fue al despacho a buscar el sello con el escudo familiar. Al cabo de pocos minutos, Isabel traía el permiso listo. Se lo entregó a la esclava y le advirtió:

—Negra, si no estás aquí en un rato, yo misma iré a por ti.

Damiana prefirió no contarle nada a Manuela; cargó con una cesta y la autorización. En la Puerta de Tierra los negros, zambos, mulatos y mestizos formaban una larga fila para poder cruzar. Había otra fila más corta para los blancos. Los guardias trataban con más rudeza que de costumbre al grupo de piel oscura. Se escuchaban las quejas: «¡Todo esto por una negra!», «Seguro que la mató su amante, ¡sinvergüenza!», «Dicen que la negra ya no aguantaba los acosos del patrón y quería escapar».

Damiana oía los morbosos comentarios, hasta que uno de los guardias le gritó:

—¡Esclava!, ¿estás sorda? ¡Dame tu permiso!

Sobresaltada, sacó la nota y se la entregó. El guardia la miró, malicioso.

—¡Lárgate! Y cuando regreses presenta de nuevo este papel.

La esclava cruzó la Puerta de Tierra.

Unos nubarrones en la lontananza avisaron que muy pronto caería la lluvia. Llegó a playa Prieta y vio los bongos anclados. Corrió buscando entre la gente al zambo Casimiro, sin encontrarlo. Cuando ya se estaba desesperando divisó a un marinero mulato que era compañero del zambo.

—¿¡Dónde está tu amigo, el asesino!? —le soltó a bocajarro.

—Mujer, ¿qué dices?, ¿qué asesino?

—Tú sabes muy bien de quién hablo. ¡Él la mató!

—¡Cálmate, esclava! —los guardias estaban cerca y el marinero, al ver que Damiana no se podía controlar y subía el tono de sus acusaciones, la sujetó por el brazo y la empujó a un lugar más alejado de la vigilancia—. ¿De qué hablas?

—¡Ese Casimiro Mena mató a María Yoruba después de que ella le entregó las polleras!

—Pero ¿qué locuras dices? ¡Estás equivocada! Yo mismo estuve con él cuando la negra trajo la mercancía. Casimiro le pagó, ella se fue y después él partió con el cargamento.

—¡Estás mintiendo! Ustedes fueron los únicos que estuvieron con ella antes que apareciera muerta.

—¡Deja de decir tonterías! Aquí no hemos matado a nadie. Casimiro ni siquiera sabe lo que le sucedió a tu amiga —Damiana no le creía una palabra—. Mira, si quieres lo esperas, él sólo iba a acompañar ese cargamento unas diez leguas, así que debe estar de vuelta hoy en la tarde. Pero te advierto que si no vienes, mañana no nos encontrarás. Esto se ha vuelto muy peligroso para nosotros.

La esclava sopesaba si regresar o aguardar al contrabandista. Varios pensamientos le pasaron por la mente, «¿Qué tal que ese hombre me esté mintiendo y ahora voy a correr la misma suerte de María?», «Vale la pena que me arriesgue por la Yoruba». La negra Damiana metió la mano en la faltriquera y tocó la navaja. Ella tenía con qué protegerse.

—Está bien, volveré más tarde y si tu amigo no está aquí los voy a acusar con los guardias.

El muchacho miró receloso a Damiana.

—Casimiro estará y vamos a demostrarte que no somos unos asesinos. Contrabandeamos para poder comer, pero nunca se nos ha ocurrido matar a nadie. ¡Malagradecida!

Damiana lo volvió a amenazar, esta vez con un gesto en su rostro. Se dio la vuelta y el pelado sólo vio aquellas nalgas redondas bambolear la enagua con orgullo. La negra decidió irse a casa de Josefa. En el camino seguía pensando: «Si no la mató el tal Casimiro, ¿quién pudo haber sido?». Iba sumergida en sus pensamientos cuando tropezó con alguien.

—¡Ten cuidado, esclava!

—Disculpe, don Rodrigo.

—¿Tú de dónde vienes?

Damiana, un poco extrañada por la pregunta del sacristán, buscó rápido en su mente una respuesta.

—Vengo a comprar frutas para los patrones.

Don Rodrigo, bajo una mirada despectiva y juzgadora, dejó que Damiana siguiera su paso.

«¿Y a este señor qué le importa de dónde yo vengo? Se cree más que el obispo, un buen día le quitará el puesto». Bisbiseó para sí la negra mientras avanzaba.

Las horas pasaban y ante la demora de Damiana, Isabel comenzaba a preocuparse. Fue a la cocina y Manuela, al verla, peló los ojos.

—Ama, Damiana se ha ido, todos dicen que ha escapado porque ella es la asesina.

Isabel le ordenó que la acompañara para contarle a dónde se había dirigido Damiana.

—¡Le dije que no hiciera nada! Ahora los otros esclavos van a acusarla con los patrones. ¡Ay, ama! ¿Qué vamos a hacer?

La joven buscó su mejor vestido, le ordenó a Manuela que la peinara, se puso un sombrero y salió de su casa, no sin antes susurrarle a la negra:

—Si los demás esclavos insisten en indagar la ausencia de Damiana, diles que ella me acompañó como chaperona a dar un paseo.

Manuela no resistía la zozobra. Si apresaban a Damiana, ella también se entregaría.

La elegante mujer se escabulló por el Callejón de las Ánimas hasta salir a la calle de Santo Domingo que daba al cuartel de Chiriquí. Al verla, los hipócritas puritanos chismoseaban a su alrededor, ya que no era común ni decente que una señorita de sociedad anduviera sin chaperona o sin una de sus esclavas.

—¡Mírenla, ahí va levantando deseos pecaminosos!

Isabel caminaba sin importarle lo que dijera la gente. La ocasión le había caído como anillo al dedo a la hija mayor de los Fernández Bautista, porque su corazón tenía otras intenciones.

La entrada al cuartel estaba custodiada por una decena de guardias que se miraron extrañados al ver llegar a Isabel.

—Vengo a ponerle una queja al comandante De Palmas —ningún soldado se movió ante su orden—. ¡¿Qué pasa, nunca han visto a una dama?! —como si se hubiera liberado de su hechizo, uno de ellos corrió a la oficina de su jefe.

—¡Ábranle paso! —tronó la voz de don Juan.

El vestido que había elegido Isabel era de un tono lavanda, bordado por Damiana, forrado en el pecho con un encaje traído de París. Las mangas abullonadas en los hombros terminaban estrechándose en los antebrazos también cubiertos con el mismo encaje del pecho y la cintura estaba rodeada por una cinta de terciopelo rosado que formaba un hermoso moño. Él la veía venir hacia su oficina. Al entrar, don Juan cerró la puerta.

— Señorita Fernández, ¿qué hace usted aquí?

—Comandante, ¿no le agrada mi sorpresa?

Don Juan la agarró por la cintura con delicadeza, contempló los ojos azules de Isabel y suspiró, ninguno de los dos pudo dominar la fuerza que parecía atraer sus bocas entre sí hasta que sus labios se juntaron en un profundo y largo beso.

5

La negra Josefa, entre los frufrús de una tela de algodón, entornaba los ojos, no sólo como bordadora, sino también como narradora y custodia de un legado que deslizaba la historia entre sus dedos. Damiana la escuchaba con atención sabiendo que cada palabra era una herencia de tradición y una reprimenda.

—Negra, la vida siempre desconcierta. Uno se la pasa haciendo planes y nunca mete a la muerte en ellos. No necesito saber leer ni escribir para conocer los menesteres de la muerte. La existencia y el más allá tienen un pacto. El problema, Damiana, es que a los seres humanos se nos olvidan las lecciones y repetimos la historia. Hace setenta y cuatro años la tragedia escogió a Panamá. Yo no recuerdo nada, mucho menos a Morgan, porque tenía apenas un año de haber llegado a este mundo, pero contaban los viejos sobrevivientes que con sólo verlo se espantaban. El maligno se posaba en la Plaza Mayor a disfrutar de ver cómo ataban a la gente por las manos y por los pies. Él pedía que los estiraran hasta que se les salieran las tripas. Eso le causaba a ese diablo una risa maldita. La ciudad había ardido en llamas por orden del gobernador Juan Pérez de Guzmán, pero Morgan y sus malhechores terminaron de destruirla y acabaron con la moral de los habitantes de la Vieja Panamá. Cuando los piratas mataron a mis padres, mi ama me llevó con ella a uno de los galeones que estaba escondido detrás de Perico. Para nuestra desventura escogió la nao que tenía el mástil dañado —a la aguja se le agotaba el hilo, Josefa hacía un nudo en la tela y cortaba la hebra que sobraba con los pocos dientes que le quedaban. Volvía a ensartar el hondón de la aguja con los ojos cerrados. Era tan experta haciendo aquella maroma que sólo le bastaba el sentido del tacto.

—La Santísima Trinidad, éste era el nombre del navío. Mira lo que le ha tocado vivir a esta vieja. Los susurros de la gente rezándole a santa Librada en la cubierta del barco no se fueron más nunca de mi mente y aunque yo era muy pequeña, en las noches los escucho de nuevo y veo una que otra ánima rogándole la salvación a la santa. Con el mástil dañado el bendito galeón no podía zarpar hacia el Perú, así que lo remendaron con unas tablas y el capitán decidió que pusiéramos rumbo a Mensabé. Sobraron tablones y los colocaron en un bote que iba jalado por la nao grande. Con esas maderas fundaron un pequeño pueblo llamado Las Tablas. Allí me crie y ése fue mi hogar por mucho tiempo. Doña Ester de Fidalgo y Rivera, mi ama, maestra en el bordado, tuvo la paciencia de enseñarme el ritmo perfecto entre la aguja, la tela y los hilos. Varias mujeres nos reuníamos en casa de mi ama a coser sin descanso. Las más viejas traspasaban a sus hijas y nietas este arte. Mi patrona, al morir, dejó una nota en la que se indicaba que los hilos y las telas de su baúl, junto a la imagen de santa Librada que por años engalanó la entrada de su casa, eran míos. Pero lo más valioso que escribió fue que gracias a mi talento yo había bordado mi libertad. Desde aquel día me convertí en una negra libre.

La tarde se oscureció y la lluvia comenzó a pegarle fuerte al bohío de Josefa. La vieja dejó la tela a un lado, buscó una vela para iluminar su trabajo y subió el tono de voz.

—Damiana, a mí no me tienen que contar para yo saber. Ustedes querían escapar. A María no le tocaba morir, un demonio le arrebató la existencia, pero esa negra era adivina y lo más seguro es que sabía lo que iba a suceder y prefirió ser ella quien retara esa desgracia —Josefa le hizo un gesto a Damiana para que la ayudara a estirar la tela blanca sobre un tablón. La joven negra admiró el trabajo de la anciana. El faldón blanco lucía a medio bordar unas hermosas flores de colores. La vieja se apoyó en su horqueta y trató de enderezarse—. Muchacha, la Yoruba no murió por débil, ella murió para salvarlas.

La esclava levantó la cabeza y recordó el momento en que Manuela y ella le daban las últimas recomendaciones a María, antes de ir a encontrarse con el contrabandista.

—María, ve con cuidado, por favor.

—Manuela y yo nos arreglaremos para no ser descubiertas y encontrarte donde quedamos.

La Yoruba abrazó a sus amigas y susurró.

—Ustedes me salvaron con su amistad cuando llegué a estas tierras. Ésa se las debo. No importa lo que pase porque las tres estamos encaminadas en nuestro destino para ser libres —agarró las polleras, que iban envueltas en sábanas, bien resguardadas dentro de una cesta, se las colocó sobre la cabeza y con el cuello recto y un equilibrio perfecto se fue alejando poco a poco con los trapos de colores guindando de sus trenzas.

«Josefa tiene razón, tal vez Manuela o yo pudimos ser las degolladas. María nos protegió», pensaba Damiana. La vieja continuaba reprendiéndola.

—Negra, la libertad no siempre se paga con plata. Tú y mi nieta están vivas, pero a veces la vida es más dura que la misma muerte. Yo les enseñé a bordar polleras, ésa es un arma muy poderosa. Tienen que seguir bordando.

—¿Pero con qué telas? Gastamos todo en este intento de escapar. ¡Nosotras causamos la muerte de María!

La vieja admiraba con paciencia los detalles de su bordado. Vestía una enagua cuyos amarres estaban atados con fuerza a la cintura y le dividían la barriga en dos. Las greñas grises sobresalían del turbante que traía puesto. La camisa de flores ya no resistía y estaba más abierta que de costumbre cayendo por debajo de sus hombros. Al escuchar a Damiana, levantó una ceja y escupió:

—¡La condenada culpa de siempre! Te voy a decir lo que le dije a mi hija Petronila la última vez que la vi, hace más de veinte años, ¡ya los blancos te han esclavizado el cuerpo, no dejes que la culpa te esclavice el alma! ¡Vayan a enfrentar el destino y háganlo con dignidad!

Habían pasado un par de horas y un rugido profundo retumbó desde el cielo. Los rayos se lucían sin vergüenza iluminando la oscura tarde. Damiana no podía esperar más, faltaba poco para que comenzara el toque de queda. Salió de la casa de Josefa y caminó bajo la lluvia por las calles llenas de lodo. Fue al puerto, los botes bailaban al ritmo de la embravecida marea del océano Pacífico. La esclava estaba empapada, el pañuelo que tenía en la cabeza desde la noche anterior ya no les servía de protección a las trenzas que poco a poco perdían la esperanza de guiar los pasos de su dueña hacia la libertad. A lo lejos pudo divisar al contrabandista y a su amigo, quienes se guarecían en un pequeño bohío. Se acercó y lo agarró con todas sus fuerzas acusándolo de haber matado a María.

—¿¡Qué dices, negra!? Yo no he sido, acabo de enterarme y te estaba esperando.

—¡Pruébame que no fuiste tú!

—No tengo por qué probarte nada, mujer. Pero para que sepas, yo no me vi con tu amiga por el camino del Chorrillo. Nos encontramos aquí en el muelle, detrás de esos botes viejos. Le recibí las polleras y le pagué la suma acordada. Ella metió las monedas en una bolsita de terciopelo azul. Después se fue.

—¡Espera! —intervino el amigo—. Unos marineros comentaron que la vieron saludar a alguien y seguir hacia Santa Ana.

—¿A quién saludó? ¿Lo sabes? —inquirió esperanzada Damiana.

—¡¡Negra, cálmate!! Yo qué sé a quién saludó la esclava. No nos metas más en tus asuntos.

Los relámpagos asustaban a los arrabaleros, quienes caminaban urgidos entre el lodazal porque faltaba poco para que comenzara el toque de queda.

Mientras la lluvia mojaba el rostro de la esclava, sus pensamientos se movían con rapidez:

«María vio a alguien conocido antes de morir. Pero ¿por qué se fue al camino del Chorrillo después de entregar las polleras en el muelle?».

Damiana miraba hacia el lugar en donde habían encontrado a María Yoruba muerta, estaba alejado del punto de encuentro con los contrabandistas y el camino del Chorrillo nunca estuvo incluido en la ruta del escape. «La persona debió ser muy cercana para que ella se haya desviado del plan».

La negra comenzó a correr hacia la Puerta de Tierra con la autorización falsificada por Isabel en sus manos cuando una idea llegó como un destello a su cabeza.

«Si alguien conocido la vio antes de morir, ¿por qué nadie ha dicho nada? Podía ser alguno de sus compañeros del cañón. ¿Será que esa misma persona la mató?». La esclava se detuvo y recorrió en su mente los rostros de los negros que servían a la familia Fernández Bautista.

Una voz de mando la desconcentró:

—¿Damiana Fernández? —el guardia la llamó por el apellido de su amo.

—Sí, soy yo. ¿Qué ocurre?

—¡Venga con nosotros!

—¡Espere!, tengo permiso de mis patrones, ¡suélteme! —gritaba la esclava, confundida.

El guardia no le hizo caso, la agarró con brusquedad y se la llevó hasta el cuartel. La negra estaba contrariada. La encerraron en una celda calurosa y sucia hasta que escuchó los gritos del comandante De Palmas.

—¡Saquen a esa mujer de la celda y tráiganla a mi oficina!

Damiana seguía turbada, no entendía lo que sucedía. Seguro la iban a interrogar sobre su salida al arrabal. Era un acto muy sospechoso en ese momento. No podía delatar a los contrabandistas. Tal y como había dicho Isabel, el castigo podía ser la horca en la Plaza Mayor. En su mente buscaba con prisa la coartada. A empujones la llevaron a la oficina del comandante. En cuanto se abrió la puerta Isabel se abalanzó a abrazarla.

—¡Damiana!, casi me matas del susto. ¡Vine a buscar ayuda porque estaba muerta de preocupación!

La esclava levantó una de sus cejas con malicia, pero respiró aliviada. Aunque Damiana estaba segura de que en esa oficina Isabel y el comandante no sólo habían intercambiado palabras, confiaba en su joven ama y sabía que nunca le fallaría.

—Le he dicho a don Juan que has ido al arrabal a ver si encontrabas alguna noticia sobre el crimen de María.

—Así es, don Juan. Ha sido una imprudencia de mi parte, pero me he enterado de algo.

El comandante escuchó a la negra contarle sus averiguaciones, y resopló al oír que María había tenido un último contacto con alguien conocido.

—Damiana, María no asistió al pesaje de las velas, tampoco permaneció en la casa con ustedes. Entonces ¿dónde se encontraba? ¿Quién te dijo que la vio saludar a alguien? —preguntaba el comandante, suspicaz.

La negra captó en seguida que si seguía hablando el guardia iba a darse cuenta del plan que ella y sus amigas habían elaborado. El comandante, con sólo ver el movimiento de las manos nerviosas de Damiana y su mirada esquiva, supo que la mujer estaba diciéndole una verdad a medias.

Mientras la joven ama y su esclava, bajo la presión del momento, improvisaban una endeble coartada en la oficina del comandante, en casa de los Fernández Bautista, Manuela no podía controlar los nervios. Damiana había desaparecido desde la mañana y la señorita Isabel no regresaba. Varios esclavos, con Dolores Lucumí a la cabeza, aprovecharon que ya era pasadas las cuatro de la tarde, hora de la cena, y pidieron hablar con los patrones que estaban en el comedor. Doña Catalina casi se muere del susto, pensó que se estaba formando una rebelión. Dolores actuó como vocera y les comunicó a los amos sus sospechas:

—Patrones, Damiana ha escapado, no la encontramos por ningún lado. Estamos seguros de que ella es la asesina.

—¡Te lo vengo diciendo, Cristóbal!, esa mujer no es de fiar y tú estás como si nada! —increpó doña Catalina quien, acto seguido, subió las escaleras hacia los aposentos de sus hijas.

—¡Isabel!, ¡¡Isabel!! —al entrar al cuarto se dio cuenta de que su hija mayor no estaba. La cama se veía arreglada.

Entonces salió como una loca gritando:

—¡Cristóbal, esa negra se ha robado a Isabel! Esa es la única explicación, mi pobre hija jamás habría salido con esta lluvia. ¡Y pronto va a oscurecer! —Catalina se lamentaba mientras pasaba su mano por la frente con dramatismo.

—Por favor, mujer, ¡deja de inventar! —se dirigió a su esposa con voz rotunda—. Y ustedes, ¿cómo es posible que estén culpando a una de sus compañeras? ¡Voy a hablar con el comandante De Palmas para que nos ayude a encontrarlas!

El patrón agarró su sombrero y dando un portazo salió bajo el aguacero rumbo al cuartel para solicitar al comandante que diera con el paradero de Damiana y de Isabel. Doña Catalina se encerró en su cuarto segura de que pronto los negros armados de palos y piedras atacarían la ciudad. Puso a la esclava Matilda a custodiar la puerta. Don Cristóbal no podía negar que sentía un poco de inquietud. Rogaba en su fuero interno que nada le hubiera pasado a su hija mayor. Lo seguían, trotando, Juanito Criollo y varios de sus esclavos. Caminó por las calles inundadas. Los charcos cubrían sus botas hasta los tobillos y una corriente arrastraba la basura que flotaba por la Calle de San Antonio y quedaba atrapada contra la gran muralla.

Don Cristóbal llegó empapado al cuartel y pidió ver a don Juan de Palmas. Esperó un momento mientras era anunciado. Al poco tiempo un guardia con el gorro mojado y cara de pocos amigos lo dirigió por el largo pasillo hasta la oficina del comandante. La puerta se abrió y don Cristóbal se sorprendió al ver a su hija y a su esclava.

—¡Isabel, Damiana! Pero ¿ustedes qué hacen aquí?

—¡Padre!

El asombro y el alivio se convirtieron en enojo.

—¡Responde a mi pregunta! Y tú, Damiana, ¡si has metido a mi hija en algún problema te las vas a ver conmigo!

La negra guardaba silencio, sumisa . Pocas veces había visto al patrón tan disgustado. Cristóbal pasó su vista de arriba abajo por su hija para asegurarse de que estaba bien, su vestido, un poco ajado, no tenía una sola gota de lluvia.

—Don Cristóbal, creo que soy yo quien debe explicarle.

—¡No, comandante, estoy hablando con mi hija y con mi esclava!

—¡Padre, cálmate! Te vamos a contar, no hagas escándalos como mamá.

—¡Isabel, no seas irrespetuosa! Yo te conozco bien y sé que cuando quieres salirte con la tuya sacas los defectos de tu madre. ¡Habla!

—Vine acá porque estaba preocupada por Damiana y le pedí al comandante que mandara a sus guardias a buscarla.

—Pero, vamos a ver, ¿por qué no me dijiste!? ¿Cómo te has atrevido a venir a molestar al comandante por una minucia como ésta? Y tú, Damiana, ¿dónde diablos estabas?

A la negra no le salían las palabras al escuchar los regaños del imponente patrón.

—Ella estaba en los arrabales, padre —contestó Isabel por la esclava.

—¿Haciendo qué y con qué permiso?

—Yo la autoricé. Ella fue a averiguar si alguien había visto por última vez a María Yoruba.

—¿Que tú qué? ¡Isabel, tú no estás autorizada a firmar ningún consentimiento! ¿Dónde está ese permiso? ¡Quiero verlo!

El comandante era testigo de aquella desagradable discusión y no sabía cómo interceder. Damiana extendió el pedazo de papel mojado, la tinta ya se había corrido y no se leía la firma falsificada de don Cristóbal. Pero aún se mantenía el sello.

—¿Tú robaste mi sello? —vociferó el amo revolviéndose contra la esclava.

—Padre, yo lo tomé porque tú no ibas a hacer nada. Damiana se arriesgó y averiguó que alguien conocido estuvo con María antes del asesinato.

Don Cristóbal se sentó en una de las sillas de madera y se agarró la cabeza.

—Señor, Damiana y la señorita Isabel han cometido una imprudencia. Usted tiene el derecho de tomar la decisión familiar que desee y castigar a su esclava como le parezca. Sin embargo, debo decirle que lo que ha descubierto Damiana es muy importante.

La negra se había reservado toda la información sobre la huida, las polleras y los contrabandistas. Isabel también guardaba entre sus labios pálidos el secreto de los tantos besos que se había estado dando con don Juan.

—Comandante, ellas no son alguaciles del crimen ni guardias. Afuera hay un asesino suelto y yo no quiero que mis esclavos y mucho menos mi hija, que es una señorita de sociedad, tenga algo que ver con esto.

Damiana e Isabel se miraron, cómplices.

—Entiendo, señor, y estoy de acuerdo con usted, desde luego, pero en este momento cualquier información es importante para resolver el crimen y que la tranquilidad regrese a la ciudad.

Don Cristóbal se levantó y gritó con rabia:

—¡Isabel, vete a casa, que te acompañen los esclavos que están afuera! Y no sé qué excusa le vas a inventar a tu madre.

—¡Ella siempre anda con sus exageraciones y crueldades! —alegó la joven.

Don Cristóbal agarró a su hija por el brazo.

—Mira, Isabel, tú no tienes derecho a expresarte así de tu madre. ¡Respétala!

—¡Suéltame, padre! Si tú quieres lavar las culpas de tus infidelidades defendiendo a mi madre no lo hagas conmigo.

La joven, enojada, se apresuró a salir de la oficina. Un esclavo la cargó en la espalda y Damiana corrió detrás. Don Cristóbal volvió a sentarse con una mano apoyada a su frente. No le gustaba la conducta de su hija. Isabel era atrevida y siempre había sido respondona, pero él sentía que en los últimos tiempos algo más le estaba escondiendo. Desde el día de la requisa su comportamiento había sido muy misterioso.

—Señor, si me permite un consejo, creo que debe tomarlo con calma.

—Comandante, la vida es un laberinto.

—Así es, don Cristóbal. Algunas veces uno tiene ganas de dejarlo todo y salir huyendo.

—Su boca está llena de razón. Hay malas decisiones que pagamos por el resto de la vida y a veces los hijos son nuestros peores jueces.

—Sí, señor, no tengo aún hijos, pero puedo entenderlo. ¿Le sirvo una copa de vino? Me gustaría comentarle algo muy confidencial.

—Por favor, a ver si me calmo un poco. Con gusto puede decirme lo que sea, yo soy un hombre discreto.

El comandante sacó una botella de vino español y dos copas de uno de los compartimientos del bargueño. Mientras lo servía, recordaba los gritos de los arrabaleros que incriminaban a don Cristóbal. De pronto, pasaban por su mente, como una ráfaga que le erizaba la piel, los besos de Isabel. Guardando su compostura chocó sutilmente su copa con la del padre de la mujer que amaba.

—Don Cristóbal, hemos encontrado cerca del lugar del asesinato una pieza que tal vez pertenecía a la esclava María Yoruba.

—¿Qué es, comandante?

El guardia sacó con mucho cuidado, de uno de los cajones del mueble, una bolsa de terciopelo azul y la extendió sobre la palma de su mano.

—¿La reconoce usted?

—No, no recuerdo haberla visto. ¿Tenía algo adentro?

—Había dos reales de a ocho y arena. Pensamos que tal vez tenía más dinero dentro y en la premura el ladrón dejó olvidadas esas monedas. La hemos hallado a unas dos varas de donde estaba el cuerpo de María —don Cristóbal se acercó para verla mejor.

—Pero también tenía pegado algo que nos llamó mucho la atención.

—¿Qué cosa, comandante?

—Un pedazo muy pequeño de sebo de vela.

—Mis esclavos estaban entregando velas esa noche. ¿Usted cree que pudo ser uno de ellos?

—Señor, no podemos asegurar nada. En este momento todos son sospechosos. Por favor, si nota alguna conducta extraña entre ellos, cualquier cosa que llame su atención, le pido que me lo informe.

Durante todo el asunto del asesinato, don Cristóbal no había dudado de sus esclavos, pero con este nuevo hallazgo, su forma de pensar cambió. Tal vez Catalina tenía razón y su familia corría un grave peligro.

—Así lo haré —el hombre se levantó para salir de la oficina, pero se detuvo meditabundo en la puerta mirando al comandante—. Don Juan, ahora soy yo quien va a pedirle un favor.

—Si está dentro de mis posibilidades, con gusto, señor.

—No pierda de vista a mi hija Isabel y si ella comete algún acto inadecuado, le voy a agradecer que me lo diga. Confío en usted.

6

El sepelio de María Yoruba se celebró dos días después de su muerte. Por la terrible forma en que había fallecido y para acallar a los maliciosos del pueblo, el patrón dio una sustanciosa limosna para que se celebrara un entierro al estilo de las familias opulentas, a los cuales se les colocaba una cruz alta en la tumba. La misa fue en la iglesia de Santa Ana, de cuerpo presente, con el cadáver envuelto en una mortaja blanca, bien arreglada por don Chema, un hombre mestizo y gordo, que se dedicaba, además de amortajar a los difuntos, a armar ataúdes de madera y contratar a los negros para abrir y cerrar los huecos en el cementerio. Su negocio era una tradición familiar ya que sus abuelos habían sido los sepultureros en Panamá la Vieja.

Para el sepelio las mujeres vestían basquiña negra de bayeta en señal de duelo, corta a media pierna, por debajo se podía ver el encaje de las enaguas. Tal como se acostumbraba, las esclavas iban todas descalzas.

Don Cristóbal esperaba en la puerta de la iglesia a su mujer, que venía montada en su palanquín cargado por cuatro esclavos, vestidos de blanco y ataviados con pelucas. Más atrás los seguía Isabel, que hacía muecas de desagrado harta de ver a su madre usando ese palanquín hasta para ir a una cuadra de su casa. Catalina se bajó ayudada por sus lacayos. Los encajes de su enagua eran venecianos y su basquiña de organza negra había sido confeccionada por Manuela. La doña calzaba unos zapatos negros sin tacón. Entró al templo del brazo de su esposo, mientras un coro de varones cantaba el *Requiem aeternam*. Entre la mantilla morada y la redecilla que cubría su rostro, Catalina vio a la negra Ana Mayombe, la amante de don Cristóbal, acompañada de sus hijos. También estaban Manuela, su abuela Josefa y todos los esclavos que les servían. Catalina avanzó con su marido hasta los primeros puestos. En toda la iglesia se sentía la hediondez que salía del ataúd.

—Cristóbal, ¡ese hedor me da ganas de vomitar!

—Deja de quejarte, mujer. Te advertí que no vinieras.

La doña, con tal de no permitir que su marido asistiera solo al entierro, aguantaba la respiración por momentos y se cubría la nariz con el manto.

Damiana, sentada en una de las bancas de la iglesia, recordaba que unos meses atrás estuvo allí junto a Manuela y María, repasando las formas del altar, ya que la Yoruba quería bordar un diseño similar en una de las polleras.

—Si coso en mis telas las flores del sagrario, también voy a bordar caracoles —aseguraba María en voz baja.

—Yo deseo bordar, en una de las polleras, las olas del mar y peces y, en las otras, hojas verdes —replicaba Manuela.

—¿Por qué mejor no bordan el rostro de la Lamecharcos de Catalina? —musitaba Damiana, burlándose.

—¡¿Se imaginan?! Yo creo que agarran la pollera de trapo de fogón.

—¡Vamos a tener que venderla a real, porque de seguro la gente va a limpiar las bacinillas con ella!

Aquel día, entre risas y burlas, fue cuando se les ocurrió vender las polleras y escapar. La esperanza las llenó de coraje y comenzaron a planear la fuga. Soñaron despiertas con los héroes cimarrones que tocaban tambor para convertirse en sombras de la noche y no ser vistos entre los árboles de la selva. En las tardes, Damiana y María se sentaban en el piso mientras que los dedos de Manuela danzaban con arte al trenzar sus cabellos, practicando los caminos hacia un palenque.

Un día, paseando por el muelle, las esclavas sorprendieron a Casimiro Mena y a su pandilla negociando una mercancía. El zambo se asustó y María le prometió que ellas guardarían su secreto si hacían un negocio juntos. A Mena siempre se le acercaba gente con ganas de ahorrarse los reales de los tantos impuestos que debían pagar al fisco. Pero muchas veces eran minucias por las cuales no valía la pena arriesgarse. El zambo vio el rostro bonito de las esclavas y aceptó mirar la mercancía. Al día siguiente las negras volvieron con una de las polleras para que el contrabandista observara la calidad del bordado.

—No sé si tenga comprador para esas sayas. ¿Cuánto quieren por ellas? No anden pidiendo tanta plata que entonces aquí muere el negocio.

Mientras las negras cuchicheaban a un lado, Casimiro les comentó a sus amigos que esas faldas tenían muy buena calidad.

Damiana le preguntó al bandido cuánto estaba dispuesto a pagar.

—¡Ah, no! Digan ustedes y apúrense. Si no, muy bien pueden ir a la contaduría y dejarle a las cajas reales los impuestos de almojarifazgo, alcabalas, la avería, el derecho de unión de armas, la bendita sisa, ¿cuál se me queda? —el zambo se ponía a contar con los dedos de las manos sacando cuenta con la boca—. ¡Ah, ya me acordé, tienen que pagar también el impuesto de convoyaje! Y me faltan más, pero hasta ahí se los dejo. Ustedes verán si quieren ir a tirarle sus pesos a las arcas reales.

El listo de Casimiro sabía que las esclavas no se atreverían a vender esas faldas por la vía legal, ya que sus amos se apropiarían de las ganancias. Las negras se asustaron después de escuchar al contrabandista enumerar todos los impuestos. María propuso que les pagara 30 pesos por cada pollera.

—Les doy 25 pesos y me traen esas faldas el día que les diga para aprovechar el viaje.

A los esclavos no les importaban los impuestos ya que sólo servían para enriquecer el bolsillo del fisco. Las mujeres aceptaron el negocio ilícito y bordaron con la esperanza a flor de piel.

El padre comenzó la misa del entierro y Damiana retornaba de sus recuerdos. Las palabras en latín resonaron en el templo. Rodrigo, el sacristán, esparcía el humo del incienso sobre el ataúd. En ese instante algo sonó dentro del féretro. El hombre pegó un brinco y corrió junto al sacerdote, quien buscó con la vista a don Chema. El enterrador se acercó al altar y abrió una rendija en la tapa del ataúd y le susurró al padre Víctor que se diera prisa, que la muerta se estaba descomponiendo con el calor y si tardaba mucho más, aquello no iba a terminar bien.

El público, sin saber muy bien qué pasaba, se persignaba asustado.

«María vivió una muerte violenta, pero gracias a nuestro bendito Dios, el cuerpo vuelve a la tierra y el alma que se arrepiente de sus pecados, encuentra la luz eterna. Varias interrogantes están hoy en nuestras cabezas: ¿Quién la mató? ¿Por qué lo hicieron?».

Todos escuchaban atentos el sermón. El sacristán agitaba el incensario peleando con el hedor de la muerte. La negra Lucumí acosaba con su mirada a Eduarda, que apretaba con los puños su enagua mientras cerraba los ojos para no sentirse asediada. Desde el asesinato de la Yoruba, no había vuelto a ser la misma, hablaba lo necesario y se limitaba a realizar sus labores dentro de la casa de los Fernández Bautista. En las noches dormía poco. Se había prometido guardar un terrible secreto para salvar la vida de su marido y de sus hijos.

El sacerdote continuaba, con la convicción férrea de que sus palabras alejaban a los feligreses de los abismos del infierno.

«María Fernández era una hija de Dios que no merecía morir así, pero a veces nos volvemos víctimas de nuestros actos oscuros. Somos humanos con muchas debilidades y ellas se convierten en nuestros enemigos. Ustedes, negros, han tenido el privilegio de ser aceptados en la religión católica, por esto les digo que se arrepientan de sus ritos africanos y vivan con humildad las enseñanzas sagradas de nuestra religión. Sean obedientes a sus amos y con sumisión sigan los mandatos, para que en vez de ir al infierno, puedan tener una espera corta en el purgatorio».

—Dios en cualquier momento baja y le mete un sapo en la boca a este condenado padre —expresó Isabel.

—¡Cállate, muchacha! ¡Pero qué lengua! Todo lo que dice el padre es cierto —susurró doña Catalina.

Don Chema le hacía gestos al sacerdote para que no extendiera el servicio. Había envuelto muy bien a la muerta, pero siempre temía que volviera a pasar el incidente del entierro del negro Mariato. Por esperar varios días a un familiar que venía de Natá, a media misa le explotaron los ojos al exánime. La gente salió corriendo, pensando que Mariato había vuelto del más allá convertido en un demonio.

Al fin, tras los gorigoris, concluyó la ceremonia; cuatro esclavos cargaron el ataúd y, como en todos los entierros de cruz alta, una procesión con campanero e incienso los siguió hacia el camposanto. Doña Catalina salió presurosa de la iglesia y volvió a colgarse del brazo de su hombre. Esta vez no usó el palanquín. Los patrones encabezaban la caminata y varios guardias fueron asignados para custodiar a los Fernández Bautista. En la plaza la gente trataba de guardar silencio, pero el morbo que rodeaba la muerte de María Yoruba era más tentador. El inclemente sol martirizaba a los presentes y Catalina, vestida de negro riguroso, estuvo a punto de irse a su casa, pero acabó prefiriendo tolerar el ardiente clima antes que dejar a su esposo solo y cerca de la negra Ana.

Mientras los enterradores amarraban el humilde ataúd para bajarlo al fondo del hueco abierto en la tierra, don Cristóbal recordaba el hallazgo que le había mostrado el comandante. Por más que no lo quisiera aceptar, cualquiera de sus esclavos podía ser el asesino. Pero en su mente algo lo seguía incomodando y eran las excusas que le había dado su hija en la oficina del comandante. ¿En qué estaba metida Isabel? La negra Damiana sin duda lo sabía, pero ésa no iba a hablar en contra de su joven ama, aunque le dieran cien azotes.

Los enterradores comenzaron a cubrir el ataúd con la tierra. El cura rociaba agua bendita y algunos esclavos lloraban dándole el último adiós a su compañera.

Bajo la sombra de un árbol, un poco apartado de la gente, estaba el comandante De Palmas. «Cualquiera de esos negros podía ser el asesino o tal vez lo fuera el patrón. Yo sé que Damiana no es la culpable, pero tal vez está metida en otros delitos de los cuales no habló. Ella fue al muelle ayer. Todo lo que contó en mi oficina es muy sospechoso».

El comandante estudiaba los movimientos de los asistentes cuando de pronto apareció Tomasa Núñez, una negra libre que se dedicaba al negocio de compra y venta de esclavos. Vivía en el arrabal, en una gran casa con amplios balcones, desde donde vigilaba todo lo que sucedía. Su mayor anhelo era formar parte de la sociedad intramuros. Tenía una extraña asociación con Mateo Izaguirre, un hombre muy rico y poderoso que vivía en los arrabales, a un costado de la iglesia de Santa Ana, quien además de ser negrero, se dedicaba a la exportación de plata, cacao y tabaco.

Tomasa siempre andaba detrás de las mujeres de sociedad para enterarse de todos los chismes de sus maridos.

Como era costumbre en la ciudad de Panamá, después de aquel sol radiante, unos truenos avisaron que la lluvia iba a caer y no se equivocaron.

—Papá, ¿podemos bañarnos en el aguacero? —preguntaron los hijos de Eduarda y Toribio.

—Háganlo mientras caminamos al cañón —contestó el padre. La madre se mantenía callada y taciturna. Cuando su marido, preocupado, le preguntaba si estaba bien, ella contestaba asintiendo con la cabeza, pero su mirada perdida expresaba lo contrario.

El comandante esperó a que todos salieran del cementerio y se acercó hasta donde estaba don Chema.

—Saludos, don Juan.

—Don Chema, con usted me gustaría conversar.

—¡No me asuste, comandante! Bastante con haber tenido que ver las heridas de esa pobre negra.

—Justo quiero que me cuente, en su experiencia, los detalles de esa herida.

—Vamos a guarecernos debajo de aquel techo —los hombres corrieron a un alero—. Mire, don Juan, yo no soy experto en armas, pero he visto muchos muertos. Esa cortada iba de oreja a oreja, pero no era profunda, ni recta. También pude ver que la negra tenía unas heridas pequeñas en el hombro. Parecían hechas con una punta filosa y parte de su piel estaba morada. ¡Ay, don Juan! ¿Será que a la pobre María la sacrificaron?

—No lo sé, don Chema, lo importante aquí es que un asesino anda suelto y debo apresarlo. Continúe, por favor.

—La misma noche del crimen me llevaron el cuerpo de la esclava. Limpié la sangre y examiné el camino de la herida. Yo me imagino que ella trató de defenderse.

—Entonces ¿la herida no fue con un cuchillo?

—No estoy seguro. Como le digo, debió ser algo filoso pero estrecho y puntiagudo. Bueno, yo aquí narrándole lo que me dicta mi imaginación. Me dio mucho pesar porque cuando la estaba envolviendo en la sábana, sentía que me hablaba.

—¿Y qué le decía?

—¡Ay, don Juan! No se burle de mí, que me avergüenza.

—No me estoy burlando. Me interesa saber su pensar en esto.

—Le voy a decir, pero no lo repita que me acusan de brujo. Yo le acomodaba los trapitos de colores de sus trenzas y sentía que ella me decía Cristo.

—¿Cristo?

—Le dije que sólo era mi pensamiento. Mis abuelos aseguraban que ellos conversaban con los muertos cuando los estaban preparando para enterrarlos y que muchos hasta les narraban lo que había del otro lado de la vida. Pero yo mejor no cuento esas cosas porque si se entera el Santo Oficio, cuidado y me queman en la hoguera por hereje.

Don Juan, frente al rechoncho sujeto, revisaba en su mente las nuevas pistas que había obtenido de esa conversación.

—Gracias, don Chema. Ha sido de mucha ayuda.

De pronto una voz conocida le habló.

—¡¡Comandante!! —don Cristóbal corrió hasta donde el guardia y le dio un fuerte apretón de manos—. Don Juan, he estado pensando dar la tarde libre a todos mis esclavos, pero con esto del toque de queda, creo que no va a servir de nada.

—Es una buena idea, déjelos ir al arrabal. Me gustaría saber todos sus movimientos. Dónde van y con quién hablan.

—¡De acuerdo, así lo haré! Ruego a Dios que ninguno de mis negros sea el asesino —replicó don Cristóbal, decaído.

Cuando iba a despedirse del guardia para alcanzar a su esposa y a su hija, que se habían adelantado, don Chema volvió a abordar a don Juan.

—Comandante, sé que no es el momento más indicado, pero felicidades por la buena nueva.

Don Juan de Palmas inclinó la cabeza en señal de agradecimiento con un gesto seco, parecía incómodo.

—Comandante, ¿le han dado un ascenso en las milicias? —preguntó, curioso, don Cristóbal.

Don Juan permanecía callado y don Chema se apresuró a contestar.

—No, don Cristóbal, nuestro comandante en unos meses se convertirá en padre. Su mujer, Milagros, está embarazada.

7

Después del entierro, la negra Tomasa Núñez hizo lo imposible por acercarse a doña Catalina. Portaba una sombrilla de sol que poco la cubría de la lluvia.

—¡Catalina, Catalina! —gritaba mientras sus esclavos la ayudaban a caminar entre los lodazales formados por el torrencial aguacero.

Doña Catalina se volteó, engreída, le extrañaba que alguien osara llamarla sólo por su nombre de pila sin decirle doña. Al ver a Tomasa la saludó con la mano de una manera discreta. Catalina consideraba a Tomasa de muy baja categoría. Una terrible historia que circulaba por la ciudad narraba que, en medio de la confusión del ataque de los piratas en 1671, sus padres, esclavos de una familia adinerada, habían matado a sus amos. Les robaron el dinero, las joyas y huyeron hacia el interior para conseguir la libertad. Años después se convirtieron en ganaderos y en 1682 nació Tomasa. Cuando sus padres murieron heredó tierras, reses y una gran fortuna. La negra se dedicó a la ganadería y al negocio de compra y venta de esclavos con su socio, Mateo Izaguirre.

—No me gusta esa mujer. Es muy cercana al viejo Mateo y ya sabes que muchas veces él ha tratado de boicotear el traslado de mi mercancía en el Camino de Cruces. Es un tramposo y lo considero mi enemigo —le dijo don Cristóbal a su esposa una vez que la alcanzó.

Tomasa, indiferente a la desgracia de la víctima por ser una esclava, enfocaba su atención en la intriga que envolvía a la familia Fernández Bautista. Así que no perdió el tiempo en abordar a Catalina e insinuarle que tenía varios bochinches para relatarle. Doña Catalina hizo honor a su apodo de Boquimuelle, no le gustaba la chismosa, pero amaba el chisme y en contra de lo que le había sugerido su marido, invitó a la negra Núñez a tomarse un chocolate caliente en su casa.

—Mi más sentido pésame por la muerte de tu esclava —dijo Tomasa, mirando los finos almohadones de damasco que adornaban los muebles del estrado de la elegante residencia.

—Gracias. Isabel, Cristóbal y yo estamos consternados de pensar que el negro asesino ande por ahí suelto y pueda hacernos daño.

—He escuchado que alrededor del cuerpo de la negra había unos caracoles y que el Santo Oficio sospecha que fue un acto de brujería. Eso es muy serio, Catalina. ¿Qué tal que los culpen a ustedes de herejes? —esbozaba la negra Tomasa fingiendo preocupación al mismo tiempo que rogaba, dentro de su ser, que las sospechas fueran ciertas.

—¡¿Cómo se te ocurre tal blasfemia?! El obispo sabe que Cristóbal, mis hijas y yo somos unos cristianos fieles.

—Lo sé, y además soy testigo de tu ejemplar conducta y de las donaciones que tú y don Cristóbal han hecho a la iglesia. ¿El comandante les ha dicho algo sobre el paradero del culpable?

—Sólo habla con mi marido, la verdad es que no voy a meterme en esos asuntos de negros criminales.

—Don Mateo Izaguirre ha formado una cuadrilla de hombres para que vigilen el arrabal —relató Tomasa con cizaña.

—¿Y el gobernador lo ha permitido?

—Sí, Catalina. El obispo ha intervenido en favor de don Mateo, porque el señor piensa hacer una gran donación a la iglesia de Santa Ana para construirla de piedra. ¡Es que en cualquier momento se cae sobre los feligreses! Imagínate que la mayoría de las misas de Semana Santa serán en la iglesia de la Merced, dentro de la muralla.

—¡Pero eso es ilegal, Tomasa!, y muy bien lo dice la ley escrita, no se puede construir con mampostería en los arrabales, alguien podría subir por estas piedras y atacar la ciudad. ¡Se nos acabará la seguridad! Me extraña que el obispo se preste para esas argucias.

—Harán una excepción por la alta cifra que piensa donar don Mateo a la iglesia.

—¿Y cuánto va a donar? —inquirió la dueña de la casa con enojo.

—Dicen las malas lenguas y la mía, que lo repite, que desea contribuir con más de 30 000 pesos.

—¡Pero, Tomasa!, ¿tanto dinero?

—Sí, mi estimada Catalina. Parece que está buscando quedar bien con el obispo y el gobernador para que intercedan por él ante el virrey y le concedan un título nobiliario.

Catalina dejó de tomar su chocolate y preguntó asombrada a Tomasa.

—¿Cuál título nobiliario?

—Mateo Izaguirre desea ser el conde de Santa Ana.

La dueña de la casa se levantó con estrépito de su cómoda silla.

—¡¡Pues entonces mi marido se merece ser el conde de Panamá por todo lo que ha hecho por esta ciudad!! ¡Hay que ver que la gente es aprovechada!

—No te enojes, tal vez el título de Izaguirre abra paso para que ustedes también consigan uno y así te sea más fácil casar a tus hijas con algún muchacho de sociedad. Eso ayudaría a que la gente dejara de andar creándoles mala fama.

—Mis hijas no necesitan títulos inventados para casarse bien.

En el fondo doña Catalina se moría de la envidia por el sonado nombramiento.

—Pero volviendo al crimen —Tomasa cambió el tema para no hacer enojar más de la cuenta a Catalina—. ¿Ya tienen alguna sospecha de quién pueda ser el asesino?

—Cristóbal defiende a capa y espada a sus esclavos, pero yo desconfío de la negra Damiana, siento que tiene una actitud sospechosa. Por favor, Tomasa, si la ves por los arrabales, vigílala.

—Así lo haré, pierde cuidado. Me cuentan que la herida fue grande, dicen que la sangre le cubrió los pies. Alguien debió odiarla para hacerle tanto daño.

—No tengo idea sobre esos escalofriantes detalles.

—Mira, Catalina, no quería decirte esto, pero eres mi amiga, y es mi deber contártelo para que se cuiden de sus enemigos. Yo sé que esto no es cierto y me disculpas, porque es muy duro lo que voy a decirte, pero en el arrabal aseguran que tu marido era amante de la esclava muerta y que él tiene algo que ver con el crimen.

—Por favor, Tomasa, varios enemigos de mi marido pagarían altas sumas e inventarían esas atrocidades tan sólo por verlo fuera de los negocios.

—Sí, sí, claro, puede ser eso, sólo rivalidad. Me ha gustado platicar contigo. Pierde cuidado que yo defenderé a tu familia ante cualquier mal comentario en el arrabal. Dios quiera y encuentren a ese asesino para que ustedes puedan limpiar su apellido.

Tomasa se despidió satisfecha de toda la discordia que había esparcido en la conversación. Afuera de la casa de los Fernández Bautista la aguardaban los esclavos con su palanquín. En cuanto la negra se montó, Catalina escupió con desprecio:

—¡Hoy cualquiera se cree de alcurnia!

Varios esclavos aprovecharon el permiso que les había dado don Cristóbal, algunos se fueron al arrabal, a la cantina de don Getulio. Estaba clausurada por la nueva ordenanza, pero en la parte de atrás había un patio donde los negros solían tocar sus tambores y bailar con libertad sin que fueran acusados de actos libidinosos ni amonestados por los curas. Formaron una rueda, cantaron e inventaron tonadas para despedir a María Yoruba.

> *Se nos fue la negra, alguien la mató,*
> *se murió María de mi corazón.*
> *Se trenzó el cabello y lo iluminó,*
> *el camino oscuro fue el que la engañó.*
> *El tambor la llora en su repicar.*
> *¡Ay, negra bonita, te nos fuiste ya!*

El son de los tambores africanos hacía que los negros bailaran con el alma. Dolores Lucumí no aguantó la llamada del tambor y se levantó meneando las caderas. Un negro la seguía muy de cerca, la rodeó con sus brazos hasta estar muy juntos. Ella se dejaba enredar respondiendo excitada con los mismos movimientos. El ritmo de los tambores aceleró y la pareja, como poseída, calentaba el cuerpo con cada repique.

Mientras tanto Damiana y Manuela usaron la tarde libre otorgada por su patrón para caminar por la plaza de Santa Ana.

—Negra, todavía no entiendo. ¿Qué hacía María en el camino del Chorrillo? Ese sendero es solitario y nunca estuvo incluido en nuestro plan —comentaba Manuela.

Damiana, pensativa, comenzó a andar hacia el área en donde encontraron a la Yoruba degollada.

—Necesito rehacer en mi mente el momento en que María venía del muelle. Según los contrabandistas, justo aquí, por la plaza, alguien la saludó. Ella miró hacia donde estaba la persona y comenzó a caminar a su encuentro.

—Damiana, para llegar al camino del Chorrillo tienes que pasar por detrás de la iglesia de Santa Ana. Los negros del cañón estaban adentro de la capilla entregando las velas.

—Pensé lo mismo. Pero si fue uno de ellos, ¿por qué no ha dicho que la vio?

—¡Pues porque no quiere ser acusado, negra!

Detrás de la iglesia de Santa Ana los árboles, testigos silenciosos, ocultaban entre sus hojas el misterio del crimen de María Yoruba. Las mujeres poco a poco se iban adentrando en el camino solitario.

—Si ella saludó a alguien conocido cerca de la iglesia, ¿por qué caminó hasta tan lejos?

—Puede ser que la mataron allí y la tiraron por la vía —decía Manuela señalando el camino del Chorrillo.

—¿Se tomaron el tiempo de degollarla y acomodar los caracoles a su alrededor, en lugar de golpearla, robarle y ya?

—Bueno, Damiana, no lo sé, pero lo del arreglo de los caracoles sí es algo raro.

—¡Claro que lo es, Manuela! Por eso el Santo Oficio piensa que es un acto de herejía.

—Pobre María, ella siempre cargaba en su faltriquera los caracoles. Varias veces le advertí que tuviera cuidado de que los patrones la pillaran con ellos.

Damiana caminaba de un lado a otro pensando.

—Manuela, ¿qué tal que María hubiera tenido un amante y vino hasta acá a despedirse de él?

—¿Y el amante la degolló? Nunca supe que se enamorara de alguien.

La tarde comenzaba a ver los últimos rayos del sol, las voces de la gente resonaban a la distancia. El paraje estaba solitario y en el monte podía esconderse cualquier animal o algo peor... un asesino. Las mujeres guardaron silencio porque escucharon un ruido entre los matorrales. De pronto, algo saltó encima de Damiana y la agarró. Las negras dieron un grito que se oyó hasta la plaza.

—¡Te atrapé!

—¡Maldito seas, Bernardo! —gritaba Damiana, mientras le pegaba a su hermano, que se reía de la chanza.

En ese momento unos soldados llegaron corriendo.

—¡Negros, levanten las manos! ¿Qué diablos hacen por aquí?

—Señor, sólo vinimos a ver el lugar donde encontraron a nuestra compañera muerta para orar por su eterno descanso —improvisó Damiana, presintiendo que se estaban metiendo en un problema.

Los guardias se veían suspicaces y alterados.

—¿Con el permiso de quién? Y tú, negro, ¿quién es tu amo?

—Señor, yo soy su hermano —respondió Bernardo, señalando a Damiana—. Trabajo aquí mismo, en la carnicería, con mi patrón, don Antonio Reyes.

—¿Eres carnicero?

Los dos uniformados se movieron unos pasos para hablar en secreto. A Manuela se le iban a salir los ojos, y Damiana sujetaba a Bernardo. Los guardias no tardaron en regresar.

—Negras, ustedes dos se largan, que pronto será el toque de queda. ¡Tú, vienes con nosotros al cuartel! —ordenó uno de los soldados apuntando a Bernardo.

— ¡No, por favor, no se lo lleven, él no tiene nada que ver! —suplicaba Damiana. El otro guardia le dio un empellón y la tiró al suelo. Manuela la ayudó a levantarse mientras a Bernardo le sujetaban los brazos a la espalda y lo obligaron a caminar hacia intramuros.

La gente en la plaza vociferaba: «¡Lo agarraron, lo agarraron!», «¡El asesino del demonio es el hijo de la puta Mayombe!», «Sí, es él, el carnicero, ¡la mató con su machete!».

Damiana divisó a uno de los hombres que acusaba a su hermano y se le tiró a encima. El tipo le dio un golpe en la cara y los demás comenzaron a reírse de ella. La multitud se fue amotinando en la calle y los guardias corrieron a dispersarla. Manuela haló a Damiana y con gran esfuerzo, entre la turba, llegaron hasta la Puerta de Tierra.

Ana salió corriendo de su choza ya que uno de sus vecinos le avisó de que su hijo había sido apresado. Cuando llegó, la gente la reconoció y empezaron a tirarle piedras y le gritaban prostituta. El comandante De Palmas mandó a que cerraran la Puerta de Tierra antes de la hora del toque de queda. Uno de los guardias, a pesar de que la pólvora escaseaba, y la orden era evitar disparar a menos que fuera necesario, hizo un tiro al aire y la gente salió huyendo. Ana quedó tendida, herida, en la calle del arrabal.

Don Cristóbal leía un libro en su despacho y Catalina miraba unas telas en el estrado mientras Isabel tomaba la siesta. Al escuchar la algarabía, la madre salió con premura al balcón. Isabel se despertó asustada, se asomó por la ventana y corrió a buscar a sus padres.

—¿Qué está pasando?

Uno de los esclavos, agitado, vino a contarles lo sucedido.

—¡A nosotros no nos interesa la suerte del hijo de esa prostituta! —resopló doña Catalina con desprecio.

—¡Tengo que ir a acompañar a Damiana!

—¡No, Isabel, ni hablar de eso! ¡Tú no sales de esta casa!

—Padre, ¡sí voy a salir!

—¡Estás loca, chiquilla! ¡Los esclavos se han rebelado!, ¿tú quieres que te maten? —gritaba la madre histérica.

Don Cristóbal mandó a cuatro negros para que se colocaran en la puerta como barricada humana evitando así que Isabel se escapara. Luego, desoyendo a su mujer, salió de la casa y se enteró de que habían apresado a Bernardo como sospechoso del crimen de María Yoruba.

El bullicio alborotó toda la ciudad y como un enjambre ansioso, los vecinos intramuros salieron de sus casas queriendo comprobar los rumores de la captura del criminal. Rodrigo, el sacristán, era uno de ellos, no pudo disimular la alegría en su voz.

—Espero que lo encierren para siempre. ¡Nos hemos librado de un asesino diabólico! —gritaba con júbilo.

Damiana corría desenfrenada, su ojo hinchándose con cada instante que pasaba, junto a ella iba Manuela y más atrás las seguía una turba enardecida. Llegaron al cuartel casi sin aliento cuando el comandante De Palmas ordenaba encarcelar a Bernardo, su hermana se arrodilló para rogar que lo soltaran.

—¡Cállate, Damiana! ¿Quieres que te encierre a ti también? ¡Lárgate de aquí antes de que el obispo no tenga piedad en acusarte de hereje!

—¡Encarcéleme, pero suelte a mi hermanito, por favor, don Juan!

Atrás venía llegando frenético don Cristóbal.

—¡Comandante! ¿Qué ha sucedido?

—Señor, me informan de que han encontrado a Damiana y a Manuela en el lugar del crimen, puede ser que tan sólo estuvieran curioseando, pero los guardias trajeron a Bernardo, el carnicero de Antonio Reyes, como un posible sospechoso.

—Pero ¿sólo porque es carnicero?

—¡Don Cristóbal, déjenos realizar nuestro trabajo!

El comandante entró al cuartel y se dirigió a la celda en donde habían encerrado a Bernardo. Estaba seguro de que el muchacho no era el asesino por lo que don Chema le había contado sobre la herida de la muerta. Pero su intuición le decía que tener en custodia un chivo expiatorio podía ayudarlo en varios temas: el primero era tranquilizar a los habitantes de la ciudad; el segundo, indagar en qué estaban metidas Damiana, Manuela y la difunta María Yoruba y el tercero, esperar a que el verdadero criminal mostrara su rostro. Teniendo un acusado, el culpable se relajaría y no cuidaría tanto sus pasos, pensaba don Juan.

Los guardias colocaron palos y sacos para que nadie cruzara la puerta del cuartel.

Un negro venía corriendo por la Calle Real de la Merced.

—¡Damiana! —gritaba—, tienes que ir al arrabal, acaban de apedrear a tu madre y está mallugada a media calle.

La esclava arrancó a correr. Enseguida todos comenzaron a repetir el cuento que llegó a oídos de Cristóbal. El hombre sin pensarlo se apresuró a buscar su caballo y lo azuzó. Catalina e Isabel estaban asomadas por la ventana cuando lo vieron pasar como alma que lleva el diablo.

—¿A dónde va mi padre?

—Isabel, ¡pregúntale a él cuando vuelva!... ¡si es que lo hace! —replicó con rabia la madre, sabiendo en el fondo de su corazón hacia donde se dirigía su marido.

La Puerta de Tierra estaba cerrada a cal y canto. El hombre llegó vociferando que le abrieran. Uno de los guardias al ver de quién se trataba obedeció, pero a Damiana no la dejaron salir detrás del caballo de su amo y no le quedó otra que regresar al cañón con Manuela.

En el arrabal, Ana no podía levantarse del suelo. Algunas mujeres la trataban de ayudar, pero varios hombres le gritaban y la insultaban. Con el rejo, don Cristóbal comenzó a dar azotes al que se encontrara a su paso. La gente se dispersó y él desmontó antes incluso de que el alazán se detuviera del todo, levantó a Ana en brazos, la acomodó sobre la silla entre sus muslos y, sosteniéndola, dirigió el caballo hacia el bohío de la negra.

Doña Catalina fue al cañón a buscar a Damiana. Al verla le exigió con ira:

—¿Dónde está mi marido? —la negra, con el rostro herido, no contestaba. La mujer la agarró por la camisa y la amenazó—. ¡Si Cristóbal está con tu madre, la barragana, no vas a vivir para contarlo!

—¡Madre, deja a Damiana! —Isabel corrió a socorrer a su amiga. Al verle el ojo lastimado le preguntó—. ¿Qué te han hecho? ¡Manuela, ayúdame a llevarla a mis aposentos!

—¡Esa negra no entra a mi casa!

—¡Sí entra!

—¡Isabel, si tú me desobedeces, olvídate de que tienes madre!

—No, Isabel, no lo hagas —murmuraba Damiana.

—Señorita, no le hable así a la ama, a Damiana podemos curarla en el cañón —rogaba Manuela.

Isabel cedió y dejó que las demás esclavas auxiliaran a Damiana. Catalina miraba con rabia al grupo de negras que entraban al cañón.

—Madre, tú te la pasas en la iglesia, pero eres una persona perversa.

—Mira, Isabel, el día que tengas un marido y te haga vivir una existencia miserable de desprecios e infidelidades, como tu padre lo ha hecho conmigo, puedes venir a decirme lo que te dé la gana. ¡Antes de eso, ahórrate tus razones, que para mí no valen nada!

Isabel sentía furia hacia la mujer que la había parido. Con un gesto de desprecio le gritó: «¡Te odio!», antes de darse la vuelta y salir como una centella para su habitación.

Un dolor profundo atravesó el pecho de doña Catalina. Se sentía una pobre desgraciada, su vida valía menos que la de sus esclavos. Cristóbal la había humillado en lo más profundo de su ser y su hija, a quien amaba a pesar de todo, la despreciaba.

Desde la entrada del cañón, Dolores Lucumí observaba todo. Caminó hacia su patrona.

—¿Ama, desea que le traiga agua?

Doña Catalina, con la mirada perdida, no contestó.

—Yo sé cómo se siente. Ana no pierde tiempo para llamar la atención del patrón. Él lo hace por lástima. Pero quédese tranquila que yo le voy a decir cómo puede vengarse de ella.

Catalina volteó a mirar a su esclava y le espetó:

—¿Tú qué sabes de mi vida?

—Patrona, déjese guiar por mí. Es bueno que tome agua para que se calme.

La Lucumí con pasos cautelosos buscó agua en la tinaja. Catalina, con la mirada fija en ella, permitió que Dolores acercara el vaso a sus labios y bebió para aplacar la furia que, en el ardor de su garganta, clamaba venganza.

Damiana maldecía la hora en que había llegado al mundo a que la azotaran y la trataran como un animal. Una vez, cuando tenía 10 años, doña Catalina, que estaba buscando a otra esclava en la cocina, los encontró a ella y a su hermanito Bernardo comiéndose un bollo a escondidas. Damiana lo había robado porque tenían hambre. Su madre, junto a otros esclavos, habían ido a vender las velas de la fábrica de don Cristóbal. La patrona, al descubrir la travesura, agarró el bollo, fue al patio y lo tiró en una de las bacinillas llena de orines. Después los obligó a comerlo. Damiana miró el bollo flotando en el orín amarillo y le dijo a su ama que ella se comería también la parte de su hermano. Con sus manitas curtidas por el trabajo que la obligaban a hacer, lo agarró y se lo metió a la boca. No lo masticó, pero el estómago se negaba a recibirlo, doña Catalina la observaba impasible con una fusta en la mano. La niña luchó con sus fuerzas para tragarlo. Luego los hizo arrodillarse frente a la bacinilla y les metió la cabeza en ella. Aquellos rulos apretados de Damiana y Bernardo quedaron llenos de humillación. Cuando la patrona se fue, Isabel, que estaba escondida viendo todo, corrió y buscó un cubo de agua del aljibe y junto a otros esclavos, en el medio del patio, le echó agua en el cabello a Damiana y le regaló, a espaldas de su madre, uno de sus vestidos. La esclava, aquel día, con su corta edad, juró que iba a llegar el momento en que no sería más una esclava y que se vengaría de esa vieja maldita. El dolor causado por los estragos de la esclavitud era más fuerte que cualquier herida.

En el cuartel, el comandante De Palmas estaba reunido con unos guardias.

—¡Hablen!

—Señor, las dos negras estaban husmeando cerca de donde encontraron a la muerta. Después apareció el negro carnicero y consideramos que era sospechoso —explicó uno de los uniformados.

—No creo que sea Bernardo el asesino, pero tampoco puedo desestimarlo. Que se quede encerrado a ver si mañana tiene algo que contarnos. ¿Don Antonio Reyes sabe que le hemos encarcelado a su esclavo de confianza?

—No, mi comandante.

—Ese hombre tiene mucho dinero y cuando se entere va a venir a exigirme que libere a su negro, pero no lo haré hasta que tenga más pistas.

Los agentes que apresaron a Bernardo salieron del despacho. Don Juan estaba inquieto, conocía al muchacho desde que era un niño y sabía que encarcelarlo era una injusticia. Se sentó en el escritorio y le hizo una seña al guardia que quedaba en su oficina.

—Tú, ¿qué me tienes?

—Comandante, vigilé a los negros tal y como me indicó, se metieron al patio de don Getulio e hicieron sus bailes. Una negra, tras danzar como si el demonio de la lujuria la poseyera, se fue a un zaguán con otro de los negros, quien la montó como un animal.

—¿Eso era lo que tú estabas espiando?

—No, señor —el tipo se sonrojó—. Al rato salieron todos, pero hubo algo que me llamó la atención.

—¡Habla!

—La Lucumí le llevó un pedazo de papel a otra esclava de don Cristóbal. Esa negra no estaba en el baile de los tambores, se encontraba en la Plaza de Santa Ana y andaba con una niña que presumo es su hija. Dolores le hizo un gesto a la esclava como si la estuviera obligando a meterle la nota a la chiquilla entre las trenzas.

—¿Un papel? Pero si la mayoría de esos negros no saben leer ni escribir… entonces el mensaje era para algún patrón.

—La niña corrió a una de las casas cerca de la plaza y tocó la puerta. Otra esclava abrió y se fijó que nadie estuviera acechando. Yo estaba en la esquina de la iglesia. Y lo vi todo.

—¿Entonces?

—Dejaron a la niña entrar, pero la chiquilla no demoró. Supongo que sólo fue a entregar el mensaje.

—Eso es seguro. ¿A qué casa la niña llevó el recado?

—A la residencia de la negra Tomasa Núñez.

8

Don Cristóbal cabalgó en dirección al destartalado bohío de Ana. A la mujer le sangraba una herida en la frente y tenía algunos golpes en el cuerpo.

—Cristóbal, quiero ver a mi hijo.

—Ana, estoy seguro de que sólo se lo llevaron para hacerle unas preguntas. Ya verás cómo mañana lo dejan libre.

La negra lloraba sin consuelo.

Don Cristóbal no pudo evitarlo y la besó con suavidad. Por momentos se contenía para contemplar los ojos pardos de la negra.

El toque de queda había comenzado, nadie podía transitar por las calles. Don Cristóbal no quería dejar sola a Ana. La oscuridad de la noche dejaba ver una gran luna escoltada por miles de estrellas. Juntos se sentaron a escuchar el mar, la marea había crecido y así lo hacía saber el rugido de las olas. La brisa movía los palos de la choza de Ana.

—Te prometo que algún día voy a construirte una casa bonita, así como tú.

—Cristóbal, no prometas lo que no puedes cumplir.

—Ana, perdóname por no darte la vida que mereces.

La negra guardó silencio y recostó la cabeza en el pecho de su gran amor. Las malogradas viviendas de los alrededores no tenían pozos y los habitantes hacían sus necesidades en cualquier parte. Caminaban todos los días al manantial del Chorrillo a recoger agua. En las noches, los mosquitos se adueñaban del lugar haciendo un festín de picaduras en sus víctimas. Pero aquel día corría una fuerte brisa que no permitió a los insectos molestar a los amantes. Don Cristóbal trataba de consolar a Ana ante la tragedia que vivía su hijo.

—Ana, te amo con mi vida desde que te vi bajar del barco. ¿Te acuerdas?

—¿Cómo voy a olvidarlo? Ya te he contado antes esa miserable historia. Estaba muy mal, me habían alejado de mi familia por culpa del marido de mi madre. Él les debía mucho dinero a unos bandoleros en África y me transó por la deuda. Una noche me raptaron y esos malhechores me vendieron a los de la compañía esclavista. Me aprisionaron el cuello con cadenas y una horqueta que también atajaba mis manos. Mi vida está llena de desgracias.

Ana trajo a su mente la maldición que vivió en la travesía hasta Panamá en el barco negrero. Fueron más o menos tres meses, el tiempo en el galeón se estiraba y era difícil contar los días. Hubo una tempestad, el barco se movía dejando entrar agua a la cubierta. Creyó que iban a naufragar. La mayoría de los negros vomitaron durante casi todo el trayecto. Estaban hacinados y débiles. Debían hacer las necesidades en el mismo lugar en donde iban tumbados. Había días en los que Ana no podía ni abrir los ojos y aun así la obligaban a limpiar. Ella les pedía piedad, en su lengua, pero de nada valía. La cargaban y tiraban en el piso de la cubierta. Después le arrojaban un cubo y unos trapos. Los marineros violaban a las mujeres con toda naturalidad. También en aquella nave infernal fue la primera vez que vio a un hombre forzando a otro, el pobre negro tenía el rostro pegado al casco, lágrimas en los ojos y apretaba los dientes tan fuerte que hasta se podía escuchar el crujido, el marinero lo embestía una y otra vez por detrás, apretando el cuello de su víctima. Cuando terminó con un gemido, soltó a la presa y el pobre esclavo se desplomó, casi asfixiado. La mayoría de los negros no podían comunicarse entre ellos, porque venían de varias regiones y hablaban lenguas diferentes. Un día Ana se escondió y se logró arrastrar hasta la borda del barco, iba a lanzarse, ya no podía más. Esa mañana habían echado al mar cuatro cuerpos que llevaban muertos varias lunas. Cuando casi lo lograba, alguien la agarró por el pie, la llevó a una esquina y la tapó con un manto. Junto a ella colocó un pedazo de pan y un poco de agua. Se lo comió como una salvaje. Era de noche y tenía mucho frío a pesar de estar arropada. Pensó en su corta existencia y en el futuro incierto que le deparaba el mundo. Pasaron unas cuantas lunas y por fin llegaron. Los que se bajaron de ese barco en Portobelo besaron la tierra porque volvieron a nacer y algo les quedó muy claro: debían aprender la lengua del enemigo para poder comunicarse y salvar sus vidas. En el puerto de nuevo los encadenaron de manos y pies y los colocaron en una tarima para revisarlos, pesarlos y ser subastados como animales. De esa manera el Nuevo Mundo les dio la bienvenida. El traumático recuerdo del viaje en el barco negrero la perseguiría de por vida.

Don Cristóbal decidió quedarse toda la noche con Ana. Al amanecer, al lado de la negra sólo había una sábana desgastada, testigo mudo de aquel amor clandestino que, aunque intenso, no podía dedicarle la vida. La mujer miró por la ventana y vio a su enamorado cabalgar hacia intramuros.

No había terminado de salir el sol cuando en la entrada del cuartel se escuchaban unos gritos.

—¡Quiero a mi esclavo afuera de esa celda, ya!

Unos guardias trataban de calmar al español, pero éste no se dejaba. Era alto, blanco, tenía el cabello rubio y los ojos verdes.

El comandante, que estaba llegando, se lanzó de su caballo.

—¡Deje de gritar, don Antonio!

—¡No, don Juan! ¡Deje usted de estar cometiendo injusticias y arbitrariedades contra la gente inocente! Ha apresado a un hombre que nada tiene que ver con ese asesinato. ¡Y lo sabe!

Don Juan se acercó a don Antonio Reyes.

—¿Y cómo está tan seguro?

—Porque aquella tarde yo mandé a Bernardo a buscar una vaca que se había escapado por el cerro.

Cerca de la entrada del cuartel estaba Ana, junto a su hija y a Manuela, observando la discusión entre don Antonio y el comandante De Palmas.

—Voy a sacar a Bernardo para interrogarlo en mi oficina —explicó calmado el capitán.

—Ese esclavo es de mi propiedad y si usted lo va a indagar, yo, como su patrón, debo estar con él.

Don Juan se acercó al iracundo hombre.

—Mire, don Antonio, respete a la autoridad y compórtese.

—¡Compórtese usted, mulato! ¡¡A mí no me venga a callar!! Quieren abusar de la gente, por eso esta ciudad es una porquería. ¡¡Pero Bernardo tiene quien lo defienda!!

Don Juan estaba perdiendo la paciencia ante el patrón del esclavo preso. La palabra *mulato* le retorcía las tripas. No renegaba de su casta, pero sí de la manera discriminatoria con que era usada para demostrar que su color de piel era inferior.

Ana lloraba, agarrada de Damiana, pendiente de que llegara don Cristóbal, que había prometido ayudar a su hijo. La joven esclava estaba preocupada por su hermano, pero no podía apartar de sus ojos la cabellera dorada atada en una coleta, del alto y bien fornido español. Éste, como si hubiera sentido que alguien lo contemplaba, se dio la vuelta y al ver de quiénes se trataba, hizo una seña a las tres negras, indicando que no se preocuparan.

En casa de los Fernández Bautista, doña Catalina despertaba. A su lado las almohadas no tenían la forma de la cabeza de su marido. Se levantó y caminó frente a su tocador. Despojándose del camisón de seda, esperó que el reflejo del espejo le diera buenas noticias, pero no fue así. Su hermoso cuerpo había desaparecido varios años atrás, después de dar a luz a sus dos hijas. Los senos carecían de fuerza para mantenerse erguidos, así que reposaban deprimidos a la altura de su abdomen. El cabello largo y sedoso se había convertido en un rebelde crespo gris. Su frente tenía varios surcos y aquellos ojos azules, que una vez iluminaban los bailes de sociedad, se estaban apagando. Su barriga sobresalía hasta caer más abajo del ombligo, encontrándose con una mata de vello púbico que también se estaba llenando de canas. Se comparaba con el cuerpo lozano y erguido que mantenía la negra Ana, a pesar de que ya estaba entrada en edad. Esto la hacía despreciar su propia existencia.

De pronto alguien tocó la puerta, Catalina se puso nuevamente el camisón y se ajustó la bata.

—Adelante.

—Señora, he calentado agua para su baño.

La patrona esperaba a la esclava que siempre la ayudaba a tomar su aseo personal. Dolores Lucumí excusó a la negra y trató de ganarse a su ama.

—Yo le he traído unas yerbas que sosiegan y la dejarán muy olorosa.

Catalina miraba a aquella negra, preguntándose cuáles eran sus intenciones.

—Está bien, prepárame el baño.

La esclava no perdió la oportunidad y corrió al cuarto donde estaba la tina, vació el agua caliente y echó las yerbas que enseguida expidieron un olor agradable y relajante.

La patrona se metió en la bañera, la negra le regaba agua tibia con una totuma. El ambiente pareció ponerse en calma y después de unos minutos el ama sentía que volaba.

—Dolores, pero ¿qué le has puesto a mi baño? Esto me hace sentir muy tranquila.

La esclava comenzó a masajear con suavidad la espalda de su ama, haciendo a sus dedos correr por el cuello mientras le hablaba.

—Patrona, usted se merece lo mejor. Yo estoy aquí para complacerla y ayudarla en todo lo que desee. Mire ese cabello hermoso, usted es una mujer monumental. ¿Se imagina que mi señora le prepare un baño así al patrón? Querida ama, confíe en mí y verá que yo hago que don Cristóbal vuelva a ser suyo para siempre. Aproveche mis saberes y cuando menos espere, esa negra Ana y su hija Damiana se irán para siempre.

Catalina, con los ojos cerrados, sumergida en el agua tibia, balanceaba su cabeza sintiendo un placer que hacía mucho tiempo no percibía.

Los esclavos de la familia Fernández Bautista servían el almuerzo. Don Cristóbal en la cabecera de la mesa comía unas tortillas de maíz asadas y tomaba su chocolate. Decidió que en cuanto terminara iría al cuartel a ver si podía salvar a Bernardo, pero sentía la desazón de saber que de un momento a otro iba a tener que lidiar con los reclamos de su fastidiosa esposa. De pronto, por la puerta del salón del comedor entró Catalina con el cabello suelto y una bata abierta mostrando el escote. Ella se sentó a su lado y comenzó a beber el chocolate de una forma inusual. El marido estaba sorprendido. Catalina dejó caer una gota de su bebida entre los pechos, la recogió con su dedo y se lo metió a la boca.

Por una rendija de la puerta del salón, Dolores Lucumí los espiaba.

—Dolores, ¿qué hiciste con la patrona? Parece embrujada —susurraba otra esclava.

—No le he hecho nada, negra. Sólo la estoy ayudando a que no se deje quitar a su marido.

Cristóbal estaba boquiabierto. Catalina jamás se comportaba de esa manera. Observaba el escote de su mujer. La patrona se levantó de la mesa y la luz de las ventanas dejó ver a través del camisón de seda la silueta de su cuerpo desnudo. El marido, hechizado, la siguió hasta su habitación, cerraron la puerta y revivieron la pasión que los había abandonado hacía muchos años.

Una hora después, Ana, Manuela y Damiana vieron al amo de Bernardo salir del cuartel.

—No he podido hacer nada para liberarlo. Creo en lo que dice Bernardo, pero no tengo pruebas porque yo no estaba con él. Volveré en la tarde para seguir presionando al comandante antes que el Santo Oficio pida indagarlo.

Don Antonio daba estas explicaciones con rabia contenida. Sabía el grave e inmerecido problema en el que estaba metido el muchacho.

Ana miraba desesperada esperando ver llegar a don Cristóbal, pero su amante nunca se apareció. La negra se dio cuenta de que estaba sola y que el único amor que de verdad tenía era la mejor herencia que le había dejado su marido Cirilo, sus hijos.

El español buscó su caballo y montó en él. Antes de irse se dirigió a Damiana.

—¿Y cuál es tu oficio en la casa de los Fernández Bautista?

La negra, ruborizada y a pesar de tener el ojo hinchado, le sostuvo la mirada.

—Don Antonio, yo atiendo a las hijas de los amos y soy costurera.

—¿Y doña Catalina te deja coser para otras mujeres? —las leyes daban el derecho a los amos de adueñarse de todo lo que hicieran sus esclavos.

Damiana agachó la mirada. El patrón de su hermano conocía perfectamente las desventajas legales de los negros. Al ver que la esclava no contestaba se dirigió a Manuela.

—¿Y tú, negra?, ¿también eres costurera?

—Sí, señor —contestó Manuela, cabizbaja.

—Quiero que cosan y borden para mi mujer. Les pagaré. Consigo buenas telas e hilos con un mercader que viene de España. Cuando puedan vengan a mi residencia, yo les daré un lugar para que cosan y borden.

—¡Mañana mismo estaremos ahí, señor! —contestó Damiana esperanzada, sabiendo que si doña Catalina se enteraba las mataría a punta de azotes, pero era una gran oportunidad para recoger pesos y escapar—. Guarde calma, don Antonio, seremos prudentes.

El galán español estuvo unos segundos en una disyuntiva. Por un lado, con todo su corazón deseaba ayudar a la familia de su esclavo, pero por otro se adentraba en un gran lío con la propuesta hecha a las mujeres. Había un deseo que estaba resonando en todo su ser que lo empujaba a estar cerca de una de aquellas negras.

—Y tú, Ana, quédate tranquila, tu hijo es inocente y yo no voy a permitir que lo juzguen.

—Gracias, don Antonio —murmuró Ana con desaliento.

El hombre cabalgó, Ana y Manuela comentaban todo lo que estaba pasando mientras Damiana seguía con la mirada al altivo español. Éste giró la cabeza y sus ojos se toparon con los de la esclava, consciente de que acababan de dar el primer paso a un terreno resbaladizo, en donde la línea entre la generosidad y el deseo podía desaparecer muy rápido.

Don Antonio Reyes era un español de 30 años. Dedicado a la ganadería, tenía la suerte o los contactos para salir siempre elegido proveedor de carne de la ciudad. Su competidora y peor enemiga era Tomasa Núñez, quien también había intentado, varias veces, sin éxito, ser la beneficiada para distribuir carne. En 1740 contrajo nupcias en España con Simona

López Martínez, una hermosa sevillana de buena familia. En marzo del año 1743, en las fiestas de San José, el caballo de Simona se desbocó y la arrastró, dejándola paralizada del cuello hacia abajo. Don Antonio se aseguró de darle las mejores atenciones a su amada esposa, aunque corría la voz en intramuros y en el arrabal de que el apuesto hombre se consolaba con diferentes amantes.

Damiana dejó de seguirle los pasos al español mientras éste se perdía entre las calles del barrio. La negra prefirió unirse a su madre y a Manuela.

En casa de los Fernández Bautista, Dolores Lucumí estaba satisfecha por los frutos que habían dado sus maquinaciones. Comenzaba a ganar la confianza de su patrona.

Buscó a la negra Eduarda y le ordenó:

—Lleva a Toñita a donde ya tú sabes. Ahí le darán algo para mí.

—Dolores, no quiero usar más a mi hija de mensajera.

—¿Qué dices, maldita negra? Tú tienes que servirme hasta que te mueras o ¿quieres que le diga a tu marido y a los patrones lo que te vi haciendo con otro hombre?

—Estás equivocada. No fue así.

—Yo te vi con estos ojos. ¿Te imaginas cómo se va a poner Toribio?

Eduarda estaba atrapada en las garras de la Lucumí por encontrarse en el momento y en el lugar equivocado. Mientras ese maldito, marcándola para toda la vida, le susurraba al oído: «Si alguien se entera de esto, le haré lo mismo a tu hija, después mataré a tu hijo y a tu marido».

9

Don Juan había interrogado sin éxito a varios hombres. ¿Cómo era posible que el causante de un crimen tan terrible pudiera desaparecer sin dejar huellas? En sus horas de insomnio repasaba los rostros, los gestos y las palabras de cada sospechoso. Si Bernardo hubiera cometido el asesinato, el corte de la herida sería más recto y limpio, digno de un buen cuchillo de matarife. Había pedido que interrogaran al reo sin maltratarlo. El esclavo tenía una buena coartada confirmada por su amo, una vaca suelta en el cerro. Indagaron por si sabía algún asunto turbio en que estuviera metida Damiana, el muchacho dijo que su hermana era una buena mujer.

Por otro lado, el comandante se enteró de que sospechosamente unos arrieros de playa Prieta habían dejado la ciudad y no habían regresado. Mandó a varios guardias por ellos. Era el grupo de Casimiro Mena que, al darse cuenta de que la vigilancia se había redoblado por la muerte de la negra, huyó con su ilegal negocio hacia el interior del istmo.

—¡Qué casualidad que justo ahora desaparecen! ¡Me los traen a todos, así tengan que ir a sacarlos en el medio del mar!

Pero no pudieron encontrarlos.

Días más tarde, don Juan fue citado a la oficina del obispo Castañeda, quien, como de costumbre, deseaba hacerle algunas preguntas inquisitivas. El comandante sabía que aquello era una desagradable pérdida de tiempo porque no pensaba contarle absolutamente nada al prelado.

—Don Juan, lo he citado para que hablemos sobre el crimen de la esclava María Fernández. Yo sé que no le gusta que me meta en sus labores, pero, mi estimado, le exijo decirme si el negro Bernardo Reyes es el asesino, ya que al ver la forma en que se dio el hecho, indicando que pudo ser un acto de herejía, el Santo Oficio está involucrado.

Don Juan de Palmas no soportaba el modo altanero con que el prelado le hablaba.

—Señor obispo, estoy trabajando en ello.

—¿Y qué es lo que han encontrado hasta ahora?

—Yo no tengo que darle a usted reporte de este tema tan delicado. Esto le concierne a la milicia y al gobernador, quien está al tanto de mi trabajo. Pero le prometo que en cuanto haya terminado con las investigaciones usted será uno de los primeros en enterarse.

El obispo estaba sentado frente a su gran escritorio. Encima, una biblia antigua, un candelabro con una vela y una imagen de Nuestra Señora de la Asunción eran testigos del tenso diálogo. Ante la respuesta del oficial, guardó silencio por unos instantes, miró el gran anillo de oro con una amatista que portaba desde su consagración y tomó aire.

—¿Cómo le explico esto, comandante? Yo debo velar por el bien y la seguridad de mis feligreses. Faltan escasos días para la Semana Santa, explíqueme ¿de qué forma vamos a realizar las procesiones en la noche con el toque de queda? ¿Qué tal que el negro Bernardo no sea el asesino? Sinceramente, don Juan, estoy muy preocupado porque no veo avances en su labor.

—Ésa es su opinión, señor obispo. Así como yo no sé nada de absolver almas, usted no sabe nada de criminales. Le pido, con mucho respeto, que no interfiera en mis tareas.

El obispo, con calma, se levantó y advirtió al comandante con la voz cargada de desprecio:

—Y yo espero que usted, por ser mulato, no esté protegiendo al encarcelado. Apresure su trabajo y encuentre al negro asesino para que los habitantes de esta ciudad tengan paz y el nombre de los Fernández Bautista sea limpiado.

—Mucho cuidado con lo que dice, monseñor, una mente criminal puede habitar cualquier cuerpo y si tiene alguna queja sobre mi labor, lo invito a que hable con don Dionisio y le exponga su incomodidad.

—No tengo nada que exponerle a ese gobernador. A mis oídos ha llegado la fama que goza por estar metido hasta la cabeza en temas un poco turbios. Es más, en cuanto se le vayan venciendo los años de su cargo, voy a mandar mi opinión para su juicio de residencia. Así que no me amenace con el nombre de don Dionisio.

—Haga lo que usted crea conveniente. Ése es su problema.

El comandante pidió permiso y abandonó el despacho del obispo. Estaba molesto, la iglesia metía sus narices en todos los temas de una manera incómoda. Tenía que soltar a Bernardo antes de que la torpeza del clero lo obligara a ejecutarlo frente a todos los vecinos que pedían una cabeza de turco. En la calle don Juan trataba de calmarse y decidió caminar hacia el arrabal. La plaza estaba atestada. «¿Quién de esos desgraciados era el criminal?», se preguntaba.

Se dirigió hasta la iglesia de Santa Ana, que en aquel entonces no era más que una rudimentaria capilla de madera. Después del Fuego Grande, en 1737, le asignaron algunas tareas de la catedral ubicada intramuros, ya que esta había ardido. También a causa de ese gran incendio algunos vecinos ricos tuvieron que mudarse al arrabal porque se habían quedado sin casa. Aquella convivencia fue un gran desbarajuste. Las mujeres de alcurnia, al haber perdido su guardarropa, usaban los vestidos de sus sirvientas que exponían más piel de lo que recomendaban la moral y las buenas costumbres. El comandante recordó que, en el caos que dejaron tras de sí las llamas, el camino del Chorrillo se convirtió en testigo de encuentros amorosos y situaciones comprometedoras para la hipócrita sociedad. Algunas señoras respetables se escondían en las canastas que usaban sus esclavas para llevar la ropa a lavar. Las negras eran las alcahuetas de sus amas y las tapaban con las sábanas para no despertar sospechas y cargarlas hasta los encuentros clandestinos con sus amantes. Esta práctica siguió por varios años, hasta que un día hicieron una redada y encontraron cinco cestas con mujeres escondidas en ellas. Cuando buscaron a los amantes, quienes, según los rumores, esperaban entre los vericuetos escondrijos del camino, no los encontraron. Al parecer alguien les avisó y huyeron. El secreto de la identidad de las mujeres entre las sábanas seguía siendo un apetecible misterio.

Don Juan contemplaba la campana de la iglesia de Santa Ana con ojos inquisitivos. Regresó al día de la tragedia cuando don Rodrigo las hizo repicar con un lenguaje peculiar, como si la campana misma hubiera sido testigo del atroz asesinato. Durante el interrogatorio al sacristán, éste explicó que al llegar a la escena del crimen y encontrarse con la difunta entre la multitud, perdió el control y corrió hacia el campanario. El susto lo impulsó a halar con fuerza el badajo de la campana.

En su mente, De Palmas suplicaba: «María, ayúdame a encontrar al malparido que te mató». Afuera del templo, la cofradía de los zapateros, formada por negros libertos y mulatos, armaban el anda de santa Ana que saldría en procesión para Semana Santa. Don Chema, que también era un experto construyendo andas y adornándolas con flores, los ayudaba y, al ver al comandante, se dirigió con premura a su encuentro.

—Don Juan, ¿alguna novedad? Me enteré de que el esclavo Bernardo es el principal sospechoso.

—En eso estamos, don Chema. Usted no se preocupe, que bastante ha ayudado.

—Comandante, yo vivo solo y me la paso pensando, a veces hago dibujos sobre las cosas que me perturban y he especulado que un cuchillo hace cortes rectos, pero la herida que tenía esa muchacha no era tan lineal. He tratado de dibujarla —don Chema sacó de su bolsillo un boceto. El comandante se sorprendió de la astucia y habilidad para dibujar que poseía el enterrador, mientras sujetaba el papel y lo observaba con interés—. Fue un corte con algo fino y puntiagudo que tenía un buen filo doble, parece una misericordia, pero es mucho más delgado —explicaba el enterrador.

—Don Chema, voy a llevarme este papel. No voy a olvidar la gran ayuda que nos ha dado. De nuevo, muchas gracias.

Don Juan caminó con el boceto en la mano, ahora sabía que se trataba de un objeto largo, fino y puntiagudo. El embrollo agarraba forma, pero también se complicaba de una manera inesperada, aquélla no era un arma común. ¿Era posible un acto de herejía? Habían sido muy pocos los panameños enviados al Tribunal de la Santa Inquisición en Cartagena de Indias, pero la persona que cometió el asesinato había acomodado los caracoles en señal de un rito o de una burla para la muerta y las autoridades. Con todos estos pensamientos en su cabeza, se dirigió hacia la plaza y se detuvo a mirar a su alrededor. La ciudad se movía en su caos cotidiano. Aquel escenario era una obra maestra viva. Los fruteros espantaban con sus sombreros a las moscas atrevidas que deseaban probar la mercancía antes de ser comprada; las negras caminaban descalzas con los pies curtidos y llenos de callos, cargando en la cabeza platones con cacaos; unos niños goloseaban las bollerías en el puesto de doña Clemencia cuando ésta se entretenía con algún cliente y el paso de los caballos y mulas levantaba el polvo que se incrustaba en la ropa ajada de los arrabaleros. Faltaban escasos diez días y ya se notaba el afán de las preparaciones para la Semana Mayor. Las cofradías y hermandades organizaban los últimos detalles y los vecinos, incluso los más pobres, arañaban sus bolsillos para sacar el dinero para los arreglos. El comandante divisaba las maltrechas chozas que se levantaban a un lado de la plaza. Frente a ellas se erguían, elegantes, las viviendas de Mateo Izaguirre y, un poco más abajo, la de doña Tomasa. Don Juan cruzó por el puente levadizo, que estaba congestionado de mulas, aguateros y gente que se chocaba para pasar por la Puerta de Tierra. El miliciano siguió su paso hasta estar delante de aquella fortaleza militar, la gran muralla de piedra con sus cuarteles y postigos. La Puerta de Tierra era custodiada día y noche por guardias, había sido estratégicamente construida hacia el norte porque fue desde esa dirección por donde llegó Henry Morgan al mando de más de mil piratas y corsarios para atacar la Vieja Panamá en 1671. Los habitantes del arrabal sabían que si se producía otra ofensiva como aquélla, ellos serían la primera presa, desarmados y sin una empalizada que los protegiera. Serían sacrificados para dar tiempo a que pudieran escapar los habitantes de intramuros. El resentimiento crecía cada vez más entre unos y otros. Pero en estos momentos temían algo mucho más cercano, el peligro no eran los filibusteros, era alguien que ocultaba su mente criminal y se paseaba sin remordimiento fingiendo ser un buen vecino.

10

Los días transcurrían lentos entre la humedad y el calor. Con el encarcelamiento de Bernardo, el comandante De Palmas logró sosegar los ánimos de los vecinos, pero se le agotaba el tiempo. Era injusto tener a un inocente preso y lo sabía. El jefe de Bernardo le exigía todos los días que le regresara a su esclavo. Las únicas que podían visitarlo, además de don Antonio, eran su madre y su hermana. El obispo miraba con malos ojos la labor del comandante y se preparaba para darle un ultimátum.

Doña Catalina se había vuelto adicta a las yerbas que Dolores Lucumí no sólo le colocaba en la tina de baño, sino también en sus tisanas. Cuando ya no podía vivir sin ellas, la Lucumí le aconsejó que le permitiera poner una pizca de hojitas pulverizadas en el chocolate de su marido y le hizo repetir unas palabras para reforzar el apego de su esposo.

«Yo, Catalina Bautista, soy tu todo. Cristóbal Fernández nunca podrás vivir lejos de mí y tu cuerpo sólo encontrará placer junto al mío».

—Pero, Dolores, ¿eso no es brujería?

—No, mi señora, éstos son los medios que el bien tiene para liberar al amo, ¿y es que usted cree que Ana no le ha dado otras aguas al patrón? No sea ingenua, repita la frase y le ruego que me deje hacer lo que le digo.

—Tienes razón, esto debe ser un regalo de Dios, ¡imagínate que ahora Cristóbal duerme abrazado a mí!

Doña Catalina susurraba estas intimidades con los cachetes rojos y los pezones empinados. Los pequeños ojos de la Lucumí miraban a su ama mientras rumiaba: «Esta vieja culifloja no sabe la recompensa que le voy a cobrar por querer andar de fogosa».

Don Cristóbal no entendía qué le había sucedido, de un tiempo a esta parte había dejado de pensar en Ana. Ya no le interesaba. Su mente sólo deseaba que llegara la hora de acostarse para hacer el amor con su esposa. Incluso un día, durante la cena, no aguantó y les pidió a los esclavos que salieran del comedor. A Juanito Criollo, que con los años se había convertido en el esclavo de confianza de su amo, le tocó cuidar la puerta para que nadie interrumpiera a los patrones. Don Cristóbal le rasgó las enaguas a su mujer, la tumbó bocabajo en la mesa y, agarrado de las greñas de Catalina, la poseyó desde atrás, de pie, como un animal salvaje, gruñendo, como nunca lo había hecho. Al terminar, mientras Catalina volaba hacia su recámara para adecentarse, Cristóbal no conseguía calmarse, su corazón continuaba acelerado y caminaba entre la comida regada por el piso como una fiera enjaulada.

—Patrón, esto no es normal. Mire, si me permite hablarle de hombre a hombre, mi Jacinta tiene unas nalgas que me vuelven loco y cuando terminamos de ya usted sabe, al ratito me quiero dormir. Eso no le pasa a usted, patrón. Transcurren las horas y ese corazón suyo palpita como si fuera un caballo desbocado, se lo puedo ver latir bajo la camisa, usted suda como una bestia desesperada. No puede ser bueno —le advertía Juanito.

—Negro, yo sé, pero el placer que esa mujer me hace sentir es indescriptible.

—Patrón, usted no era así con la ama Catalina. ¿Ya se ha olvidado del todo de Ana?, ni siquiera ha ido a ver cómo va ese enredo de Bernardo. Algo no está bien. Yo le aconsejo que visite a Josefa en el arrabal, esa vieja es sabia y lo tiene en alta estima. Amo, ¿qué tal que le hayan dado un bebedizo? Usted parece embrujado.

Don Cristóbal, en el fondo, reconocía que su esclavo tenía razón, había algo extraño en aquella repentina adicción al placer que le proporcionaba Catalina. Decidido a despejarse, fue a una casa de lenocinio y trató de probar con otras mujeres, pero no pudo. Por mucho que una de las codiciadas meretrices del arrabal le hizo exóticas poses y arrumacos, no logró levantar ni lo más mínimo aquella parte de su anatomía. Avergonzado, se despidió de la moza y decidió que era hora de hablar con Josefa.

Damiana y Manuela terminaron las labores en casa de sus patrones y estaban listas para ir a la residencia de los Reyes a comenzar a bordar las faldas de doña Simona que estaba postrada en una cama sin poder valerse por sí sola. Al tiempo que las dos negras salían a la calle por la parte del cañón, uno de los esclavos de los Urriola tocaba la puerta principal de la casa. Portaba dos sobres en la mano con el escudo de la familia: una cruz heráldica resguardada por un león y un caballo, coronada con un yelmo con penachos de plumas. Otro esclavo le recibió los sobres al lacayo, los puso en una pequeña bandeja de plata y se dirigió al estrado en donde estaba la patrona. Doña Catalina roncaba, acalorada, con un libro sobre su pecho. Al sentir al esclavo tocar la puerta se levantó asustada. Miró los sobres con curiosidad, uno estaba dirigido a su marido y el otro a la señorita Isabel Fernández. Mandó a llamar a su hija y a don Cristóbal para que recibieran la correspondencia y la leyeran frente a ella, no podía aguantar la curiosidad. Al llegar, ambos partieron los sellos y procedieron a leer. La primera nota, dirigida al amo de la casa, decía lo siguiente:

> *Don Sergio Urriola y su señora, doña Beatriz Marena de Urriola, tienen el gusto de invitarlo a usted, a su distinguida esposa y dignas hijas al gran baile que daremos en honor a la llegada desde Madrid de nuestro primogénito, Gonzalo Urriola, el domingo dieciocho de abril, después de la misa de la Resurrección de Nuestro Señor, a las tres de la tarde, en la residencia de su servidor, en la Calle San Juan de Dios, intramuros.*

Catalina brincó de felicidad.

—¡Dios mío! Al fin un evento de alcurnia que nos saque de la monotonía de esta pordiosera y precaria ciudad. ¿Qué voy a vestir? Cristóbal, tus hijas y yo no tenemos trajes adecuados para asistir a esa fiesta.

—Mujer, ¿y todos esos vestidos que tienes en el baúl? Te va a faltar vida para estrenarlos.

—Es una ocasión especial y debemos ir bien ataviadas. Hay que mandar a buscar a Carmela a Natá. Estoy segura de que habrá caballeros de linaje y tal vez van a querer pretender a nuestras hijas.

Don Cristóbal miraba a su mujer caminar agitada por todo el salón.

—¿Cómo es posible que en un momento donde existe un toque de queda los Urriola estén pensando en hacer un baile? Si asistimos a esa fiesta vamos a atraer los malintencionados comentarios de la gente.

—¡Ay, Cristóbal! No seas malasombra. Ese magno evento es para los de intramuros, los cochinos arrabaleros no asomarán la cabeza. Más bien agradece que entre tantos escándalos en que se encuentra mezclado nuestro apellido, los Urriola se hayan tomado la molestia de invitarnos.

Isabel leía la carta dirigida a ella, pero al escuchar a su madre la tiró, se dio la vuelta y se fue.

—Isabel, ¿qué dice tu nota?

—¡Te la regalo, madre, si tantas ganas de fiesta tienes!

La joven voceó desde la escalera mientras corría a sus aposentos y se encerraba, tenía que buscar la manera, lo antes posible, de hablar con don Juan y proponerle que se escaparan juntos.

Sin perder el tiempo la doña procedió a leer la nota dirigida a su hija mayor:

> *Invitación para escoltar:*
> *Yo, Gonzalo Urriola, con todo el respeto, solicito su permiso para escoltarla y ser su compañero de baile en la celebración que estarán dando mis padres, en su residencia de la Calle San Juan de Dios, intramuros, en honor a mi visita a Panamá, el domingo dieciocho de abril, después de la misa de la Resurrección de Nuestro Señor, a las tres de la tarde.*

Doña Catalina pegó un grito que se escuchó hasta el cañón de los esclavos. Brincaba y abrazaba a su marido.

—¡Cristóbal, Dios se ha apiadado de nosotros! ¡Yo sabía que somos sus hijos favoritos! ¡No podía seguir ignorando mis ruegos!

—¡Mujer, pero guarda calma!

—¡No puedo! ¡Se nos casa nuestra primogénita!

Don Cristóbal agarró el papel y lo leyó. Por una parte, sintió alivio que un hombre de la jerarquía de Gonzalo Urriola estuviera pretendiendo a Isabel, pero sabía que no iba a ser fácil enfrentar la rebeldía de su hija.

Isabel mandó a buscar a Damiana, pero la negra junto a Manuela se dirigía a escondidas a la residencia Reyes. Las esclavas prefirieron dar toda una vuelta para evitar pasar por la Plaza Mayor, porque ése era el lugar preferido de los más grandes bochinchosos. Caminaron por detrás del convento de la Merced, cruzaron las calles de San Juan de Dios y de San Jerónimo hasta llegar a la vía de San Miguel. En su recorrido, las esclavas tenían presente la opinión que la vieja Josefa les había expresado cuando le contaron sobre la propuesta del patrón de Bernardo.

«Y ese don, ¿no es el que tiene a la mujer tumbada en una cama? ¿Para qué quiere bordarle trajes y polleras? ¡No, señor, él desea unas tetas negras! Muy bonito todo, pero ojo, una de ustedes puede quedar enredada en el pelambre amarillo de ese español. Recuerden que cuando un blanco se acuesta con una de nuestra raza, se convierte en un macho fogoso y nosotras en brujas y barraganas».

—Damiana, ¿estaremos haciendo bien? —preguntaba Manuela mientras aceleraba el paso.

—Sí, parece extraña la proposición de don Antonio, pero es nuestra oportunidad para bordar, ganar dinero y escaparnos.

Manuela, con temor de expresarle a su amiga que había cambiado de opinión acerca de la huida, guardó silencio. Sólo escaparía si llegara a tener noticias de su madre.

Damiana, en el fondo, trataba de calmar la atracción que sentía por el hombre. Para sus planes de fuga, debía bordar sin descanso. Pero si quería irse en paz, otra preocupación la aquejaba y era dejar resuelto el problema de Bernardo. Enredarse ahora en una historia pasional con don Antonio iba a ser nefasto para sus planes.

La casa de tres altos y tres ventanales de don Antonio Reyes estaba ubicada en la Calle de San Miguel, intramuros. No tenía cañón, ya que contaba con escasos cuatro esclavos que dormían en unos cuartos hechos al lado de la cocina, dentro de la vivienda. El hombre vio llegar a las dos negras y mandó a un lacayo a que las hiciera pasar por la puerta de atrás y las dirigiera a una pequeña habitación. El patrón había mandado colocar una mesa, telas, encajes de seda y lino e hilos de varios colores. Dos grandes candelabros sostenían las velas encargadas de alumbrarlas. Las esclavas no salían de su asombro, había materiales allí para bordar más de una docena de polleras. Sobre la mesa reposaba un hermoso costurero de madera forrado con tela de damasco roja, en la parte de arriba tenía una almohadilla con varias agujas clavadas en ella. Al costurero lo rodeaban dos hileras de encajes de punto veneciano. En unas fundas de seda china, estaban guardadas dos tijeras doradas. Las mujeres, maravilladas, nunca imaginaron que iban a poder bordar con insumos tan finos. Primero dividieron por colores las telas y combinaron los hilos.

En honor a María Yoruba, Damiana escogió un paño de organza blanca para bordar olas y caracoles con hilos azules y rosas. Manuela siempre pensó que el palenque de su madre debía estar rodeado de una vegetación exuberante y le dedicó el primer bordado con flores rojas y hojas verdes. Sentadas en dos taburetes a la luz de las velas, escuchando las olas del Pacífico ir y venir, las negras invocaron a los espíritus de las costureras de Panamá la Vieja y comenzaron el baile sagrado entre la aguja, la tela y sus dedos. Por las rendijas de la puerta, la luz de los candiles se asomaba como si un espectáculo extraordinario estuviera llevándose a cabo dentro de la pequeña pieza. Don Antonio pensó entrar pero algo le dijo que cuando la vida está creando su magia, es mejor no interrumpirla.

Una de las esclavas de la casa de don Antonio que había observado cómo su patrón se desvivía por las dos costureras se puso en marcha por la Calle San Juan de Dios, cruzó frente a la Plaza Mayor y caminó por la Calle Real de la Merced, vio a Toñita afuera de la casa de los Fernández Bautista y le dijo que buscara a la negra Lucumí.

Entre las telas y los hilos, las dos bordadoras perdieron la noción del tiempo. El toque de queda había comenzado y decidieron esperar a que amaneciera para regresar al cañón. Cuando el sol se fue asomando, salieron de puntillas y se escabulleron por los callejones hasta llegar a casa de sus amos. Sobre la cama de Damiana había una nota de Isabel que decía: «Sube a mis aposentos lo más temprano posible».

Damiana fue al aljibe y se lavó la cara, mordió un pedacito de jengibre y corrió al cuarto de su joven ama. El patrón, al verla, le pidió que avisara a su hija que debía bajar al comedor.

—¡Negra, me quieren casar con Gonzalo Urriola! ¡Yo tengo muchos años de no ver a ese muchacho! El atrevido me está invitando a una celebración en su casa y quiere venir por mí y bailar toda la noche conmigo. ¡No, no, no!

—Isabel, tú sabías que esto iba a pasar en cualquier momento, será él u otro joven de sociedad.

—¡Damiana, eso sería una esclavitud para mí! —Isabel bajó la voz—. ¡Yo estoy enamorada de Juan! Necesito verlo, me quiero escapar con él.

—¿Tú te estás escuchando? —la esclava zarandeó con suavidad a su joven ama—. ¡No tienes idea de lo que es la esclavitud! Pero si quieres compararla a esa obsesión infantil que sientes por ese mulato, te digo que vas a estar atada a una persona que sólo te va a traer humillaciones. Isabel, te mereces a un hombre decente que te ame, que no te haga vivir en pecado y te pueda llevar hasta el altar. ¿Qué tal que Gonzalo se haya convertido en un apuesto y galante caballero?

—No me interesa, amo a Juan y no voy a renunciar a él. Así me excomulguen. Viviremos en una choza lejos. Yo sé que, por mí, él está dispuesto a todo.

—¡Isabel, no digas eso! ¡Esa unión te convertirá en la barragana de don Juan para siempre y tus hijos serán unos bastardos!

Pronto escucharon los gritos de don Cristóbal llamando impaciente a su hija. A regañadientes, la joven caminó hacia el comedor acompañada de Damiana. Sus padres la esperaban para hablar sobre la respuesta formal a la nota del hijo de los Urriola. El padre para romper el hielo dijo:

—Esta mañana hace más calor que de costumbre.

Isabel no hablaba, su madre sorbía el chocolate nerviosa porque acababa de cargar la taza de su marido con las hojitas que Dolores le proveía.

—Parece que el baile de los Urriola es todo un acontecimiento. El gobernador ha dado permiso para que participen solamente las familias intramuros. Espero no verle la cara a Mateo Izaguirre —continuó don Cristóbal.

—Ese hombre es muy poderoso y aunque viva en el arrabal, de seguro está invitado. Pero no dejemos que nos arruine la ocasión. Estoy muy ilusionada. Tengo unas telas guardadas —doña Catalina se dirigió a la esclava que estaba parada detrás de la silla de su hija.

—Damiana, tú y Manuela tienen que bordarnos los trajes para el gran baile, deben ser hermosos ¡y sin demora! Nadie puede tener uno igual. ¿Me escuchaste, negra? Sólo faltan escasos diez días.

Damiana no contestó. Coser esos tres vestidos les iba robar tiempo para seguir bordando los pollerones de la mujer de don Antonio.

—A mí no me tienen que hacer nada. Me rehúso ir a ese baile —espetó Isabel, mientras tomaba un sorbo de su chocolate.

—Hija, por favor, no le hagas un desplante a ese muchacho.

—Padre, no quiero estar con alguien que apenas conozco, ¿o es que ustedes han arreglado esta unión con los Urriola?

—Isabel, no hemos hecho tal cosa. Aunque eso es lo que todas las familias hacen por el bien de sus hijos. Su madre me ha dicho que es un militar de alto rango en Madrid. ¡Imagínate que ha pedido los nombres y descripción de las jóvenes de intramuros y de entre todas te ha elegido a ti! Compórtate y no seas una grosera. ¡¡No me hagas pasar vergüenza!!

—Ni te preocupes, madre, porque no voy a ir —la joven se levantó de la mesa con su taza de chocolate en la mano.

—Isabel, por favor. Dale una oportunidad y si no te gusta, te prometo que no vamos a obligarte, tú sabes bien que nunca te he forzado a que te comprometas con nadie —rogó don Cristóbal.

Mientras sus padres hablaban, Isabel sentía que la respiración se le iba, quería salir corriendo y buscar a Juan, el único que la comprendía. ¡Su gran amor!

—Por favor, Isabel. ¡Te vas a quedar para vestir santos!

A la joven todo comenzó a darle vueltas. Veía a su madre más grande y Damiana, que estaba de pie, parecía más pequeña. Don Cristóbal seguía comiendo su tortilla de maíz asada sin darse cuenta de que algo le pasaba a su hija y con la boca llena continuó:

—Hasta el comandante De Palmas va a asistir. Me lo encontré esta mañana y me hizo la salvedad de que su esposa no irá por el estado en que se encuentra.

Isabel se volteó y preguntó con lentitud, como si las palabras fueran espesas en su boca y no pudiera sacarlas.

—¿Estado?

—Sí, el comandante va a ser padre.

Damiana corrió y atajó a su joven ama antes de que se desplomara. Isabel comenzó a temblar con fuertes espasmos. Don Cristóbal se arrodilló para sostenerle la cabeza a su hija. Doña Catalina, en su desazón, se fijó en que la taza que rodó de las manos de Isabel al caer al suelo era la que debió haber tomado su marido.

11

Don Juan de Palmas amanecía en su despacho pensando en la presión del obispo. Si soltaba a Bernardo sin tener otro sospechoso, la ciudad entraría en pánico de nuevo, si lo dejaba encarcelado estaba cometiendo una injusticia. La Real Audiencia, empujada por la sociedad y la iglesia, pedirían un juicio para culparlo por el asesinato de María Yoruba y de ser condenado lo ahorcarían en la plaza Mayor o el Santo Oficio se haría cargo de él y por lo horrendo del crimen, el castigo podía ser la hoguera. ¡Maldita la hora en que se le ocurrió encerrar al pobre negro! Por otro lado, el embarazo de su mujer lo tenía perturbado. Amaba a Isabel, pero cuando estaba en su casa sentía remordimientos por estar faltando a la promesa de matrimonio que le había hecho a su esposa. En las noches, Milagros buscaba el calor de su marido. La mujer hacía de todo para complacerlo. Deseaba quedar embarazada lo más rápido posible porque sentía el desamor y temía que la abandonara. Pensaba que su esposo era amante de una de las negras del arrabal. Nunca imaginó que el corazón del hombre latía por una joven de alcurnia de intramuros. Don Juan no sabía cómo enfrentar a su amante y contarle sobre el embarazo de su esposa. Con los ojos rodeados de profundas ojeras y el cabello desordenado, se la pasaba encerrado en su despacho. Muchas veces dormía ahí con la excusa de que estaba trabajando con tal de no llegar a su casa.

Un guardia tocó la puerta, traía una nota para el comandante, quien, al ver el lacre, lo rompió con premura y la abrió con brusquedad. Sus sospechas se hicieron realidad, la nota con el sello del obispo y el de la Real Audiencia le informaba del juicio para Bernardo Reyes, acusándolo de asesinato y de herejía. Habían fijado la fecha para el 20 de abril de 1745, año de Nuestro Señor.

En casa de los Fernández Bautista se formó un tremendo revuelo por el ataque que había sufrido Isabel, quien después de temblar y poner los ojos en blanco comenzó a vomitar un líquido negro. Don Cristóbal agarró a su hija y se la llevó en brazos hasta sus aposentos, un esclavo salió corriendo a buscar al doctor.

Al llegar, el médico les dijo que dejaran a Isabel vomitar, eso ayudaría a sacar lo que la hubiera intoxicado. En una de las violentas arcadas, cuando ya no arrojaba más que bilis, la joven se desmayó de nuevo. El doctor puso su oído en el pecho de Isabel e hizo un gesto de alivio al oír los latidos de su corazón. Mandó a recostarla y esperar.

—¿Esperar qué, doctor? ¿A que se me muera mi hija? —vociferaba don Cristóbal.

Damiana, en medio de la angustia, presentía que algo extraño estaba sucediendo allí. Isabel se encontraba bien hasta el momento de empezar a comer. La negra repasó en su mente todo lo que aconteció en el comedor. Sobre la mesa estaba servida una gran tortilla asada, pan horneado, unos pedazos de carne de puerco y el chocolate caliente que tanto gustaba a sus patrones. La joven ama no había probado nada, excepto el chocolate.

Doña Catalina, con miedo en sus ojos, se agarraba las manos con desespero y miraba a Isabel postrada en la cama. Su hija parecía no respirar.

—Doctor, ¿Isabel se va a recuperar?

—Hay que esperar, doña Catalina. Roguemos porque su hija tan sólo haya ingerido algún alimento que le ha sentado mal.

Ambos padres se acercaron y acosaron al médico. Damiana comenzaba a sentir los escalofríos que tantas veces le anunciaban que la muerte estaba asomando sus garras.

12

Los Urriola almorzaban en su espléndida casa.

—Sergio, ¿cómo es posible que nuestro hijo haya escogido a esa señorita? ¡Su padre es protagonista de los cuentos más escandalosos! Te dije que no la incluyeras en la lista —reclamaba a su marido doña Beatriz Marena de Urriola, una guapa y pacata española.

—Querida, yo no la incluí, pero Gonzalo reclamó la presencia de su nombre. Tenemos más de un año y medio mandándonos cartas con él para definir este asunto y para mi sorpresa, el muchacho al final se decidió por la Fernández Bautista. Desde que nació Gonzalo te expresé que nunca iba a interferir en sus gustos. Ésa fue la joven que él eligió. Dios quiera que la muchacha lo acepte y que nos salga buena.

Así fue la respuesta de don Sergio Urriola, un hombre perteneciente a una adinerada familia panameña. Estaba asociado a un barcelonés llamado José Cebrián, que tenía en España una de las importantes concesiones para proveer uniformes militares al ejército. La tarea de don Sergio en el negocio consistía en obtener las licencias necesarias en América para vender los uniformes a los diferentes virreinatos.

—¿Crees que se va a dar el lujo de rechazar a mi apuesto hijo? ¡Lo que me faltaba! Yo hubiera preferido a una de las

Adames Serrano o a la hija de los Herazo Caballero, la hija de los Barsallo González tampoco me gusta, habla mucho. En fin, debió escoger a jóvenes decentes y de buena casta —en ese momento apareció un esclavo y les avisó la desgracia que estaba sufriendo la posible nuera. Intramuros las noticias volaban en las alas de las afiladas lenguas—. ¡¿Ves, Sergio?! Esa familia tiene una historia de terror todos los días. Muy pronto llegará Gonzalo y se va a encontrar con una futura novia indispuesta.

Al mediodía, toda la ciudad se había enterado de que la hija mayor de los Fernández Bautista estaba aquejada de un extraño mal. Las viperinas lenguas panameñas echaban sal a la herida: «¡Es una peste y nos va a contagiar a todos!», «¡Moriremos por causa de esa maldita familia!», «¡Dicen que está embarazada de un hombre casado!», «¡Trataron de envenenar a Isabel Fernández! Parece que fue una esclava amante de su padre», «¡El asesino ha vuelto a atacar!».

Don Sergio se aproximó a la residencia de los Fernández Bautista para conocer el estado de la joven. Isabel dormía, ya los vómitos habían cesado, pero se veía amarillenta y pálida. Damiana no se despegaba de la cama de su querida ama. Doña Catalina lloraba y en su mente pedía perdón y pensaba que todo era culpa de Dolores que la había metido en ese mundo de brujería. En cuanto su hija mejorara, echaría a esa horrible esclava.

Afuera de la casa de Isabel estaba don Juan, que ya se había enterado de la enfermedad de su amada. Desesperado, sin querer levantar sospechas sobre su idilio con la joven, trataba de averiguar con un esclavo su estado. Don Cristóbal caminaba con Sergio Urriola hacia la puerta. Ambos platicaban sobre el noviazgo que comenzarían sus dos hijos.

—¡Don Juan! —exclamó asombrado de ver lo abatido que lucía el comandante.

—Don Cristóbal, ¿cómo está Isabel? —preguntó agobiado.

Un silencio incómodo surgió entre los tres hombres. A don Sergio no le gustó la confianza con que don Juan se refería a su futura nuera. El enojo comenzó a invadir a don Cristóbal, quien en su rápida mente recordó gestos y situaciones que ahora lo hicieron caer en cuenta de que algo sucedía entre su hija y el mestizo. Tratando de manejar la situación escupió:

—No se preocupe, comandante, está usted muy presionado y yo entiendo su inquietud por el asesinato de la esclava, pero le aseguro que lo que aqueja a mi hija no tiene nada que ver con el caso y ya el doctor lo está resolviendo. Ella comió algo que no le ha hecho bien. Regrese a sus labores que bastante ocupado debe estar.

El guardia se dio cuenta de que el tono de voz del padre de su enamorada no era tan cordial como siempre y don Sergio, desconociendo lo que estaba ocurriendo entre los dos hombres, musitó:

—Pero, comandante, ¿es que el asesino no está entre las rejas?

—Don Sergio, el comandante no termina de convencerse de que el negro Bernardo sea el asesino. Yo estoy seguro de que sí lo es y que encarcelado no va a volver a atacar. Nuestra ciudad se encuentra a salvo y podremos ver a Gonzalo y a Isabel disfrutando su noviazgo —aseguró don Cristóbal con el corazón arrugado de angustia por culpar al hijo de su amante, pero prefería incriminar a Bernardo antes de que el patriarca Urriola intuyera lo que él estaba presintiendo sobre Isabel y don Juan. Le puso la mano en el hombro al comandante y caminó unos pasos con él.

Un poco alejado de don Sergio, que estaba distraído despidiéndose de doña Catalina, le dijo al oído al mulato:

—Si te vuelves a acercar a mi hija, te mato.

El rostro triste y avergonzado del comandante le reveló a don Cristóbal todas sus sospechas.

Las horas pasaban e Isabel seguía dormida.

Damiana limpiaba con un paño el sudor de la frente de su querida ama y meditaba sobre las infamias que le habían tocado sufrir por ser una esclava, pero tal vez Dios, entre tanto dolor, le había regalado la presencia de aquel ser noble y justo.

—Isabel, es un honor haber coincidido contigo en esta vida —susurró la negra.

En la planta baja de la casa, doña Catalina se encerró en el estrado. Su mente comenzó a traicionarla.

«He estado a punto de matar a mi propia hija por esta necesidad de que Cristóbal me ame, pero si le dejo de dar las yerbas, él va a volver a buscar a esa negra. Si echo a la esclava maldita de la Lucumí es capaz de acusarme con el Santo Oficio. ¡Ay, Dios mío!, todo esto es por culpa de Ana. Sí, ella es la responsable de mi desgracia y ahora debe estar riéndose de mí. Esas negras se pusieron de acuerdo para acabarme. Cristóbal va a correr a sus brazos en cuanto se le pase el efecto del brebaje. ¡No! ¡Esa puta no me va a quitar lo que es mío!».

Catalina movía sus manos sin cesar y miraba de un lado a otro, creando en su mente un mundo lleno de conspiraciones, brujería y muerte.

La lluvia comenzó a azotar con furia a la ciudad. Al anochecer, en medio del aguacero, alguien tocó a la puerta de la casa de Tomasa Núñez. Un esclavo se aproximó extrañado a ver quién era.

—¿Y tú qué haces aquí?

—¿Qué te importa?, llámame a tu patrona.

—No seas insolente, éstas no son horas de ver a mi ama y menos así, toda mojada y sucia.

—Ella sabe a qué vine, así que avísale o te ganarás unos buenos azotes.

El esclavo acudió a la negra de confianza de la patrona, quien conocía las argucias en que estaba metida su ama. Por fin la dueña de la casa se dirigió al estrado para recibir la desagradable visita.

—Todo va según hemos planeado.

—¿Hemos planeado? Yo no te dije que trataras de matar a la rebelde de Isabel Fernández. Te advertí que hay cuerpos que no se llevan bien con las yerbas. Ése es un riesgo que tú tomaste.

Tomasa lanzó las recriminaciones con asco y desprecio.

—Patrona, pero es que su mujer y sus hijas son las vías para acabarlo.

—Esclava, a mí no me importa lo que les pase a ellas, pero pareces haber olvidado que nuestro objetivo es el viejo Cristóbal. ¿Y qué noticias traes sobre el crimen? Porque no me creo que el hijo de la prostituta Ana sea el culpable.

—De eso todavía no sé nada. Yo sospecho de una negra. Pero primero págueme.

Dolores Lucumí tenía su desproporcionada cabeza empapada. Estaba vestida con una camisa vieja y desgarrada y una saya que no le cubría los maltratados pies descalzos. La esclava conocía a todos los guardias de la Puerta de Tierra y se escondía en los montes para ofrecerles sexo a cambio de que la dejaran salir y entrar después del toque de queda. Tomasa se retiró a sus aposentos a buscar una bolsita con reales para pagarle de mala manera a la negra. Quería tenerla de su lado y enterarse de todo lo que sucediera en casa de los Fernández Bautista. Lucía una elegante bata blanca de algodón, iba cubierta con un chal de seda y llevaba su cabello encrespado suelto, dejando ver las raíces de sus antepasados.

La esclava se quedó en el estrado vigilada por otra negra, y recorría con la mirada los ostentosos muebles tallados y forrados de damasco, las paredes tapizadas y las alfombras orientales. «Algún día tendré más dinero que la vieja negrera y volveré a mi tierra y ni Dios ni nadie podrán meterse en mi camino», maquinaba la Lucumí. Tomasa regresó y le lanzó al piso, delante de la esclava, una bolsita llena de monedas.

—¡Habla!

Dolores se tiró con desesperación a recogerla y la guardó en su faltriquera.

—Hay una esclava que salió de la iglesia de Santa Ana justo antes de enterarnos de que habían matado a la Yoruba. Yo la vi teniendo sexo con un hombre que no era su marido.

—¿Quién era ese hombre?

—No pude ver bien, pero esa negra puede decirnos quién era. Aún no la he presionado.

—¡Dolores, a mí qué me importa con quién se revuelquen las esclavas! ¡Estás enferma de la cabeza! Y no me vengas a decir que es Damiana, ¡estás obsesionada con esa mujer!

—No, mi señora, la negra es Eduarda, la mujer de Toribio.

13

Ana caminaba todas las mañanas hasta el cuartel para que la dejaran ver a su hijo apenas unos minutos. En su recorrido evitaba pasar frente a la vivienda de don Cristóbal. No tenía noticias de él desde la última noche que durmieron juntos. El español no había cumplido la promesa de ayudar a Bernardo. Sólo se le veía entrar a la misa los domingos de la mano con su esposa.

Bernardo, encerrado en una pequeña y oscura mazmorra, estaba desesperanzado, flaco y con la maleza de su indomable cabello creciendo. Rezaba todos los días para que agarraran al verdadero asesino. Las monjitas de la orden de Santo Domingo visitaban la cárcel y llevaban comida y la palabra de Dios a los presos. Una de ellas era muy joven y tenía una personalidad peculiar.

—Bernardo, te he traído algo que te va a gustar.

La hermana se sacaba, traviesa, de la manga de su hábito una conserva de la fruta que más abundaba en el mercado, la piña.

—Gracias, hermana Lucía. Deseo pedirle un gran favor.

—Tú dime y si está en mis manos, veo cómo resuelvo.

—Estoy muy preocupado por mi madre. La veo sola y desconcertada. Acompáñela, hermana. Ella es lo más grande de mi vida y no quisiera que se muriera de cabanga al verme aquí metido.

—No te preocupes, muchacho, yo me encargo de ella.

Y así fue. La monjita esperaba afuera del cuartel a Ana y caminaba junto a ella hasta la Puerta de Tierra. Gracias a esas caminatas, la madre de Bernardo encontró consuelo en la religiosa.

—Hermana, la vida no ha sido justa conmigo, pero yo tampoco con ella. Tuve un esposo bondadoso y no supe valorarlo. Murió sabiendo que le fui infiel por creer las mentiras de un embustero.

—Ana, sólo Dios tiene derecho a juzgarnos —la consolaba la monja mientras se comía un pedazo de piña—. Los hombres son muy embusteros.

—¡Hermana, baje la voz! Si la escuchan la pueden castigar.

—Tienes razón. No debo hablar así. La madre superiora me castiga a punta de pan y agua porque dice que tengo la lengua muy larga —aceptaba la religiosa, riéndose y dándole fuerzas a la negra.

La hermana Lucía había nacido en Cartagena y desde los 12 años sus padres la habían ingresado en un convento, ya que decían que la niña era una oveja negra.

—¿Por qué desde tan temprano la mandaron al noviciado? —preguntaba Ana a la religiosa.

—Es que me gustaban muchos los niños y no me daba abasto para uno solo. ¡Ay, Rafael Antonio del Carmelo! ¿Dónde andarás con tu suaves labios y dulce lengua?

—¡Hermana!

—No te preocupes, Ana. Yo era muy chica e inocente… ¡y poco después descubrí que el descarado se escapaba en las noches con Pepita Montoya a bañarse desnudos en el río!

—¡Ay, Dios mío! ¡Madre! Qué cosas ha hecho usted. Yo le pido perdón a Dios por todos esos años de adulterio y doy gracias por la reconciliación de los Fernández Bautista.

La joven monja la miró maliciosa.

—¡Ana, no seas hipócrita! Muchas veces los padres nos dicen: «No sientan esto, no sientan aquello, que es pecado». Yo no estoy de acuerdo. Somos seres humanos y sentir es un gran don que nos dio Dios. Si dejamos de sentir nos convertiríamos en piedra. La gran duda es qué vas a hacer con esos sentimientos. Debes alejarte de ese hombre para que no caigas en un pecado mortal. Te lo diré en otras palabras, pero no le digas a la madre superiora que me mandan al claustro y eso es muy aburrido: ese viejo sinvergüenza no te merece.

La joven monja desafiaba con sus consejos pocos ortodoxos la conducta de la época. Pero en el fondo sus palabras estaban llenas de realidad y humanidad.

Al anochecer, cuando en las calles de intramuros y extramuros reinaba el silencio por el toque de queda, una visita apareció sigilosa en la casa de Josefa.

—¡Negra!

La vieja, que seguía bordando las flores de colores en la pollera blanca, se espantó y detuvo su trabajo.

—Español, cuando tú apareces significa que el mundo se puede estar acabando. ¿Para qué soy buena?

—Vieja, son tantas cosas que me están sucediendo…

—¿Hasta ahora te das cuenta? La gente anda ignorando las advertencias de la vida y cuando le cae el pescozón, fingen que están desvariando.

Josefa se levantó auxiliada por su horqueta y buscó una bolsita que tenía adentro varios caracoles. Don Cristóbal miraba los movimientos del cuerpo lento y añejo de la mujer que lo había ayudado tantas veces. La conoció en el arrabal hacía más de veinte años, cuando Josefa vendía en el mercado almidón de yuca que elaboraba con otras mujeres. Un día escuchó que Mateo Izaguirre había enviado a unos negros a ponerle una trampa a don Cristóbal. Debían llevarlo atrás de la iglesia de Santa Ana y golpearlo. Al ver al joven lo alertó, él la recompensó y a partir de ese momento ella recogía información sobre los negocios de Izaguirre y se la pasaba a su amigo. Lo aconsejaba que dejara en paz a la negra Ana.

Don Cristóbal ayudaba a Josefa dándole dinero y había salvado a la nieta de la negra de las garras de Nicolás Porcio.

—Josefa, estoy embrujado y mi hija, la niña de mis ojos, se me está muriendo.

La vieja levantó la mirada, con sus dedos temblorosos y hediondos a tabaco le abrió los ojos al hombre.

—Estás descolorido —masculló mientras examinaba como un médico a su paciente—. ¿Tienes una sensación como de angustia todo el tiempo?

—¿Cómo lo sabes? Desde hace días siento como si alguien me estuviera correteando. Sudo, jadeo y no encuentro paz, solamente se me pasa cuando poseo a mi mujer. Eso me calma por un momento.

—Español, ¿este evento sucedió así de repente?

—Sí, en un principio pensé que ya la vejez me había llegado y que me estaba volviendo fiel, que por fin había aprendido a desear a mi esposa. Sólo para probar fui a donde la negra Pilar, que enloquece a cualquiera, ¡y nada! No pude levantar cabeza.

—Cristóbal, yo he pasado por años escuchando tus andanzas y aconsejándote, pero no me has hecho caso. Te tienen hechizado y el embrujo es tan bueno que es posible que en algún momento no puedas volver a tener sexo con nadie, ni siquiera con tu mujer.

—¡No me digas eso, negra! Prefiero morirme.

—¡Eres muy descarado, hombre! Vamos a dejar que los santos hablen.

Josefa dejó caer los caracoles sobre un tablón. Don Cristóbal se ponía los puños en la boca, ansioso y casi sin esperanza.

—¿Qué dicen, vieja? ¿Qué dicen tus santos?

La negra recogió los caracoles y los volvió a tirar. Negó con la cabeza varias veces y, resignada, anunció:

—Los santos no quieren hablar.

Don Cristóbal, con un gesto de terror, se aferraba a Josefa para que les insistiera a sus deidades yorubas.

—¡Cálmate! —la negra se sacudió la mano de Cristóbal de su antebrazo—. Esto sucede cuando has sido desobediente y ahora pagas. Tienes demasiados enredos en la cabeza, la muerte de tu esclava, tus infidelidades y el daño que le causaste a Cirilo. Le has mentido a las mujeres que te aman y Catalina ha sido tu peor víctima. Esa mujer carga mucho odio por dentro y la rodea la venganza.

—¿Qué hago, negra? ¡Ayúdame, que se me va Isabel!

La negra volvió a lanzar los caracoles por tercera vez.

—Todos los que utilicen la sabiduría para hacer el mal verán a su descendencia muerta. La penitencia no se paga sufriendo, se salda entendiéndola —pontificó la vieja mirando la forma en que cayeron las conchas de cauri.

—¡Carajo, Josefa! Pero ¿eso qué significa?

—Significa que tú o tu mujer han usado sus conocimientos para hacer maldades y ahora todo lo que les suceda primero tocará a tus hijas. Tienes un apego al sexo que debes curar para que no se extienda a tus futuras generaciones.

—Y ¿qué dicen de Isabel? ¿Se va a morir?

—Depende.

—¿Depende de qué?

—En ella están reflejadas tus infidelidades. Pero Isabel nació con una gran protección y un ser de la naturaleza va a venir a salvarla. Aunque esté enamorada de un imposible.

—¡Maldito sea don Juan de Palmas! ¡¡Ha abusado de mi hija!!

—Él no es el único maldito. Ambos tienen la culpa de quedar enredados en un idilio adúltero. Ese hombre ama a tu hija y se va a sacrificar por ella. No todas las infidelidades son pecado. Si él es maldito, tú lo eres el doble. ¡No juzgues!

—¿Qué hago, negra?

—Pide perdón, empieza a vivir como debe ser y no como un porongo loco. Y escucha, español, la persona que te ha hecho brujería también sufrirá las mismas angustias que tú estás viviendo. La verás temblar sin control.

—Vieja, ésta es la primera vez que me voy más enredado de lo que llegué.

—El que busca paz, encuentra la paz; el que busca el rejo, que se atenga a las consecuencias.

La negra guardó los caracoles, agarró la tela blanca y se dispuso a seguir bordando la pollera.

Aquella noche don Cristóbal se debatía entre si regresaba a su casa a ver cómo seguía Isabel o volvía al bohío de la negra Pilar en el arrabal. Su ego y adicción ganaron y en vez de ir a ver a su hija, deseó probar por última vez si aún gozaba de su virilidad. Pero por más que la mujer pasó varias horas haciendo piruetas, no hubo resultados. Al hombre le tocó pagar el doble y la negra Pilar le aclaró que no podía seguir atendiéndolo, porque la hacía perder el tiempo y que ella tenía otros clientes más ricos y jóvenes.

La mañana encontró a Damiana recostada en la cama de su ama. Isabel abrió los ojos y pidió agua.

—Negra, me duele la barriga.

Con rapidez la esclava, emocionada al verla despertar, buscó una bacinilla y esperó a que la joven hiciera sus necesidades. Al terminar, la negra limpió a su ama con un trapo mojado y le entregó la bacinilla a un esclavo que aguardaba afuera de los aposentos de la patrona Isabel. El negro salió al patio y esperó a una de las mujeres recolectoras de excremento que recorrían las calles de intramuros. Ella echó las heces en un latón, con una varita midió la profundidad y le dijo al negro:

—Son dos reales.

—¡Qué! Mi patrona sólo me dio un real.

—Entonces llévate tu mierda.

Al esclavo no le quedó otra que rogarle a la negra. Le dijo que al caer la tarde le tendría el real que faltaba. La negra lo miraba apurada:

—Yo vengo antes de que cierre la Puerta de Tierra y si no tienes ese real te tiro la mierda en la entrada de la casa de tus patrones. ¿¡Escuchaste!? —advirtió la negra pelando los ojos y amagando con la cabeza.

Los padres de Isabel mandaron a llamar al doctor, quien la examinó y confirmó que la muchacha se estaba recuperando.

Damiana ayudó a Isabel a darse un baño con agua caliente. La joven, más aliviada, se volvió a recostar en su cama.

—Negra, soñé algo muy desagradable.

—¿Qué soñaste, mi niña?

—Que la esposa de Juan estaba embarazada.

Damiana guardó silencio y su ama se dio cuenta de que aquella pesadilla era realidad. Comenzó a llorar abrazada de su amiga.

En ese instante entró a los aposentos don Cristóbal. Isabel se limpió las lágrimas y el patrón le pidió a la esclava que saliera. Se sentó en la cama junto a su hija y, con los ojos llorosos, la estrechó entre sus brazos. La joven no pudo soportar más y cedió ante la calidez de su padre sollozando como no lo había visto antes.

—Padre, he actuado mal.

—Te comprendo, yo también he pasado por lo que estás viviendo.

La joven seguía llorando.

—Estoy enamorada de alguien que es imposible para mí.

—Escúchame, Isabel, entiendo tu pasión de juventud y sé muy bien que, a tu edad, cuanto más imposibles son las cosas más se aferra uno a ellas. Pero, créeme, todo cambia y tú tienes una vida por delante. No te empecines y deja ir a don Juan para que pueda cumplir a cabalidad con su responsabilidad. Eso también es amor.

La joven se dio cuenta de que su padre sabía sobre el romance que mantenía con el comandante. Su secreto estaba al descubierto y en vez de rebeldía sentía vergüenza.

—Perdóname, papá, por haberte defraudado.

—No me has defraudado, estás convirtiéndote en una mujer y confío en que tomarás la mejor decisión. Siempre he admirado tu coraje al no seguir las reglas ridículas de esta sociedad. Pero aquí nacimos y no nos queda otra que vivir según esas normas. Ruego a Dios que encuentres un hombre honorable y bueno que te haga feliz. Ah, Isabel, y ¡esto queda entre tú y yo! Que tu madre nunca se entere, evitemos su ira.

Padre e hija se abrazaron más fuerte. Él se daba cuenta de que era el momento de sacrificar su locura para abrirle el camino a su niña y ella sentía que, por mucho que amara a don Juan, las palabras de su padre estaban llenas de razón. Dejar ir también es amor.

Don Cristóbal se despidió de su hija. Aún lo perturbaba la humillación vivida con la negra Pilar y todo lo que le había dicho Josefa. Decidió estar ojo avizor para descubrir quién se había atrevido a hacerle brujería. Sospechaba de su mujer, pero sabía que alguien más la estaba ayudando.

En la cocina, Damiana revisaba entre las viandas tratando de encontrar qué pudo enfermar a su joven ama. Seguía la voz de su intuición que le advertía que aquello, más que una simple intoxicación, había sido un intento de envenenamiento.

14

Faltaban escasos días para la Semana Santa. El obispo, montado en su calesa, se regocijaba al ver a las cofradías y hermandades de los zapateros, carpinteros, plateros y barberos unidos trabajando en las angarillas y en altares. El padre Víctor, Rodrigo el sacristán y don Chema tomaban medidas de la parihuela de Santa Ana para hacer el pedido de las flores. El sacristán comentaba lo agradecido que estaba con la santa patrona de la iglesia. Se le veía un gesto de tranquilidad. Todos los demás lo felicitaron por ser parte de la vida religiosa de la ciudad y trabajar con tanto ahínco.

—Gracias, lo hago con un corazón lleno de bondad. En el mundo hay seres hundidos en el pecado. Miren a ese negro Bernardo cómo se va a pudrir en el infierno por asesino.

—Don Rodrigo, eso aún no está comprobado —replicó el enterrador, defendiendo a Bernardo.

—Ya verá que sí es él. No habrá más asesinatos y ésa será la mejor prueba de que el culpable, con las manos llenas de sangre, ha sido apresado.

Don Chema levantó su rechoncho cuerpo del piso, donde sacaba cuentas de las maderas que necesitaban para sostener las flores.

—Me agrada su optimismo y seguridad en eso de que no habrá otro asesinato. Esperemos que usted tenga la razón en cuanto al criminal y su odio hacia Bernardo no sea sólo porque es negro.

El padre Víctor, al ver que los ánimos se caldeaban entre los dos hombres, intercedió.

—¡Ay, ya no hablen de ese episodio tan desagradable! Viene la conmemoración de la muerte de Cristo y ahora eso es lo importante.

Don Chema se despidió, cortante, y mientras caminaba rezongaba.

—Ahora él es un alguacil del crimen o adivino para saber que el pobre muchacho es el asesino. ¡Hipócrita! Quién lo ve en la misa con ese crucifijo tan grande. Él piensa que mientras mayor es el rosario, más se le van a abrir las puertas del cielo. Come santos y caga diablos es lo que es, allá arriba san Pedro se encargará de él.

Mientras la vida en la ciudad de Panamá transcurría entre los chismorreos y el apuro de los grupos que trabajaban sin cesar para la Semana Mayor, el obispo en su carruaje se dirigía al cuartel.

—Ésta es la parte que menos me gusta de mi trabajo. Perdóname, Señor, por tenerle mala fe a ese mulato —renegaba para sí, escuchando el galope de los caballos y divisando cada vez más cerca la entrada del cuartel de Chiriquí.

El comandante fue advertido de la presencia del prelado.

—Ya viene ese estirado a fastidiarme. Perdóname, Dios mío, porque es tu representante, pero no tengo sangre para él.

Ambos hombres disimularon la molestia que sentían al tenerse frente a frente.

—Comandante, lo veo un poco desaliñado.

—En este oficio no se puede andar perfumado y con piedras preciosas, así como en el suyo.

El religioso se pasmó con el descaro de la respuesta de don Juan.

—Veo que está alterado, pero lo perdono. Seré breve. He recomendado al alguacil mayor de corte, al procurador y al gobernador que el juicio del asesino debe celebrarse el próximo lunes 20 de abril.

—Bernardo no es el asesino, lo encarcelé por una sospecha que ha resultado ser falsa, pero ahora se ha convertido en el chivo expiatorio de todos y no puedo soltarlo por miedo a que lo linchen.

—¿Si era falsa por qué no lo liberó inmediatamente antes de dar pábulo a la maledicencia? Ni usted sabe si ese negro es o no el asesino. Creo que este puesto le ha quedado grande. Cargará en su conciencia con el ahorcamiento de un inocente, si es que lo es, y tenga a los guardias avisados, porque seguro los negros se rebelarán.

—Primero cedo mi cabeza antes de que ahorquen a ese muchacho, pero, no se preocupe, el asesino va a caer.

—¿Cuándo? ¿En la próxima década?

Con estas palabras, el obispo salió azotando la puerta. Don Juan dio un fuerte golpe al escritorio con el puño. ¿Cómo iba a decirle a Ana que su hijo sería juzgado y ahorcado? Necesitaba encontrar al verdadero criminal antes de la fecha límite que le habían impuesto las autoridades.

Damiana aprovechó que Isabel se sentía mejor y se escabulló apurada a casa de don Antonio para avisarle de que los planes de bordar se atrasarían un poco. Manuela y ella habían decidido que la primera cosería los trajes de las Fernández Bautista y la segunda bordaría los de doña Simona. Al llegar, una de las esclavas de la casa la miró con mala cara, a la negra no le importó y entró a la pequeña pieza. Sobre la mesa se encontraba la pollera de organza que ella bordaba. Damiana agarró con delicadeza la tela y comenzó a guiar a la aguja en su trayecto. Los hilos se deslizaban como bailarinas en un gran salón. Las manos de la bordadora en un movimiento lleno de gracia extendían la tela de organza en el aire, dejando pasar la luz a través de ella. Parecía un ave exótica estirando sus alas. Una lágrima rodó por el rostro de la esclava. La puerta hizo un ruido chirriante y Damiana se dio cuenta de que alguien la miraba, era don Antonio Reyes que se encontraba absorto, embelesado con la negra.

—¡Don Antonio! Discúlpeme. No me había dado cuenta de su presencia.

—No te preocupes, he sido yo quien sin permiso se ha colado a admirar tu trabajo —contestó el apuesto español.

El silencio tenso se apoderó de sus miradas.

—Manuela no podrá acompañarme porque tiene que coser las sayas y casacas que usarán las amas en la fiesta de los señores Urriola —expresó Damiana, rehuyendo la fuerte pasión que no necesitaba voz para hablar.

—No tienes que disculparte —musitó el español, avanzando por la pequeña pieza—. He visto pocos bordados tan finos como los tuyos.

—Muchas gracias, señor.

Don Antonio tocaba con sus ojos la piel de Damiana y podía sentir su suavidad. Cada vez la deseaba más, como si la espera por poseerla hubiera durado toda la vida. ¡Pero no! Bernardo era su amigo y no quería que pensara que estaba abusando de su hermana.

—Estoy tratando de hacer todo lo que está en mis manos para que liberen a Bernardo, pero no quiero darte esperanzas.

—Lo sé. Todo parece complicarse a cada momento. Mi ama Isabel ha estado enferma, pero ahora que ha mejorado iba a hablar con mi patrón a ver si podía ir donde el comandante a rogarle por mi hermano.

—Damiana, no confíes en esos dos hombres. Don Cristóbal no ha hecho nada por Bernardo y don Juan apresó al pobre negro sin tener pruebas reales.

—Gracias por sus consejos, señor —murmuró Damiana apenada e incómoda, no le gustaba hablar mal de su amo.

—¿Cómo está tu madre?

—Muy mal. Desesperada. Usted sabe que para nosotros no hay ley justa y ella está segura de que van a matar a su hijo.

Don Antonio se dejó caer en uno de los taburetes y se pasó la mano por la frente. El resplandor de los candiles hacía parecer de oro los rizos amarillos del hombre. Sólo vestía un pantalón de montar metido en sus botas y una camisa por fuera. Damiana miraba para todos lados intentando que sus ojos no se clavaran en el cuerpo del español.

Don Antonio quería quedarse un poco más con la esclava, así que sacaba tema para no abandonar la pieza.

—¿Te gusta estar aquí bordando?

—Sí, señor. Nunca nadie se había preocupado por darnos un lugar tan bonito para hacer nuestro trabajo de costureras.

—Bernardo es mi hombre de confianza y merece que su hermana esté bien —zanjó don Antonio levantándose del banquillo.

Era un hombre alto y su sombra cubrió por completo a Damiana.

—Debo ir a ver a mi esposa. Quédate hasta la hora que desees y aunque se demoren más en bordar lo acordado, igual les voy a pagar. También te prometo que, si Bernardo sale absuelto, le daré su libertad. Espero que no quiera irse de aquí, pero si se queda trabajará como un hombre libre.

Damiana no pudo aguantar y comenzó a sollozar. Don Antonio se acercó aún más a ella y la miró de hito en hito.

—Todo va a estar bien. Te lo prometo —dicho esto, el dueño de la casa salió acelerado, antes de que sus manos lo traicionaran y agarrara a Damiana para atraerla junto a su cuerpo.

La negra se sentía envuelta por la esencia varonil que quedó danzando en el ambiente, dejando un aire cargado de fuerza y virilidad. Por un momento pensó que no aguantaría y se dejaría besar. La atracción entre ambos era palpable, comenzaba a despertar una pasión que podía llevarlos a un éxtasis cuyo final sería un abismo insoldable.

Damiana siguió bordando la pollera para doña Simona, mientras pensaba en la mala suerte de esa mujer, que había pasado de tener todo en la vida, a estar acostada sin poder moverse, asistida por varias esclavas. Y ahora, ella, cometía el pecado de mirar con lujuria a su marido.

—¡No, Damiana!, ¡ni se te ocurra! —se recriminaba.

Varios hombres habían recorrido las caderas de la esclava desde que ella tenía 16 años, pero no se enamoró de ninguno. En la cama todos le juraban amor mientras le acariciaban las nalgas y los domingos, esos mismos caballeros, iban a la misa del brazo de sus elegantes esposas. Todos eran unos puercos que no daban manteca. Ella tenía muy bien pensado su norte; bordar hasta poder ahorrar para pagar su libertad o escaparse como un salvaje cimarrón. Tal vez no iba a ser fácil, pero estaba haciendo lo posible para lograrlo. Habían pasado unas horas cuando la negra acomodó la pollera en la mesa, guardó las tijeras y los hilos y se asomó a la puerta. El sol se estaba ocultando, debía regresar a casa de sus patrones. Como lo había hecho antes, se escabulló por las calles de la ciudad y muy pronto estaba entrando al cañón. Dolores Lucumí fumaba un tabaco en la oscuridad del patio cuando vio a su enemiga llegar. Como un lobo al acecho de su presa, la siguió con la mirada entre las sombras. Sus pensamientos retorcidos y alimentados por el odio la hacían obsesionarse cada vez más con ver a Damiana acabada.

Una nueva jornada despertó a la ciudad de Panamá. Extramuros se levantaba con su bullaranga habitual, el mugir de las vacas caminando hacia el manantial, los cascos de los caballos, el regateo de los compradores en el mercado de Santa Ana y las olas golpeando contra los botes en playa Prieta. Las familias intramuros antes de tomar el primer chocolate del día iniciaban su faena dando gracias al Señor por el nuevo amanecer.

Isabel despertó y vio a su esclava entrar a sus aposentos con la comida en una bandeja. Aún se sentía muy decaída por la noticia del embarazo de la mujer de don Juan. Amaba con locura al miliciano, pero el nacimiento de un hijo agrandaba mucho más la brecha que los separaba. Sólo algo la aliviaba en medio de aquella decepción amorosa y era haberse sincerado con su padre.

—Hermanita, gracias por estar siempre conmigo —le dijo a Damiana.

—No te acostumbres —exclamó la negra de buen humor.

—Ya te he dicho que, si tú te vas, me voy contigo, envejeceremos juntas y fumaremos tabaco —bromeó Isabel.

Ambas rieron hasta que escucharon unos ruidos afuera del cuarto. Algo rascaba la madera de la puerta. Damiana se apresuró a abrir y en cuanto levantó el pestillo, la hoja se apartó impulsada con fuerza y entró un gran perro con pelaje chocolate. Caminó con parsimonia por la habitación de Isabel, olfateó un par de rincones ante el gesto atónito de ambas mujeres y por fin se sentó, al lado de la cama. En el collar traía atado un rollo de papel.

Isabel, maravillada, miraba a Damiana mientras desataba la nota. La negra se encogió de hombros negando con la cabeza. La convaleciente le preguntó al animal:

—¿Tú quién eres?

El can, imponente y solemne no se inmutó. La nota decía lo siguiente:

Isabel:

Soy Cometa y vengo de una raza antigua, la de los mastines españoles. Uno de mis antepasados fue muy famoso, ya que el gran Velázquez lo pintó en el cuadro Las meninas. *Gonzalo me ha traído para ti, para que te cuide y te proteja siempre. El viaje fue muy largo y yo tenía muchas ganas de conocerte.*

Cometa, como si entendiera que Isabel ya había terminado de leer la carta, saltó al lecho y se tumbó junto a su nueva dueña, quien lo acariciaba dándose cuenta de que se acababa de enamorar a primera vista.

—¡Hay que ver!, los hombres, cuando de verdad quieren conquistar, se vuelven unos genios de la estrategia.

—¿Qué dices, negra?

—Nada, nada. Enhorabuena por tu nuevo protector.

Don Cristóbal entró y preguntó sorprendido quién era el intruso, Isabel le dio la nota. Entonces el español recordó las palabras de la negra Josefa:

«Isabel nació con una gran protección y un ser de la naturaleza va a venir a salvarla».

En la cocina, Dolores Lucumí esperaba el momento adecuado para hablar con su patrona. Había intentado hacerlo varias veces, pero la doña la esquivaba. Por fin, alguien avisó que la ama esperaba su chocolate en el estrado. Ésa fue la oportunidad de la negra, quien quitó de su camino a la esclava Matilda para apoderarse de la bandeja. Catalina, sentada mirando a la nada, recordaba lo cerca que estuvo de hacerle un daño irreparable a su hija. La mujer sudaba a chorros y una de sus manos hacía movimientos espasmódicos.

—Patrona, ¿se encuentra bien?

—¡¿Te parece que estoy bien? —doña Catalina bajó la voz hasta hacerla casi inaudible—. ¡Has tratado de asesinar a mi hija!

Dolores puso el chocolate a un lado. Sus ojos echaron una aterradora mirada bajo su frente ancha y se acercó aparentando la calma de un animal salvaje y peligroso cuando acecha a su víctima.

—¿Fui yo la que trató de asesinarla o fue usted quien puso esas hierbas en la taza? A mí no me vengas con esas acusaciones, que conozco bien tus secretos, ama, y para que me calle vas a tener que pagarme o si no hago que te quemen por bruja.

Catalina se levantó de la silla sorprendida ante las amenazas de la esclava. El tuteo irrespetuoso era casi tan amenazador como la perspectiva de que la acusaran de brujería.

—Pero ¡¿qué te has creído?!

–Shhhh… —la esclava se puso un dedo en los labios mientras mandaba callar a la señora, pero su tono sumiso regresó junto con el tratamiento de respeto—. Patrona, usted es igual que yo, tengamos la fiesta en paz. Recuerde que, si a su marido se le pasa el embrujo, va a correr de vuelta a los brazos de Ana. Lo de la señorita Isabel fue un accidente, no abandone el trabajo ahora que tiene lo que desea al alcance de su mano.

Doña Catalina se sentía amenazada, su cerebro pensaba deprisa. Para ganar tiempo se acercó a la ventana y pretendió sopesar lo que la negra le dijo. Por fin decidió que lo mejor era fingir frente a la esclava que seguiría con los embrujos, hasta que se la pudiera quitar de encima.

—¿Y cuánto me va a costar que sigas ayudándome?

—Así, vamos bien, patrona. Usted me paga cien reales de a ocho y yo guardo silencio. Le prometo que no me vuelvo a equivocar con las tazas. Ya falta poco para que don Cristóbal sólo tenga ojos para mi señora.

Catalina miró de arriba abajo a la Lucumí, quien tenía un aspecto diabólico. No le quedaba otra que aceptar el trato o, por lo menos, hacerle creer que estaba de acuerdo.

—¡Acepto, pero te callas!

Mientras las mujeres negociaban, la esclava Matilda, que había seguido a Dolores para ponerle la queja a la patrona, enojada por la forma en que la Lucumí le había quitado la bandeja, escuchaba boquiabierta, detrás de la puerta del estrado, toda la conversación.

15

Doña Tomasa esperaba ser atendida en el balcón de la gran casa de Mateo Izaguirre. Desde ahí miraba todo el movimiento de la Plaza de Santa Ana y el mercado. Ella e Izaguirre, en representación de los moradores del arrabal, habían enviado una nota solicitando el juicio y la pena máxima para el esclavo criminal. Esto era un golpe bajo a su enemigo y acérrimo competidor, el ganadero Antonio Reyes. El dueño de la gran casa hizo por fin su aparición. A pesar del calor que atenazaba a la ciudad de Panamá, el hombre estaba vestido con elegancia, llevaba calzones debajo de la rodilla, medias de seda y una casaca también de seda sobre la chupa. La cabeza la adornaba una peluca ondulada, arreglada con mimo, elaborada con pelo de caballo.

—Don Mateo… ¿o debo llamarle conde de Santa Ana?

—Mi querida Tomasa, ese asunto del título nobiliario está tomando algo de tiempo, pero no hay nada que unos buenos pesos no arreglen. Pronto seré el hombre más respetado de la ciudad de Panamá.

—Señor, muchos van a morirse de la envidia.

—Yo sé a quién te refieres. Seguro que a Cristóbal Fernández mi título de nobleza no le va a gustar, pero más le vale que ponga ojo a sus negocios, que con la fama que se ha construido capaz que pierde algunas licencias de exportación.

Ambos soltaron una carcajada burlona.

—Don Mateo, fue una buena jugarreta lo de mandar a la turba a protestar el día que encontraron el cuerpo de la negra.

—No me culpes, Tomasa, yo sólo hablé con los arrabaleros y les expuse que, si deseamos tener una iglesia bien construida, debemos exigir una ciudad sana y claro, le pagué a algunos negros libres para que organizaran a la turba. Me agradó todo lo que se inventaron para gritar. Si don Cristóbal sale del negocio de las importaciones y exportaciones será una gran oportunidad para mí.

—Usted es muy inteligente, señor.

El hombre se reía de su sagacidad, mientras tomaba su chocolate.

—El pobre negro, ése que tienen encarcelado, tal vez va a pagar por un asesinato que no cometió. En cuanto al inútil del comandante De Palmas... la verdad, me hubiera gustado que el asesino fuera uno de los esclavos de mi rival.

—Lo sé, no pierda cuidado. Si Bernardo no es el asesino, después de que muera en la horca, nuevos hallazgos podrían llegar a aparecer para atrapar al verdadero criminal. Aunque por ser una esclava la muerta, no creo que el asunto se extienda más allá. A don Cristóbal se le ha complicado la vida entre sus infidelidades y la muerte de su esclava. Ya me he enterado de varios cuentos que le van a seguir robando la calma.

—¡Qué hombre! Entiendo que le gusten las negras porque, definitivamente, tienen más sabor que las blancas aburridas —don Mateo bajó la voz previniendo que su esposa lo fuera a escuchar.

—¡Ay, señor conde de Santa Ana! No me avergüence —exclamó Tomasa con una sonrisa coqueta y tapándose el rostro con su abanico.

—Lo digo en serio, Tomasa. Pero ¡por favor! Hay que saber hacer las cosas. Las negras son para poseerlas a escondidas y no causar todos esos escándalos que lleva a cuestas Cristóbal Fernández.

Tomasa quedó con un nudo en la garganta por el desagradable comentario que había hecho don Mateo, pero se hizo la desentendida. Un esclavo los interrumpió y le entregó al patrón la invitación a la fiesta de los Urriola. Esto fue otro topetazo para la negra Núñez, al darse cuenta de que a ella no la habían convidado. En su vida, el único que le había pedido matrimonio era Bartolo Mina, un negro libre que se dedicaba a afilar cuchillos en la plaza y que había estado enamorado de ella desde que eran jóvenes. Tomasa lo rechazaba porque guardaba la esperanza de que un blanco se fijara en ella y la convirtiera en su esposa para así ser considerada parte de la sociedad. Pero, por más dinero que hubiera conseguido acumular, ella nunca era convocada a los eventos de la aristocracia panameña. Se inventaba cenas en su casa y casi suplicaba a la flor y nata su asistencia, pero la dejaban plantada. Un día de fiesta, Bartolo se emborrachó y fue con unos tambores frente al balcón de Tomasa. Entonando una serenata le pidió matrimonio. Todo el arrabal salió a ver el espectáculo y a aplaudir al ritmo de las coplas de Bartolo. Hasta que un esclavo, desde el balcón de la gran casa de la negra, le tiró agua. Al hombre no le importó estar mojado, seguía cantando cada vez más animado. Los sirvientes de la doña salieron a echarlo y éste comenzó a correr por toda la plaza de Santa Ana. Atrás iban los negros correteándolo, pero Bartolo seguía cantando a gritos. La mujer, avergonzada, escondida detrás de la cortina de su cuarto mascullaba:

—¡Lo voy a matar!

Bartolo voceaba requiebros mientras corría esquivando a los que trataban de agarrarlo y le prometió que iba a esperar hasta que Tomasa se decidiera a casarse con él, no le importaba que ambos estuvieran viejitos, él aguardaría por ella.

Tomasa se negaba a creer que tuviera que conformarse con aquel afilador de cuchillos.

En casa de los Urriola, don Sergio y doña Beatriz estaban felices con la llegada de su hijo Gonzalo. Celebraban una íntima cena. Los esclavos servían puerco, carne de res, arroz y gallina, una gran cantidad de comida que pocos hogares en la ciudad de Panamá podían disfrutar.

—¡Al fin estás aquí, hijo!

—Madre, en verdad es un largo viaje —reconoció Gonzalo.

El hombre, de 25 años, alto y atlético, tenía el rostro cubierto por una barba corta muy bien arreglada. Su cabello negro siempre estaba ordenado. El uniforme militar lo hacía ver aún más apuesto.

—Falta poco para la fiesta. Isabel Fernández parece que se encuentra mejor de salud.

—Lo sé, padre. Ya he mandado a mi representante por delante para que la ayude a recuperarse —comentó el muchacho, sonriendo.

—¡Ay, Gonzalo! ¡Qué ocurrente eres! ¿Qué tal que no le gusten los perros?

—Madre, uno tiene que jugársela en esta vida. Pero nadie puede resistirse ante Cometa y si no le agradara, a estas alturas me lo hubiera devuelto. Ahí está su respuesta.

—Gonzalo, ¿por qué la escogiste a ella? Hay otras muchachas más lindas en la ciudad —insistió doña Beatriz con un gesto de desprecio hacia la futura novia de su hijo.

—¿Más lindas que Isabel Fernández? Ninguna. Desde niño estaba embelesado por sus ojos y su forma de ser, me vuelve loco. Madre, no trates de convencerme. Ésa es la que me gusta y punto.

—Beatriz, deja a Gonzalo tranquilo. Cuéntanos, hijo, ¿qué tal la travesía?

—Pensé que me moría. Vomité por algunos días, pero el capitán, muy cortés, me permitió dormir en uno de los camarotes de los altos mandos. Los demás pasajeros deben apiñarse en los pequeños camarotes en la popa. Por ser militar me dieron un buen trato y tomaba los alimentos con el capitán, y en la soledad del vasto océano, la tripulación encontró un consuelo en mi compañero de cuatro patas. Cometa se convirtió en la mascota amada del barco. En cuanto a las otras necesidades, prefiero, por respeto a estos alimentos y a ustedes, no hablar sobre las sentinas. Lo peor fue cuando fondeamos en Portobelo y vi la destrucción causada en el último ataque.

—¡Ah! Esos ingleses con sus ansias de poder. Kinghills hizo un daño irreparable. ¡Espero que pronto nos dejen en paz!

—Tienes razón, padre. En el viaje los marineros estaban ojo avizor por si alguna nave inglesa se acercaba. Era angustioso, pero en las noches, cuando las estrellas se engalanaban para mirarnos desde el firmamento, recordaba el rostro de Isabel y me llenaba de fuerzas.

—Gonzalo, hijo, tienes muchos años de no verla, espero que te agrade y que esa señorita se comporte a la altura.

—Así será, madre, ya verás. Debo contaros que en el barco conocí a varias personas y una de ellas me llamó la atención.

—¿Quién era? —preguntó curioso don Sergio.

—¡Un oidor!, ha venido a Panamá como alguacil del crimen enviado por su majestad.

—¿Y eso para qué? —preguntó el padre, interesado.

—Viene a elaborar un reporte para el juicio de residencia de don Dionisio Alcedo y Herrera, el gobernador.

—¡Ja! Pero si el hombre no ha terminado su período ¿y ya lo quieren juzgar?

—No lo sé, padre. Me pareció un personaje un poco extraño, pero me ha caído en gracia y les aviso de que lo he invitado a la fiesta.

—¡Gonzalo!, pero ese hombre ¿es corriente o de alcurnia?

—No conozco a su familia, madre, y no me interesa, igual va a venir a la celebración.

A doña Beatriz no le gustó la nueva ocurrencia de su hijo. Bastante tenía con los vecinos que se creían de abolengo, aunque no tuvieran un peso.

Al día siguiente, ante el escritorio del comandante De Palmas, reposaba un personaje singular, ataviado con un sombrero de lana y una casaca abierta en el frente que dejaba ver un charco de sudor en el pecho, testigo del agobiante clima panameño. Un delgado y largo bigote sobresalía de su rostro. Con gestos pausados se limpiaba las gotas de sudor que resbalaban por su frente.

—¿Me repite su nombre, por favor?

—Con gusto, soy Benemérito del Castillo Cabrera y Real, para servirle.

—Don Benemérito, escuchando el delicado motivo que le trae a Panamá, el gobernador y el oidor fiscal de la Audiencia, Juan Pérez García, me han autorizado a que le ofrezca toda mi ayuda de modo que puede, si así le acomoda, usar las instalaciones del cuartel para realizar su trabajo.

—Muchas gracias, comandante. Veo que el gobernador hace lo posible por limpiar su buen nombre.

—Ruego a Dios que así sea. Don Alcedo y Herrera se ha preocupado por acabar con el delito del contrabando y por la reconstrucción de los fuertes destruidos por los ingleses. Pero parece que no le ha valido de nada.

—Las noticias que han llegado a Madrid lo señalan como un funcionario corrupto. Comandante, y es que las novedades se difunden con ímpetu de boca en boca en esta pequeña ciudad. Los mentideros de la plaza cuentan que tiene a un hombre preso por asesinato y brujería.

—Caramba, estoy sorprendido, ¡sí que vuelan las noticias en esta villa! Parecen tener patas, pero gozan de razón y he de confesar que nunca había tenido que lidiar con un caso tan complicado —don Benemérito miraba al comandante invitándolo a continuar—. No hay suficientes pruebas para llamar asesino al negro Bernardo, pero sí está encarcelado por ser sospechoso de un terrible crimen. Una esclava que era propiedad de una familia intramuros apareció en un camino del arrabal, degollada. A su alrededor colocaron caracoles como si se tratara de un sacrificio humano en un acto de brujería.

El oidor levantó las cejas con sorpresa.

—¿Sabe usted qué clase de arma usaron?

—No estoy seguro, al parecer fue un objeto puntiagudo, largo y afilado, no un cuchillo.

—¿Hace cuánto tiempo ocurrió este suceso?

—Unas dos semanas.

Don Benemérito, interesado en el asunto, expresó:

—El propósito de mi viaje no guarda relación con ese trágico asesinato, sin embargo, es un golpe de fortuna mi pericia como alguacil del crimen. Permítame ofrecerle mi colaboración mientras esté aquí haciendo mi reporte sobre las evasiones fiscales. Nada me cautiva tanto como la persecución de un delincuente.

16

Los días pasaron y el Domingo de Ramos todos se preparaban para asistir a la misa, pero Manuela se quedó bordando el vestido de fiesta de su patrona. Sentada en un banquillo entre las sombras del cuarto de costura, trataba de arreglar la tela de seda para que no se escurriera por sus piernas. De pronto, alguien hizo un ruido a sus espaldas, Matilda aprovechó que Manuela estaba sola y decidió abordarla. La negra costurera no confiaba en esa esclava ya que era del bando de la Lucumí y la miró de reojo, Matilda se acercó con sigilo, iluminando con una vela el trabajo de la bordadora.

—Gracias, mis ojos sufren por coser en esta penumbra.

—Manuela, tus bordados son hermosos.

—Es un vestido para la patrona.

Matilda, ansiosa, trataba de buscarle conversación a la costurera. Manuela continuaba dando puntadas con calma, sus manos conocían el recorrido casi a ciegas, y ella no perdía de vista a la recién llegada, siguiéndola con el rabillo del ojo, hasta que ésta no aguantó más.

—Manuela, debo decirte algo.

Las manos de la esclava detuvieron por un instante la danza de la aguja. El rostro de Matilda transmitía angustia e inseguridad.

—¿Qué pasa? Habla rápido que no quiero atrasarme —Manuela la instó y siguió bordando.

Matilda comenzó a narrar toda la conversación que había escuchado detrás de la puerta del estrado entre la ama y Dolores.

Manuela soltó el satín encarnado y éste, con la aguja clavada entre sus costuras, se deslizó por las piernas de la negra. Su semblante quedó petrificado ante la confesión de Matilda. En seguida la negra supo que era urgente avisarle a Damiana, quien se dirigía a la misa junto a sus patrones.

La iglesia de la Merced estaba adornada con hojas y palmas. Un burrito traía a cuestas a un joven que vestía, según la imaginación de don Chema, igual que Jesús hacía 1745 años. Le seguían a pie otros personajes suponiendo ser los discípulos. El enterrador, que en ese momento hacía el papel de organizador y decorador, sudaba atareado, recorría la calle de tierra y guijarros de un lado a otro revisando que los trajes de los actores, las palmas y los adornos estuvieran en orden. Don Chema también llamaba la atención a los participantes de las cofradías y hermandades para que entraran en completo silencio y así no deslucir el solemne acto. Con el encarcelamiento de Bernardo, los habitantes de la ciudad se sentían más seguros. La Puerta de Tierra estaba abierta de par en par, porque el toque de queda se había suavizado y los guardias no les pedían los permisos de entrada y salida a los esclavos. Ya se les había pasado la euforia de los reclamos a las autoridades, y las sospechas sobre don Cristóbal como posible criminal habían desaparecido. Ahora lo único que tenían en la cabeza era la Semana Mayor y sus fastos.

El obispo recibía a los feligreses y colocaba su mano para bendecir a niños y adultos.

—Me hace feliz ver a mi rebaño compartiendo esta santa conmemoración —exclamó el prelado sonriendo al padre

Víctor. Desde una esquina sombría el sacristán miraba a los parroquianos con desprecio. Nunca había entablado amistad con sus vecinos. Era un hombre de porte altivo y solitario. En pocos minutos estaría listo para subir al altar con su nariz respingada y aires de superioridad.

Afuera de la vivienda de los Fernández Bautista se encontraba Isabel, vestida con una basquiña de satín verde bordada con hilos de oro y una casaca del mismo color. Debajo traía medias, enaguas y el incómodo tontillo. Damiana, desde la noche anterior, había amarrado trapos en la larga cabellera de su ama y al día siguiente, unos hermosos rulos caían de lado dejándose ver por una mantilla blanca que le cubría parte de la cabeza. Don José, el zapatero de los ricos, había forrado los zapatos que llevaba la joven con un pedazo de la misma tela de la falda. Damiana acompañaba a su joven patrona, así que lucía una pollera criolla que ella misma había bordado con hilos verdes. Las esclavas que salían de paseo con sus amas siempre debían estar bien ataviadas.

—Negra, tengo calor y picazón en las piernas.

—Compórtate y camina con elegancia, mi niña. Es la primera vez en mucho tiempo que vas a ver a Gonzalo Urriola.

—Lo que en realidad espero es poder ignorar a Juan. Si está con su esposa no sé si voy a poder disimular.

—¡Ni se te ocurra dirigirle la palabra! Ése no se merece a una mujer como tú —declaró tajante la negra.

Isabel caminaba a regañadientes detrás de sus padres, la esclava la seguía, orgullosa de la belleza de su ama, pero su cabeza se paseaba entre el problema de Bernardo, los bordados de doña Simona y el cuerpo de don Antonio. En la puerta de la casa se quedó Cometa, dando ladridos, reclamando a su nueva dueña. El esclavo Nuflo era el encargado de cuidarlo.

Del otro lado de intramuros, los Urriola también se dirigían desde su casa hacia la iglesia. Gonzalo iba vestido con su uniforme militar y caminaba con prisa delante de sus padres.

—¡Madre, te has tardado una eternidad! Isabel debe haber llegado y yo estoy retrasado. Va a pensar que soy un incumplido.

Doña Beatriz vestía una pollera de muselina crema bordada con hilos de oro y una mantilla, sus zapatos, forrados también de muselina, lucían un bello cristal veneciano sobre la pala.

—Gonzalo, ¡qué impaciente eres conmigo! No me hables así, ¡recuerda que soy tu madre! ¡Sólo espero que mis zapatos no se estropeen en estas calles! —refunfuñaba la estirada española.

Una leve brisa se apiadaba de los panameños que se esforzaban por expiar sus pecados durante la Semana Grande. Los pasos de la gente levantaban el polvo de la calle. Muchos, por ser Domingo de Ramos, habían ido al manantial del Chorrillo y a la playa a darse un baño. Otros, temían que el agua les causara alguna enfermedad y desprendían un olor rancio al que ya estaban acostumbrados. Isabel divisó la muchedumbre frente a la iglesia. Se preguntaba dónde se encontraba don Juan de Palmas. Su esclava la apuraba porque los patrones se estaban adelantando. Esta vez doña Catalina prefirió caminar del brazo de su marido. Desde el postigo de Mano de Tigre, situado en la gran muralla y cercano a la iglesia de la Merced, el comandante contemplaba a Isabel y a su mente llegó el consejo que le dio su padre: «En la vida es mejor retirarse con dignidad de situaciones en las que uno sabe que va a perder». El mulato pensaba que su mundo sin Isabel no tendría alegría, recordó entonces el día en que la conoció, aquel 10 marzo de 1743, tiempo en el cual se encontraba muy contrariado por haber tomado la decisión de casarse con Milagros Sarmiento. Después de la pérdida del hijo, se sentía atrapado y decidió irse por un tiempo a Juan Díaz. Una tarde caminaba por la orilla del río y escuchó aquella carcajada que contagiaba. Se fue acercando y pudo ver a Isabel sin enaguas, sólo con la camisa que usaba como ropa interior. Cargaba una rana y correteaba a Damiana, quien huía gritando despavorida. La joven, al verlo, se tiró al río para cubrirse con el agua. Damiana se apresuró a buscar un paño y socorrer a su ama, pero ésta se sumergió en lo profundo y no salía. Don Juan vio la situación y pensó que la señorita se estaba ahogando. Se quitó sus botas y se lanzó a la corriente. Al sumergirse, Isabel sacó la cabeza del agua. El comandante estuvo frente a ella sin poder parar de mirarla. La pícara muchacha empujó con sus manos una gran cantidad de agua y se la echó en la cara al desconocido. Salió del torrente y don Juan pudo ver la silueta de su cuerpo. Damiana, que la conocía bien, la reprendió por andar de casquivana con el miliciano.

Durante las largas semanas de verano, la joven se mudaba allí acompañada de varias esclavas, pero se la pasaba con Damiana conversando e inventando juegos entre la naturaleza como si fueran dos niñas. Desde que conocieron a don Juan, todas las tardes volvían al mismo lugar, allí las encontraba el comandante. A Damiana no le gustaba la amistad que Isabel estaba entablando con el mulato, pero su joven ama era muy terca, así que no le quedaba otra que sacar un tapete y ponerse a bordar, mientras Isabel y el guardia se enamoraban.

—Entonces ¿sí estás casado?

—Esto va a sonar extraño, pero no me siento casado, más bien me siento atrapado.

Damiana le advertía, por experiencia propia, que ésa era la frase favorita de los hombres desposados y el augurio de que todo terminaría en llantos y reclamos. Pero ya era tarde, nada iba a atajar la revolución que subía y bajaba dentro del cuerpo de Isabel. Un día, sentados entre las piedras, se dieron el primer beso que duró varios minutos. El tiempo transcurría, las conversaciones y miradas cómplices hicieron que una conexión profunda creciera entre ellos. Las preocupaciones y responsabilidades de don Juan fueron olvidadas, como si pertenecieran a otro mundo. En cierta ocasión, mientras la esclava cosía, la pareja se adentró entre los árboles y en un llano, el comandante se quitó la camisa para que la joven se acostara sobre ella. La muchacha tocó los músculos del hombre y no pudo resistirse más, abrió sus piernas dejando que don Juan, embebido por el éxtasis, se bajara los pantalones y se colocara sobre su cuerpo. Lo abrazó con firmeza mientras el guardia le levantaba las enaguas y la envolvía con fervor. Al terminar, Isabel escuchó que la negra la llamaba. Con premura se vistieron y salieron de su refugio. Damiana, al notar el rubor en el rostro de su ama, comprendió que la joven traviesa se había rendido ante el amor. Después de aquel día inventaron nuevos lugares para encontrarse. Isabel era una de las mujeres que iba en las cestas de ropa sucia escondida hacia el manantial del Chorrillo. Damiana la cargaba mientras rezongaba:

—¡Isabel, por favor! ¿Por qué tienes que arriesgarte en esta vergonzosa situación?

—Te prometo, Damiana, que sólo será por esta vez —se escuchaba desde adentro de la cesta la voz traviesa de la joven ama.

—¡Es que ustedes no tienen ingenio! Este lugar es usado por todos los amantes —le aclaraba la esclava con miedo a que fueran pilladas.

Aquel día el comandante estaba listo para coincidir con la mujer de la cual se había enamorado con locura. Sabía los riesgos a los que se enfrentaba, pero no aguantaba las ganas de verla y estar con ella. En ese momento, uno de sus guardias le avisó que en el manantial del Chorrillo habían encontrado a unas esclavas cargando unas cestas con personas escondidas adentro. Don Juan se montó en su caballo y cabalgó con prisa, porque en una de las jabas iba su amada. Al divisar a Damiana, le hizo gestos para que regresaran a intramuros. Las demás esclavas fueron escapando con sus cestas. Don Juan optó por no revisar las cestas para evitar

prolongar aquel vergonzoso momento. Sin embargo, al reconocer a las esclavas, se percató de que varias patronas que
presumían de conductas íntegras y modales refinados, le
eran infieles a sus maridos.

17

Antes de que comenzara la misa, Gonzalo buscaba entre la gente a Isabel, deseoso de volver a verla. La divisó junto a su familia saludando al gobernador, el corazón del joven Urriola dio un brinco. Caminó hacia ella, Isabel reparó en él, lo recordaba más bajo. Gonzalo y sus padres saludaron a don Dionisio Alcedo y Herrera, que, gracias a su puesto político, era rodeado por el público. Catalina enseguida extendió la mano para que se la besara. Doña Beatriz se llenó de paciencia para darle el gusto a su hijo e interactuar con los Fernández Bautista.

Don Benemérito observaba a don Alcedo y Herrera. En el eco de los salones reales, resonaban insinuaciones sobre el gobernador de Panamá de quien aseguraban que, lejos de ser un fiel y respetable servidor de la Corona, era una de las principales autoridades en el nuevo Reino de Granada que estaba inmerso en los oscuros entresijos del negocio ilícito del contrabando, ya que solamente había decomisado, desde 1743, cuando tomó posesión de su cargo, unos escasos 2 000 pesos de mercancía ilegal. También había levantado sospechas de participar como socio con otros comerciantes en una de las concesiones de introducción de más de mil esclavos a Panamá en época de guerra con los ingleses. El oidor sentía que halando una delgada cuerda alrededor del crimen de la esclava, mataría dos pájaros de un solo tiro. El pequeño pedazo de tierra rodeado por dos océanos resultó esconder entre sus calles un lienzo vibrante para la mirada de don Benemérito.

—Debiste traer a Cometa —dijo Gonzalo a Isabel con tono juguetón.

—¿Quieres que el obispo nos eche de la iglesia?

—Sería bueno ahorrarnos un poco de la larga misa que se nos viene encima —susurró el joven militar.

Isabel sonrió sorprendida, había pensado que el muchacho era un santurrón. Lo recordaba vestido de blanco, sentado en la plaza junto a su madre, quien no le permitía jugar con los otros niños. Él estaba extasiado, su recuerdo no hacía justicia a la belleza de Isabel. Las demás jóvenes de sociedad pasaban a su lado y lo miraban coquetas, pero Gonzalo sólo tenía ojos para la hija de los Fernández Bautista.

—¿Me permites que después de la misa camine junto a ti hasta tu casa? —preguntó, rogando que la joven aceptara.

—Déjame pensarlo. Cuando termine la misa te contestaré.

—Entonces será la ceremonia más larga de mi vida.

Un grito interrumpió el momento.

—¡Juan, estoy aquí!

Era la mujer del comandante a quien ya se le notaba la barriga y hacía señas tratando de llamar la atención de su marido, que se acercaba caminando desde el postigo de Mano de Tigre de la gran muralla. Isabel pensó que el día que fue al cuartel, don Juan ya debía saber sobre el embarazo de su mujer y aun así la besó como si nada pasara. Se había aprovechado de ella sin confesarle el estado de buena esperanza de Milagros. La joven sintió un escalofrío en su cuerpo. Gonzalo notó la intranquilidad de Isabel y le ofreció su antebrazo, para que se apoyara en él. Los Urriola saludaron al comandante y el gobernador expresó frente a todos su admiración por el valiente miliciano, a quien tenía

178

en alta estima por las luchas que había librado contra los ingleses en Portobelo. Don Cristóbal hizo un gesto al mulato, en señal de saludo, por cortesía y para que nadie notara su enojo, y doña Catalina no prestó atención, ya que lo único que le interesaba en ese momento era el futuro de su hija. La joven prefirió mirar hacia otro lado. El miliciano tenía el corazón destrozado al verla del brazo del apuesto militar.

—¿Te sientes bien? —preguntó Gonzalo a Isabel.

Ella asintió con la cabeza y sonrió, irguiendo el cuello y levantando la barbilla. El caballero se dio cuenta de que algo le pasaba, pero no quiso indagar más.

Los cantos comenzaron y la procesión avanzó detrás del burrito y su carga, mientras otro grupo de personas saludaban a su paso y agitaban las palmas.

Al alguacil del crimen le causaba curiosidad el asunto del asesinato de la esclava y olvidándose del motivo de su viaje por un momento, aprovechó que la multitud estaba entretenida y se dirigió al camino del Chorrillo. Desde que salió de la Puerta de Tierra fue contando sus pasos. Algo en lo que ningún criminal le había ganado nunca era en la matemática del tiempo. Estaba concentrado recorriendo el camino cuando escuchó unos ladridos. Cometa se había soltado del amarre de su guardés y salió corriendo por intramuros, cruzó la Puerta de Tierra sin poder ser atajado por los guardias, hasta llegar a los arrabales. Nuflo iba correteándolo, pensando que si a ese perro le pasaba algo lo iban a llevar a la horca. Cuando llegó al camino del Chorrillo, vio a Cometa dando brincos y ladrando a los pies de don Benemérito.

—¡Dios del cielo, perro! ¿Por qué me has hecho esto?

El esclavo se sentó en el suelo, necesitaba recobrar el aliento por la corrida que había dado.

—¡Cometa, mi compañero de viaje! —expresó feliz el español.

—Señor, ¿usted lo conoce?

—Claro que sí, somos íntimos amigos. Éste es el perro de Gonzalo.

Nuflo, que ya se reponía, agarró al animal.

—Ahora es de mi ama Isabel, porque el señorito Gonzalo se lo obsequió.

—Interesante. Querido amigo, los caminos de la vida te han llevado a convertirte en un mensajero de amor —expresó el alguacil, sonriendo y acariciando la cabeza del can.

—¡Cometa, es hora de irnos! Antes de que la ama Isabel regrese y no te encuentre.

A don Benemérito le pareció que Nuflo era un muchacho bonachón y pensó tomarse la atribución de hacerle algunas preguntas sobre el reciente crimen de la esclava.

El gentío se apretujaba dentro de la iglesia de la Merced. Todos pensaban que esta capilla era milagrosa porque fue una de las poquísimas edificaciones que se salvó de las garras del Fuego Grande. Era uno de los escasos edificios que mantenía su fachada original, traída casi completa desde la antigua ciudad de Panamá.

Mientras el obispo, junto al párroco, daba la misa declamando los latines de espaldas a la feligresía, Rodrigo realizaba sus labores de sacristán, concentrado en pío recogimiento. Las primeras filas estaban reservadas para el gobernador, su esposa, autoridades gubernamentales y para las familias más ricas de la ciudad: los Urriola, los Fernández Bautista y don Antonio Reyes, entre otras.

Mateo Izaguirre, aunque vivía extramuros, también ocupaba uno de los primeros lugares, ¡sus buenos dineros habían pagado por tener ese privilegio! Detrás de él se apretujaban los vecinos del arrabal. Tomasa Núñez, que se encontraba con los demás arrabaleros, tuvo que soportar oír la misa junto a Bartolo Mina, que había logrado acomodarse en la misma banca donde ella estaba con su esclava.

Gonzalo, desde su asiento, esperaba con ansias que Isabel lo mirara. Doña Catalina, junto a su hija y a su marido, estaba dichosa por el posible enlace de Isabel con el espléndido prospecto. El comandante no podía dejar de mirar a Isabel, estaba sentado en una de las bancas de atrás, al lado de su mujer, que se tocaba con cariño la barriga. Don Cristóbal divisó en una esquina a Ana, quien ahora ayudaba a las monjitas en sus labores. Ella se percató de que su antiguo patrón la observaba. Antes le hubiera hecho algún gesto de ternura, pero esta vez se llenó de coraje y orgullosa volteó su rostro en forma de rechazo. En ese momento el hombre regresó a aquella última noche en que había dormido con la negra. Recordó la falsa promesa que le hizo de ayudar a Bernardo y la acusación que lanzó sobre el pobre muchacho para salvar el idilio de su hija. El calor dentro de la iglesia lo estaba agobiando; agarraba su pañuelo una y otra vez para limpiarse el sudor, comenzó a sentirse muy débil. Entre aquella angustia, la advertencia de la negra Josefa resonaba en sus oídos:

«Pide perdón, empieza a vivir como debe ser y no como un porongo loco, si no quieres que la muerte venga a cobrarte todo el irresponsable placer del que has gozado».

Cristóbal trató de sostener el brazo de su esposa, pero no pudo. Frente a todos los feligreses que repetían de memoria el credo, se desplomó.

La vieja Josefa, echada en una hamaca en su casa, terminaba de bordar aquella pollera llena de flores de colores. No le dio la gana de ir a la misa. Prefería coser en nombre de María Yoruba y así honrar a sus antepasadas. En la soledad de su choza, la negra se sentía cansada. Nunca se quejaba, siempre agarraba la vida por donde tuviera que tomarla, muchos la llamaban sabia ya que tenía el don de la intuición y su capacidad de entender a las personas le hacía percibir el mundo de una manera especial. En las noches se preguntaba ¿qué habría sido de Petronila, su hija? Había soñado con verla convertida en una bordadora, pero respetó su decisión de escapar y volverse una rebelde para ayudar a otros. Así era la existencia de los suyos, muchas veces escoger vivir significaba escapar a un palenque. Las memorias de su vida comenzaron a desfilar por su mente y con el corazón triste recordó a Francisco Magaña, un negro liberto, el único hombre al que Josefa amó. Él la preñó la primera vez que hicieron el amor, escondidos por el cerro, pero tiempo después murió de repente. El día de su parto se había desatado una tormenta y Josefa, sin ayuda de la comadrona, dio a luz sola a su hija. Tanto amar a esa pequeña para perderla por un desgraciado que no supo valorarla. Pero la vida le había regalado a su nieta, Manuela, a quien se deleitó enseñándole a bordar.

Un rayo abrió espacio entre las nubes y un trueno con su voz grave sacó a Josefa de sus recuerdos. Entonces la negra comenzó a protestar.

—¡Qué forma la tuya de interrumpirme! ¿Sigues enojado con la humanidad? ¡Yo no tengo la culpa! ¡Pero si dicen que nos hiciste a tu imagen y semejanza! Aunque eso no me lo he creído nunca. A veces no entiendo tu ira. En ocasiones te admiro y en otras te reprocho. Mira lo que tus favoritos nos hacen a nosotros los negros. ¿Dónde está tu justicia para los de mi raza? Estoy cansada de ver los maltratos en los rostros humillados de mi gente. Quiero que hablemos frente a frente y si hoy mandas a la muerte para que se lleve a alguien, aquí estoy lista para partir. No me queda nada. Ni yo me he salvado de los sarcasmos de la vida, mi hija y mi nieta nacieron libres y terminaron trabajando como esclavas. Perdí a Petronila hace muchos años y ya cumplí con mi nieta enseñándole a ser una gran bordadora. Mi tiempo ha terminado. Llévame y tráeme de vuelta cuando le regales a los negros la libertad. Así no recibirás de mí un reclamo más ¡¡y no me digas que sólo vinimos a este mundo una vez!!, porque tú y yo sabemos que siempre somos los mismos repitiendo la historia de siglo en siglo.

La lluvia comenzó a filtrarse por una parte de la maltrecha choza. La negra cerró los ojos y escuchó un susurro lejano, uno que venía del año 1671, de los rezos a santa Librada en el galeón de la Santísima Trinidad. Después pudo ver en su mente a las mujeres bordando en casa de doña Ester, en Las Tablas: las telas se acumulaban por montones, los hilos de colores ocupaban la mesa y las jóvenes aprendían atentas del arte de las viejas. Aquellos fueron tiempos felices con olor a libertad. Agarró la pollera bordada con flores de colores, se acostó en su catre, cerró sus ojos y se arropó con ella.

Manuela corría por la Calle Real de la Merced. Tenía que encontrar a Damiana para contarle lo que Matilda le había revelado. El mismo trueno que asustó a su abuela la hizo guarecerse detrás de la iglesia. Al volver a retomar el rumbo, vio cómo Gonzalo, don Juan de Palmas y Juanito Criollo junto a otros esclavos salían de la iglesia y corrían con don Cristóbal en brazos hacia la casa. Doña Catalina e Isabel iban apresuradas detrás de ellos, seguidas por Damiana. La misa se detuvo por un momento. Un gran susurro se escuchaba, la gente asustada comentaba que el castigo divino ahora sí le había caído al hombre más infiel de la ciudad. Ana tuvo la intención de ir junto don Cristóbal, pero la hermana Lucía la atajó.

—Ana, no lo hagas.

—Hermana, ¿y si Cristóbal se muere?

—No te toca a ti ir a salvarlo —Ana vio cómo se alejaba la turba—. Tú debes hacer un pacto con Dios por tu hijo. No te expongas más, Bernardo te necesita.

La negra miró a Cristo en la cruz, vio sus pies heridos y recordó los pies del marinero que la había salvado. Cayó de rodillas y musitó:

—Aquí estoy, Señor.

Manuela aceleró el paso detrás de Damiana mientras que el obispo, desde el púlpito, llamaba al orden y conminaba a los fieles a continuar con la sagrada misa.

18

Alejados del alboroto el alguacil del crimen y el joven esclavo conversaban como viejos amigos, Cometa masticaba hierba a sus pies.

—Don Benemérito, no me haga recordar ese día.

—Sólo es por curiosidad, Nuflo. ¿Cómo te enteraste de que María había muerto?

El negro respiró profundamente y se sentó en una piedra cerca del lugar en donde habían encontrado a la Yoruba.

—Yo estaba con unos compañeros pesando las velas en la iglesia de Santa Ana.

—Bien, ¿tienes idea de qué hora era?

—Yo no sé eso de las horas, pero ya el sol se estaba durmiendo, porque Toribio empezó a apurarnos, así que debía ser poco antes de que cerraran la Puerta de Tierra. A los guardias no les importa si tenemos permiso del patrón, ellos se ponen bravos con nosotros, los negros, por cualquier cosa.

—Hagamos un juego de memoria. ¿Cuántos de tus compañeros estuvieron siempre en el salón donde pesaban las velas?

Nuflo movió sus ojos y pensativo respondió:

—Yo no sé contar, pero le voy a mentar los nombres. Toribio junto a dos negros sacaban las velas de los sacos y las colocaban en fila para ir pesándolas. Eduarda verificaba que la pesa marcara bien el número. Dolores y yo nos encargábamos de ir acomodándolas, una vez salieran de la balanza. Ah, y ese día nos acompañaron Perico Veloz y la Toñita, los hijos de Toribio y Eduarda, ellos son unos niños, pero también ayudan. Damiana y Manuela dijeron que se habían ausentado por estar cosiéndole una ropa a la patrona Isabel. María Yoruba también debió estar entregando velas, pero no sabemos por qué faltó y después apareció muerta.

—¿Ninguno de los trabajadores salió de la sacristía en todo ese tiempo? —preguntó el alguacil del crimen.

El esclavo recordó que Toñita le dijo a su madre que le dolía la barriga.

—Sí, Eduarda dejó de pesar y se llevó a la niña para que hiciera de vientre, me imagino que atrás de la iglesia, por esos palos que se ven allá —Nuflo apuntó un área boscosa—. Ahí vamos cuando queremos hacer nuestras necesidades.

—¿Puedes recordar cuánto demoraron en regresar ellas?

En ese momento el muchacho se percató de que Eduarda y Toñita nunca habían vuelto.

—Ellas salieron y un rato después Dolores fue al pozo a buscar agua. Nosotros nos quedamos haciendo el trabajo y en eso entró el sacristán y como un loco subió al campanario e hizo repicar las campanas. Todos salimos corriendo y yo no vi más a Eduarda, a Toñita ni a Dolores hasta que regresamos al cañón.

—¿Y el sacristán de dónde venía?

—No sé, mi señor. Temprano, cuando llegamos a la iglesia, don Rodrigo nos ayudó a cargar las velas para acomodarlas en el cuarto, pero pronto se quejó diciendo que ahí faltaban más manos negras para trabajar y se fue.

—¡Gracias, Nuflo! Eres un buen muchacho —expresó el alguacil del crimen, mirando hacia la iglesia de Santa Ana.

Nuflo se despidió apurado porque las gotas del cielo comenzaban a caer más fuerte, sujetó a Cometa, que deseaba seguir jugando, y corrió hacia intramuros. Al oidor no le importaba mojarse con el aguacero y se dirigió a la rudimentaria iglesia. A un costado estaba la puerta por donde entraron y salieron los esclavos que pesaron las velas. Caminó hasta la parte de atrás de la vieja capilla. Muy cerca, un llano con varios árboles servía de cloaca. Las moscas eran las dueñas del lugar y el oidor tuvo que taparse la nariz por el hedor y espantar a los necios insectos que pugnaban por posarse en su cara. En su mente imaginaba toda la escena. «Eduarda debió traer a la niña hasta aquí y esperarla. Si todo ocurrió muy cerca de la seis ya este lugar estaba oscuro».

En la parte de atrás de la iglesia había un pozo, don Benemérito caminó hacia allá. «Tal vez la madre vino aquí a buscar agua para limpiar a su hija y en ese momento salió la turba. Pero ¿y la otra negra? Se debió haber encontrado con la madre de la niña. Una de ellas dos pudo ver algo en dirección del camino del Chorrillo, porque todo fue antes de que el sacristán entrara a tocar las campanas». Don Benemérito caminaba entre los impertinentes bichos, pensando en todas esas posibilidades. Su mirada recorría el sitio del asesinato, los árboles, el pozo y la puerta de la iglesia. La lluvia caía y el pozo estaba lleno de agua. Cualquier cosa se podía esconder en sus profundidades. Entonces se detuvo.

«Mmm, estas mujeres no han dicho la verdad».

El oidor del crimen ordenaba su mente con toda la información que Nuflo le había dado. De algo estaba seguro, una de las negras que salieron del recinto donde pesaban las velas sabía quién había matado a María Yoruba.

Manuela entró a la casa de sus patrones y buscó con desespero a Damiana. En el estrado se encontraba Gonzalo esperando a Isabel, que había subido a los aposentos de sus padres con el médico.

—Está vivo. Por lo menos su corazón late. Señora, tiene que revisar lo que están comiendo en su casa. No es normal que primero su hija caiga enferma y ahora su esposo.

Doña Catalina, ante las palabras del doctor, sudaba y movía sin control una de sus manos.

—Pero ¿Cristóbal va a estar bien?

—Mi señora, vamos a ver cómo pasa la noche. Es mejor que lo dejen descansar —expuso el galeno.

Isabel lloraba junto a su padre.

—¿Qué voy a hacer si tú te vas, papá? No me dejes sola.

Al otro lado de la cama estaba doña Catalina. Llorando más por la culpa que por el estado de su marido. Se secó las lágrimas y le dijo a Isabel.

—Espero que tu hermana Carmela venga en camino. Le enviamos una nota hace dos días para que regresara de Natá por la fiesta de los Urriola y ahora va a encontrar a tu padre en estas condiciones.

Isabel no prestaba atención, agarraba las manos de su papá y mientras las besaba susurraba:

—Yo sé que vas a estar bien y vamos a volver a discutir por mis rebeldías.

Manuela por fin encontró a Damiana afuera de la habitación de los patrones.

—Negra, te he estado buscando.

—¿Qué pasa? ¿Por qué estás así, tan agitada? —preguntó Damiana.

Las mujeres se apartaron y Manuela escupió la información que le habían contado. A Damiana se le transfiguró el rostro, corrió y se asomó por la rendija de la puerta. La patrona tenía los ojos perdidos.

—Mírala, es cierto, parece hechizada —expresó.

—¡Te lo dije, Damiana! Dolores ha embrujado al ama Catalina.

—¡Malditas! —soltó Damiana tocando en su faltriquera la navaja de macedonia.

Cuando terminó la misa la gente, aliviada, por fin pudo comentar lo sucedido a don Cristóbal Fernández. «Dicen que ya murió el don y que la Lamecharcos está pegada a la pata de la cama y no la quiere soltar», «¡Ya averigüé, no se ha muerto aún, pero le queda poquito!», «A mí me dijeron que el hombre desde hace rato tiene una parte muy importante caída y que la negra Pilar lo echó de su cuarto por andar haciéndola perder el tiempo», «Se sabía que así iba a terminar», «Lo que escuché comentar a los de la esquina de allá es que Catalina la Loca le mató el miembro con unas yerbas para que no anduviera metiéndolo por ahí».

Don Chema, todavía en la iglesia, estaba enojado porque los feligreses no se habían concentrado ni en la homilía ni en los arreglos que con tanta dedicación había confeccionado por estar pendientes del desmayo de Cristóbal Fernández.

Mateo Izaguirre se quedó después de la misa, mientras la lluvia cesaba y aprovechó para acercarse al obispo y al gobernador que conversaban en la salida de la iglesia.

—Obispo, no se preocupe por estos percances. Una vez que construyamos nuestra iglesia de Santa Ana con mampostería, los arrabaleros no interrumpirán su devoción por las agitadas vidas de los habitantes de intramuros.

—Gracias, don Mateo. Sé que con los aportes de hombres como usted podremos estar un poco más tranquilos en esta ciudad.

—Don Dionisio, me imagino que usted también está apurado para que haga la donación —expuso con retintín don Mateo al gobernador.

—Sé que ha trabajado mucho para ganar el título de conde de Santa Ana, don Izaguirre, pero me preocupa que hagamos una excepción, obviemos la ley y que todos los demás deseen también construir sus viviendas de mampostería en el arrabal. Si sucediera una rebelión, los de afuera podrían trepar sobre las piedras y atacar hacia intramuros.

—Gobernador, pero si son los de adentro los que le están causando problema a los de afuera —comentó don Mateo con sarcasmo.

—Ya veremos, mi señor, ya veremos. Ahora iré a preguntar cómo sigue don Cristóbal. Temo que sea algo grave y se nos muera —se despidió don Dionisio.

Don Benemérito, ajeno a esos dramas, caminó hacia playa Prieta. Unos cuantos marineros arreglaban sus bongos. A un lado se veía la otra puerta de la ciudad, la Puerta del Mar. Todo estaba tan tranquilo que causaba sospechas.

Mientras caminaba mascullaba entre dientes.

—Cuántos misterios esconde tu muro, Panamá.

Al regresar a la ciudad, el alguacil del crimen se dio cuenta de que varias personas —dispersas en la calle mojada por la lluvia, que se había convertido ahora en una leve llovizna— comentaban sobre el reciente suceso. Volvió a encontrarse con Nuflo, que acababa de enterarse del incidente de su patrón.

—¿Qué ha pasado? —preguntó.

—Mi señor, es que en la casa de mis amos no salimos de una para entrar a otra. Que si mataron a María, después se formó una pelotera con el hermano de Damiana, la niña Isabel cayó enferma y ahora mi amo. Las brujas nos quieren llevar. Yo mejor me voy a limpiar a Cometa —se lamentaba el esclavo.

—¡Espera, Nuflo! Muéstrame quién es Eduarda.

—Don Benemérito, ella debe estar en el cañón. Es una negra muy bonita, tiene un peinado de lado y siempre lleva trenzas. Sus hijos son igualitos y necios. No tienen perdedero. Los va a reconocer en cuanto los vea. Si camina por ahí recto pasará frente a la casa de mis patrones y tal vez ella esté por los alrededores.

El esclavo se despidió y el alguacil prefirió entrar a la iglesia primero.

Don Chema recogía las palmas que habían quedado sobre los bancos de la iglesia y se quejaba de los habitantes de la ciudad. Pensaba que por eso la desgracia siempre los rondaba, todos preferían el chisme antes que rendirle honor a Dios y no apreciaban el arte en el que él, con tanta devoción, había estado trabajando por varias noches para que la iglesia estuviera arreglada.

—Don Chema, no rezongue tanto. Yo sí admiré todos sus arreglos. Lo felicito, usted es un orgullo para esta ciudad —lo congratuló la monja Lucía.

—Gracias, hermana. Los maleducados no saben apreciar, por eso vivimos entre la cochinada y la basura.

—No se preocupe, mire que en estos días usted se va a lucir con las andas —la monja sabía que a don Chema le gustaba que lo alabaran. En ese momento se acercó el sacristán y miró con recelo a la monja y al enterrador.

—¿Don Chema, le falta mucho? La hermana, en vez de estar hablando, puede terminar de limpiar.

—¿Me está echando, don Rodrigo? —respondió el don.

—No, sólo lo libero un poco para que descanse.

Don Benemérito, sentado en una banca del fondo, escuchaba toda la conversación. Se levantó y caminó hacia don Chema, la hermana Lucía y el sacristán.

—Buenas tardes, muy elegantes sus arreglos.

—Gracias. ¿Lo conozco? —preguntó don Chema mirando extrañado al español—. ¡Ah, ya sé quién es usted! El oidor que llegó con don Gonzalo desde Madrid. Bienvenido.

—¡Caramba! Se enteran bien ustedes sobre quién visita su ciudad. Muchas gracias —don Benemérito reparaba con su mirada en cada uno de los personajes, tratando de encontrar la postura de un asesino. Su mente había descartado a don Chema y a sor Lucía.

Cuando se disponía a salir, Rodrigo lo detuvo y preguntó:

—¡Espere! ¿Cuál es su nombre?

El alguacil del crimen se volteó y miró al sacristán de arriba abajo: era un hombre alto, blanco, de cabello negro y bien parecido. Sus facciones lo hacían aparentar ser más joven, pero en realidad debía de pasar los 30 años. Vestía una sencilla camisa de algodón y una casaca. De la cintura le colgaba un enorme crucifijo de madera.

—Buenas tardes, mi nombre es Benemérito del Castillo Cabrera y Real.

—Un gran nombre. Soy Rodrigo de la Cruz.

Don Benemérito se acercó para estrechar su mano.

—Buen crucifijo lleva usted. Se nota que es muy valioso —comentó el oidor.

—Sí, es muy querido para mí. Fue un regalo de mi difunto padre.

—Ya veo. Es muy elegante y ¡tiene taracea de marfil! Pareciera del siglo pasado. Realmente porta usted una joya. Su padre debió ser un conocedor del arte.

Rodrigo notó que don Benemérito era un hombre observador. Miró su crucifijo y lo apretó con la mano. Ése era su amuleto de la suerte y el gesto no pasó desapercibido para el oidor.

El alguacil se retiró. Caminó por las calles intramuros. Por más que ahí vivían familias acaudaladas, con casas de hasta tres pisos y cinco ventanales, la ciudad se veía deteriorada por las ruinas que mostraban el hollín que había dejado el Fuego Grande. La muralla también había sufrido daños y tenía grandes grietas que las menguadas arcas reales no habían podido reparar. Panamá era una ciudad con pocos habitantes como para que a esas alturas aún no supieran quiénes estaban involucrados en los actos ilícito que estaban menguando las arcas del fisco. «Tal vez alguien de alta jerarquía estaba protegiendo a los verdaderos criminales», meditaba el oidor.

Muy pronto divisó a don Juan cerca de la plaza Mayor.

—¡Don Benemérito!, ¿se da cuenta de que en esta ciudad siempre estamos sobresaltados por algún acontecimiento?

—Ya veo. Aquí todos los días uno descubre algo nuevo. Comandante, deseo haceros una pregunta sobre el crimen de la esclava y por favor no piense usted que estoy metiendo mis narices donde no me corresponde.

—No tiene que excusarse, señor. Usted posee más conocimiento que yo en estos menesteres y cualquier sugerencia o comentario que desee hacerme es bienvenido.

—Me ha tranquilizado con sus palabras. Esté seguro de que voy a ayudarlo en lo que pueda —el oidor se sintió aliviado, estaba deseando enfrentarse a ese bellaco asesino y usar toda su experiencia.

—Caminemos a mi despacho para hablar con más privacidad.

Los hombres llegaron al cuartel de Chiriquí y don Juan sacó unas copas y sirvió vino. Don Benemérito lo probó.

—Siempre cae bien un buen jerez.

Don Juan sonrió e invitó al español a sentarse, arrellanándose él mismo en su silla frailera.

—Comandante, ¿usted ha entrevistado a todos los esclavos de la familia Fernández Bautista en relación con el asesinato de la negra?

—Sí, todos aseguraron estar adentro de las diferentes iglesias pesando las velas y los sacerdotes lo han confirmado. ¿Por qué lo pregunta?

—Usted sabe que yo soy un zorro viejo y a mí los tiempos entre una cosa y la otra no me dan.

El comandante se detuvo e inquirió extrañado.

—¿De qué habla, don Benemérito?

—Don Juan, ¿cuánto tiempo tuvo el asesino para cometer ese crimen?

—Ya era casi de noche.

—¡Exacto!, porque la Puerta de Tierra aún estaba abierta. Debía faltar muy poco para las seis de la tarde. Debemos suponer entonces dos escenarios posibles, que el asesino estuviera escondido esperando a cualquier víctima o que tuviera planes de encontrarse con la esclava en ese lugar. Yo me inclino más por la segunda suposición porque es un camino alejado y poco concurrido, ¿o me equivoco?

—En realidad sí, a menudo es utilizado por los esclavos de Antonio Reyes cuando llevan el ganado a tomar agua al manantial, y las lavanderas también lo usan —replicó De Palmas.

—¡Correcto! ¿Esa negra qué tenía que hacer por esos lares? ¿Iba a lavar la ropa a las seis de la tarde, justo cuando la Puerta de Tierra estaba por cerrar?

—Tal vez iba al manantial del Chorrillo a tomar agua.

—¿Cerca de la hora en que los guardias cierran las puertas de la ciudad? No, mi señor, esa esclava, que no estaba cumpliendo con su labor de entregar velas, caminó hasta allá porque iba a verse con alguien conocido.

El oidor se había levantado e iba y venía dentro de la oficina.

—La pregunta es ¿a quién y para qué? Don Juan, ¿usted dice que tiene un boceto de la herida? ¡Muéstremelo!

El comandante buscó en la gaveta el boceto hecho por don Chema. El alguacil del crimen miró el dibujo y gritó:

—¡¡El asesino es un maldito siniestro!!

—¿Cómo lo sabe? —preguntó sorprendido don Juan.

—¡Sí! Ese hombre es un hereje que finge ser diestro, pero realmente nació zurdo. ¡Mire la herida! —por más que el comandante trataba de entender el razonamiento del viejo español, no lo lograba—. Escúcheme lo que le digo, ese asesino es un profesional y si no lo detenemos en cualquier momento atacará a otra víctima.

19

Damiana, en cuanto Manuela terminó de contarle lo que había escuchado, dejó a la joven ama acostada en su cama acariciando el pelaje de Cometa, preocupada por la salud de su padre, y se dirigió con paso firme al cañón.

Bajó las escaleras y cruzó el patio. Los esclavos la vieron avanzar con el pecho erguido y decidida sin imaginar lo que iba a pasar a continuación. Dolores Lucumí estaba de espaldas hablando con otra mujer cuando Damiana se sacó de la faltriquera la navaja, agarró a la Lucumí por el cuello y le puso el arma en la mejilla.

—¡¿Te volviste loca?! ¡¡Ayúdenme, la asesina me quiere matar!! —vociferó Dolores. El acero se clavó en su rostro sostenido por la mano firme de Damiana y la voz de la Lucumí se le convirtió en un tartajeo.

—Cállate, víbora, y escúchame bien —Damiana acercó su boca a la oreja de su enemiga mientras presionaba un poco más el filo contra la piel. La Lucumí no se atrevía ni a respirar—. No se te ocurra volver a tratar de envenenar a Isabel y si don Cristóbal se muere, prepárate para lo que te va a venir bajando.

—¡¡Damiana, suéltala!! —gritaban los otros negros.

La joven empujó con todas sus fuerzas a Dolores Lucumí, que trastabilló y cayó de rodillas, tenía una herida en el pómulo de la que escurría un hilillo de sangre.

—¡Maldita, me las vas a pagar! —siseó Dolores y se arrastró por el piso como un animal salvaje alejándose de Damiana, que, con una fría calma, limpió la hoja de la navaja en su falda y la volvió a guardar en su lugar sin quitarle los ojos de encima a la furibunda mujer. Después salió y lejos de la casa de sus patrones comenzó a correr iracunda. Recorrió las calles sin rumbo. En la Plaza Mayor algunas jóvenes de sociedad caminaban con sus largos y bordados vestidos de muselina junto a sus chaperonas. Los guardias se mantenían vigilantes en los baluartes de la muralla. Para los potentados, vivir intramuros significaba protección, distinción y respeto; para los negros, el muro era la marcada diferencia entre ricos y pobres. La esclava se sentía en una cárcel de la cual nunca iba a poder escapar. Ellos también eran hijos de Dios, pero el cielo no los miraba de forma benevolente. Sus vidas transcurrían entre la escoba y los trapos sucios usados para limpiar la mierda de los privilegiados.

La negra se dirigió al cuartel y pidió ver a su hermano. Ahí estaba Bernardo, usado como una excusa para que los habitantes de la ciudad durmieran tranquilos. Entre los barrotes oxidados y mugrientos, la mujer contemplaba a su hermano tirado en el charco de agua sucia que quedaba empozada en la celda cuando subía la marea. El negro, sin camisa, sólo vestía unos rotos pantalones de estameña.

—¡Bernardo, hermanito! —Damiana lo llamó con amor.

Los ojos de Bernardo, que un día chispeaban de felicidad, ahora estaban desorientados. Las cadenas que lo ataban poco a poco apagaban su vida derrotada. Como pudo se acercó a los barrotes de la celda. La hermana le dio un beso en la frente.

—¡Yo no he sido! ¡Tú lo sabes, Damiana! ¡Dile a nuestra madre que no soy un asesino! —imploraba el esclavo.

—¡Ay, mi negro! Si tú eres un ángel. Vas a salir de aquí.

Unos guardias le gritaron a la negra que se largara, que el tiempo había terminado. Afuera estaban don Juan y don Benemérito.

—¡Damiana! —llamó el comandante.

La negra se detuvo y con la cabeza baja no miraba a la cara a don Juan.

—Bernardo va a estar bien, lo vamos a sacar de la cárcel.

—¡Usted lo único que sabe hacer son promesas que nunca va a cumplir! Por eso mi niña Isabel no cree más en sus palabras. ¡Por salvar su pellejo usted va a cargar con la muerte de mi hermano!

La esclava se dio la vuelta llena de rabia y se fue. Don Juan sabía que ella tenía la razón. Don Benemérito, que había escuchado los reclamos de la negra, pudo intuir que, entre toda esa maraña, también se asomaba una historia de amor clandestino entre don Juan y la mentada señorita Isabel, la dueña de Cometa. Quiso hacer oídos sordos a ese sorprendente hallazgo y acercándose más al comandante le dijo:

—Ese muchacho es inocente. Vamos a encontrar al verdadero asesino y muy pronto. ¡Se lo prometo!

Damiana decidió ir a casa de don Antonio para seguir bordando. Entró por la puerta de atrás, era domingo y todo estaba en silencio; los esclavos, después de la misa, habían ido al arrabal. Pasó al cuarto de costura, encendió los candiles y se limpió las manos. Ahí estaba la pollera, tendida sobre la mesa esperando a su creadora. Colocó la palma de su mano bajo la tela de organza. Era un delicado y frágil velo, su suavidad calmaba el alma y le daba esperanzas al corazón de la bordadora. Damiana sentía que sus antepasadas estaban ahí junto a ella, tomándola de la mano para que no desfalleciera. Las imaginaba recién llegadas a Panamá la Vieja caminando por la lama, frente al mar, forasteras en un nuevo mundo que ni siquiera sabían que existía y al que habían llegado sin querer. Algunas negras, con sus espíritus confundidos encontraron en el antiguo arte de bordar, enseñado por sus amas, la resiliencia y la paz. Con suavidad se puso un dedal en el dedo corazón y comenzó a coser.

20

Los Urriola comentaban el suceso ocurrido con don Cristóbal Fernández.

—¡Escuchen lo que les digo, Gonzalo y Sergio! ¡No voy a cancelar la fiesta por el padecimiento de Cristóbal Fernández! ¡Tanto que les ha costado a los esclavos conseguir las gallinas y el arroz! Siempre esa familia llamando la atención de una mala manera —vociferaba doña Beatriz de Urriola.

—¡Madre, el hombre ha caído enfermo! ¡Ten piedad de él!

—¡Es que todos los días algo les sucede! Estoy cansada de que en las reuniones de lectura piadosa de lo único que se habla es sobre la vida de esta familia. ¡Ah, y de todos sus miembros! ¿Pueden creer que cuando salí de la misa me ha saludado esa negra arrabalera?, no recuerdo cómo se llama, una que tiene mucho dinero. ¡Ay, se me olvida su nombre! La socia de don Mateo Izaguirre.

—Querida, ésa es doña Tomasa Núñez.

—¡Doña, ese título le queda grande!, ¡pero sí, Sergio, ésa! Me felicitó por la llegada de Gonzalo y comentó que se había enterado de sus intenciones con Isabel Fernández. La doña me tomó del brazo, muy zalamera frente a toda la gente, para advertirme que Isabel tenía un secreto de amor. ¡Qué atrevida! Creo que pensó que yo la invitaría a la fiesta, pero esa mujer no pone un pie en mi casa. Espero que lo que dijo de esa joven no sea cierto.

—Beatriz, Tomasa Núñez está llena de intrigas y es íntima de don Mateo Izaguirre. Las malas lenguas dicen que ella es la que le hace el trabajo sucio en los negocios.

—¡Padre, pero es que en esta ciudad no se salva nadie! Yo me retiro a tomar la siesta —expresó Gonzalo enojado.

Camino a su cuarto recordó las manos frías de Isabel al ver llegar a don Juan de Palmas a la iglesia.

En el cañón de los esclavos de la familia Fernández Bautista, Dolores seguía muy alterada. Se escabulló dentro de la casa y se tiró frente a la habitación de los patrones con los pies llenos de tierra y la ropa sucia. Tenía la mirada fija, el pelo teso despeinado y el rostro con un camino de sangre seco que le había dejado la herida. Estaba esperando a que su ama despertara.

Otra esclava la vio y la reprendió en voz baja.

—¡Dolores, vete de aquí! Mira cómo estás de embadurnada, vas a ensuciar la casa y a asustar a la ama. Recuerda que el patrón está doliente.

—¡Déjame quieta, negra!, que yo tengo otros asuntos más importantes con la patrona —musitaba la esclava sin cesar de farfullar entre sus dientes negros—. Muerte, muerte, muerte, muerte.

La esclava se alejó asustada de ver aquella mujer tirada en el piso como si fuera un demonio listo para apoderarse de un alma.

Don Cristóbal, acostado junto a su esposa, parecía un difunto. La mujer se había dormido meditando acerca de lo ocurrido y de su responsabilidad. «Yo te hice esto porque tú me juraste fidelidad ante Dios y eres mío. Cada pedazo de tu cuerpo me pertenece y por nuestra unión familiar no iba a seguir permitiendo que miraras, ni con el rabo del ojo, a otra mujer. Perdóname, Cristóbal, sólo soy una mujer desesperada, hundida en la miseria del desamor y la humillación».

La patrona escuchaba en su duermevela inquieta palabras que invocaban a la muerte. No parecían voces de ningún sueño. Abrió los ojos y las oía aún más cerca. Al darse la vuelta en la cama vio a Dolores Lucumí y la doña pegó un brinco, el aspecto de la negra era de espanto. El ama sacó fuerzas de flaqueza, saltó del lecho, agarró a la esclava por el brazo y la llevó afuera del cuarto.

—¿Qué es este irrespeto? ¡Mírate lo sucia que estás!

—Catalina, no hables sandeces. Ya tu peor enemiga, Ana, debe saber que eres una bruja como yo —musitaba la Lucumí mirando a su patrona con desprecio.

—¿De qué hablas, negra cochina?

—¡Damiana me ha hecho esta herida en la cara y me ha acusado de intentar envenenar a tu hija y a tu marido!

Catalina comenzó a temblar, se apretaba los puños una y otra vez.

—¡¿Pero me ha acusado a mí también?! —susurró la patrona, angustiada.

—Catalina, si yo caigo, tú vienes conmigo.

La ama se dio cuenta de que no iba a poder librarse de Dolores. Todos sus secretos estaban en manos de la negra, quien no dudaría en acusarla. Tenía que manejar esto con astucia porque Damiana las podía culpar de brujas y hechiceras. Aunque su palabra pesaba sobre el argumento de una esclava, debía evitar esos escándalos, más ahora que pronto la mano de Isabel iba a ser pedida. Damiana tenía mucho que perder con su hermano en la cárcel acusado de criminal, así que ella usaría toda su argucia en contra de Ana y sus hijos.

—¡Vigila a Damiana, cada paso, cada movimiento!

—Ya la he vigilado y esa negra se esconde en la casa de Antonio Reyes con la excusa de bordar polleras para la mujer de ese señor, pero dicen los esclavos que lo que hace es coquetear con el patrón y envolverlo.

—¡Maldita! ¡Yo me voy a encargar de esa negra! Escúchame, ¡tú no hagas nada! Y no vuelvas a entrar en mis aposentos. ¡Vete!

Dolores no confiaba en su ama. Sabía bien quién iba a pagarle muchos reales por la noticia de que Catalina Fernández Bautista era una bruja. Salió de la casa de sus patrones y se dirigió a la vivienda de Tomasa Núñez, quien se deleitó escuchando que no sólo Dolores ponía yerbas en las bebidas de su amo, sino que también su patrona, la mujer más estirada de intramuros. Cuando su marido estaba bajo los efectos de la brujería ambos cometían actos impúdicos sobre la mesa donde se colocaban los sagrados alimentos. Tomasa reía con la información que le daba la negra esclava y le pagó con gusto, no sin antes advertirle que quería más información de todo lo que sucedía en la casa de los Fernández Bautista. Dolores cruzó hacia donde don Getulio y, con los reales que había ganado, compró una botella de aguardiente, la escondió en su ropa y se fue al manantial del Chorrillo. Mientras se emborrachaba, un varón llegó, le acarició las nalgas y le enseñó varios pesos. Bajo los efectos de la bebida, Dolores no dudó en vender su cuerpo y se enfrascó en la muerte del atardecer con el hombre en una batalla lasciva junto a las aguas calmadas y profundas del manantial.

Damiana seguía bordando en casa de Antonio Reyes. Las olas y caracoles tomaban vida y rodeaban con garbo la organza para convertirse en una sublime obra de arte. Calculaba en su mente el dinero que debía recoger para lograr su libertad. Su madre había pagado 400 pesos por su emancipación. ¿Cuántas polleras debía volver a bordar para recolectar esa gran suma de dinero? ¿Era mejor escaparse a un palenque? Pero ¿cómo iba a abandonar a su madre y a Bernardo? Había presionado a sus compañeras para fugarse, cuando ella era quien más lo deseaba. La negra estaba atormentada con sus pensamientos. De pronto el dedal se le cayó y la aguja, como si tuviera vida propia, traspasó con saña su piel. La esclava se levantó y soltó la pollera. Se agarró el dedo que estaba sangrando, poniéndose la mano en el pecho, mientras que varios sentimientos encontrados causaban que las lágrimas corrieran por su rostro. La luz de los candiles proyectaba la sombra de su silueta. Estaba sudada y la camisa mostraba el escote de su espalda. La puerta hizo aquel acostumbrado ruido al abrirse. Damiana volteó a ver, ahí estaba Antonio, mirándola. En silencio caminó hacia ella. La esclava bajó los brazos, estaba vulnerable y no tenía fuerzas para negarse. El hombre rozó con la punta de sus dedos la espalda de la negra. Los botones abiertos de la camisa del español dejaban ver su pecho. Damiana olió aquella piel blanca junto a sus labios y lo besó hasta el cuello. Don Antonio la cargó hasta sentarla en la mesa, le corrió la camisa dejando aquellas tetas negras y perfectas descubiertas y comenzó a besarlas. Él se bajó el pantalón y ella se subió la enagua, el aire entre los dos crepitaba con la tensión. Los candiles ahora iluminaban en la pared la sombra de los amantes unidos en uno solo, moviéndose hasta enloquecer de placer, besándose lento y profundo, más hondo, más adentro, entre los hilos y las telas.

21

La Puerta de Tierra estaba por cerrar cuando una elegante calesa cruzó por ella.

—¡Carmela! Si no aprendes a comportarte como una señorita bien educada, tus padres no permitirán que vuelvas a Natá.

—Madrina, usted pierda cuidado, los ojos de mis padres están puestos en Isabel. Yo no nací para vivir encerrada atrás de una muralla. A mí me encanta divertirme y en esta ciudad no pasa nunca nada interesante. Tan sólo me animé a venir porque van a celebrar, ¡por fin!, una fiesta. Ahora a ver si los puritanos no inventan brindar nada más con agua de maíz y tortilla changa con los invitados.

—¡Ay, niña! ¿Qué vamos a hacer contigo? ¡Que no puedes andar metida en los jolgorios de campo de los esclavos y de los indios tomando aguardiente! Yo que te recé todo el bautizo ilusionada con que serías una señorita de bien.

La hermosa Carmela Fernández Bautista reía y sus grandes ojos negros bajo sus cejas tupidas y bien formadas expresaban la alegría que siempre la había caracterizado. Su madrina, doña Eleonor de la Lastra, una solterona rica que vivía en una gran hacienda en Natá, se quejaba de su heredera, la hija menor de don Cristóbal y doña Catalina, pero la adoraba y desde que era muy pequeña la buscaba a la ciudad para llevarla largas temporadas a su hacienda. Se divertía con las ocurrencias de su ahijada, aunque en los últimos tiempos le preocupaba verla crecer tan feliciana y sin prejuicios. La joven, en las noches, se escapaba a las juergas de los esclavos en el campo y, en el pueblo, comentaban que era una sinvergüenza, que buscaba placer entre los negros esclavos y que una vez la habían visto en un potrero, haciendo actos lascivos con uno de ellos. Al enterarse doña Eleonor mandó a azotar al esclavo y llevó a su ahijada a confesarse y a pedir perdón a la iglesia. Carmela lo negó todo ante su madrina y después fingió que estaba muy enferma. La señora, preocupada, la perdonó.

Hacía unos días que habían recibido la nota enviada por doña Catalina anunciando la invitación a la fiesta de los Urriola y la muy posible pedida de mano de Isabel.

Los esclavos de la casa corrieron felices a ayudar a su joven ama a bajar los baúles de la calesa. Había llegado la alegría de la familia, porque Carmela podía ser una joven tarambana pero siempre fue noble con ellos. Todos comentaban en voz baja y con temor que, si el amo fallecía, iban a quedar a merced de su esposa, a la que llamaban la Hija Bastarda de Morgan, y que no dudaría en mandarlos a cuerear por cualquier sandez. Que la única que los podía salvar era la señorita Carmela.

—¿Matilda, me extrañaste? —expresó alborozada la joven ama, ignorando aún la noticia de su padre enfermo.

—Señorita Carmela, siempre la echamos de menos. Más en estos momentos cuando la desdicha ha embargado esta casa.

—¿Desdicha? ¿Qué pasa?

Isabel, al escuchar aquella voz conocida, descendió por las escaleras y estrechó con un fuerte abrazo a su amada hermana.

—¡Carmela! ¡Nuestro padre se nos muere!

La joven recién llegada subió lo más rápido que pudo las escaleras hasta los aposentos de sus padres. Abrió la puerta y vio a su madre sentada junto a la cama donde don Cristóbal yacía, le pareció que estuviera muerto.

—¡Padre, padre! ¡No, esto no es posible! —gritaba desesperada.

En medio del llanto de sus hijas y al ver postrado en una cama a su marido, doña Catalina sentía que el remordimiento iba a acabar con ella. Le rogaba a Dios y a la Virgen que don Cristóbal abriera los ojos. Pero ahora tenía otro problema, Damiana conocía su secreto. ¿Qué podía hacer? No dejaba de dar vueltas su cabeza, sudaba y los espasmos en su mano cada vez eran más frecuentes. La desgracia había caído sobre los suyos y ella era la culpable. Cuando se veía al espejo ya no se reconocía, su rostro era el de una mujer acabada que había sacrificado su dignidad metiéndose en un mundo de hechizos para que un hombre la amara.

Después de que don Benemérito se fue de la oficina del comandante, don Juan no dejaba de pensar en las palabras que había esbozado Damiana: «Usted lo único que sabe hacer son promesas que nunca va a cumplir. Por eso mi niña Isabel no cree más en sus palabras».

—Es cierto, le he fallado a Isabel. No voy a perderla, la amo y soy capaz de dejar todo por ella —meditó, mientras agarraba un pedazo de papel, mojaba su pluma y escribía una carta.

Caminó por la Calle Real de la Merced y divisó al esclavo Nuflo, que se encontraba ayudando a descargar los baúles de las viajeras.

—Nuflo, escúchame. Necesito que le entregues esta nota a la señorita Isabel. ¡Pero sin que nadie se dé cuenta!

—¿Qué será lo que tengo yo? ¡Me han agarrado de perro más flaco y se me van a pegar las pulgas! ¡Ay, mi comandante!

No me haga hacer menesteres que me valgan una buena golpiza con el rejo.

—Nadie te va a azotar, en cuanto puedas entrégasela a tu ama Isabel.

Nuflo, remolón, agarró la nota y la guardó en su bolsillo. Don Juan se fue confiado, por fin se había atrevido a hacer lo que realmente deseaba. Ahora el turno de cumplir era para su amada.

Entretanto, Damiana respiraba agitada debajo de don Antonio Reyes, intentando escapar de aquellos brazos esculturales.

—Don Antonio, por favor, no hagamos esto.

—¿Por qué, Damiana? Siempre me has gustado.

La negra logró escabullirse de la trampa y se vistió.

—Señor, yo soy una esclava que sólo vengo aquí a bordar para tratar de ganarme unos reales y así ayudar a mi familia.

—Lo sé, te voy a pagar por los bordados, pero te deseo y no pude contenerme —insistió el hombre abrazando de nuevo a la negra.

—Entonces no volveré —afirmó con determinación la esclava.

Damiana sentía que todo estaba desmoronándose a su alrededor. Un escándalo podía impedir que ella obtuviera su libertad. De nuevo la idea de convertirse en una rebelde revoloteaba en su mente. Abrió la puerta de la pieza pero don Antonio la agarró por el brazo. El hombre en el fondo se había arriesgado a meterse en problemas con los Fernández Bautista para poder tener a su lado a Damiana.

—¡Espera! Perdóname, no te vayas. Quiero que termines tu trabajo y pagarte, sé que tienes planes con ese dinero.

La negra estaba segura de que era mejor detener aquel sentimiento antes de ser como su madre, que vivió gran parte de su vida envuelta en la nostalgia de un amor imposible.

—Usted dijo que iba a emancipar a mi hermano una vez saliera de la cárcel, yo también deseo ser libre y usaré el dinero para comprar mi libertad.

Desde que don Antonio nació en España siempre tuvo gente a su servicio. Creció dando por hecho la superioridad de los blancos. Debido a los negocios de su padre, se mudaron al Nuevo Reino de Granada. Cuando conoció a Bernardo se dio cuenta de que el muchacho era una persona noble, digna de confianza y más que su esclavo encontró en él a un amigo genuino. El vínculo que unía a Antonio y Bernardo debilitó las cadenas de la esclavitud y forjó entre ellos una gran amistad.

Varias veces había estado con otras negras, pero Damiana era especial. Al tocarla sintió la fuerza de su alma como si fuera una leona. Esta mujer lo había atrapado, no deseaba retenerla por puro antojo, quería verla cumplir sus sueños y que su arte como bordadora floreciera.

—Te prometo que voy a permitir que trabajes tranquila y desde ahora, te pagaré el doble por cada pollera que bordes.

Antonio Reyes sabía que su mujer nunca usaría esas polleras, pero tenía sentimientos por la negra y deseaba ayudarla a conseguir su libertad. La esclava salió de la vivienda y corrió hasta el postigo de las monjas. Frente al mar se arrodilló y lloró con todos los sentimientos de impotencia y de abandono, porque había nacido negra y eso nadie lo podía cambiar, ni siquiera la misma muerte. Seguro su tumba tendría clavada una cruz baja, como todas las de los negros pobres.

Al anochecer, el médico llegó de nuevo a la residencia de los Fernández Bautista. Junto a la cama seguían doña Catalina y sus dos hijas acompañadas de su tía doña Eleonor.

—Mi señora, me temo que no puedo darle buenas noticias. Su esposo no reacciona. Les pido que lo dejen descansar y no lo sofoquen. Debemos esperar.

Afuera de la casa Manuela miraba para todos lados, esperando a Damiana. Al verla aparecer exhaló aliviada.

—Pero, mujer, ¿dónde estabas? Mírate, te ves como si te hubieras revolcado.

La negra, con la camisa desarreglada y las greñas alborotadas, fue al aljibe y se echó agua en el rostro.

—¿Qué ha pasado por acá? Te dije que no dejaras sola a Isabel.

—Damiana, han llegado de Natá doña Eleonor y la niña Carmela. Están impactadas por la situación del patrón.

—Manuela, ¿y el amo no ha despertado?

—No, negra, esto no se ve bien. Mañana temprano iré donde mi abuela a avisarle. La que se fue y no he visto más es a la bruja de Dolores. Estuvo pegada a la puerta de la habitación de los patrones y después desapareció. Dicen los demás negros que la vieron salir para el arrabal.

—Ese demonio aún me las debe. Y ¿la vieja Catalina qué cara tiene?

—Sigue al lado de su esposo pero, Damiana, ¿qué tal que se muera el amo? Dolores y ellas serían unas asesinas.

—¡Cállate! No invoques a la muerte que se aparece. Vengo de la casa de don Antonio Reyes. Estaba terminando de bordar la primera pollera.

—Negra, no me digas que las palabras de mi abuela se volvieron realidad… ¿don Antonio y tú han estado juntos?

—¡Qué dices! Sólo estoy yendo a esa casa a trabajar. No voy a dejar de bordar nunca. Si me permiten pagaré por mi libertad y si no me escaparé, pero a donde vaya seguiré bordando. Ahora, voy a preparar la ropa de dormir de Isabel y a ordenar los baúles de mi niña Carmela.

Manuela, que conocía bien a Damiana, se dio cuenta de que la negra venía con los sentimientos a flor de piel, algo había sucedido en casa de don Antonio. Todo el aspecto de su amiga gritaba que el español había estado en el medio de ese cuerpo bien formado.

Don Benemérito se dirigía a la pensión en donde se alojaba, en el arrabal, cuando vio a don Chema cruzar el parque.

—¡Don Chema! —exclamó el oidor.

—Don Benemérito, lo saludo nuevamente, ¿se hospeda usted en el arrabal?

—Sí, en la pensión de doña Encarnación, cocina como los ángeles.

—Está usted en las mejores manos —dijo apurado el enterrador, ya que muy pronto sería la hora del toque de queda.

—¡Espere, don Chema! Regáleme un momento. El comandante me ha contado que usted tiene interesantes opiniones sobre el asesinato de la esclava —don Chema, receloso, no sabía qué contestarle a don Benemérito—. Pierda cuidado, yo soy un oidor, o si le es más fácil, un alguacil del crimen y estoy aquí por otros menesteres, pero deseo colaborarle al comandante.

—¡Ay, don Bene! Usted disculpe, ese tema del asesinato de María Yoruba es muy delicado.

El enterrador le contó al oidor todo lo que antes le había narrado al comandante. Don Benemérito escuchaba atento.

—No deseo atrasarlo en su caminar, pero déjeme hacerle una pregunta más.

—Rápido, don Bene, que no quiero problemas con los guardias.

—Usted sabe que a veces uno se entera de cosas que no debe. ¿Alguna vez supo sobre un posible amorío de la esclava?

—No, señor, de María nunca. Esa negra era muy decente.

—Y... ¿del sacristán Rodrigo de la Cruz?

Don Chema peló los ojos. Si estaba preguntando sobre don Rodrigo, era porque sospechaba de él.

—Mire, don Bene, yo nunca he sabido que ese señor tenga mujer. Sería un gran mentiroso si le dijera que sí. Pero sus comentarios sobre la culpabilidad del pobre muchacho Bernardo y la forma de alegrarse de su situación hacen parecer que está muy apurado a que lo condenen en la horca.

—Gracias, don Chema. Guárdese esta conversación y si usted ve otra cosa que no tenga buen aspecto, avíseme.

Don Chema cruzó el parque de Santa Ana pensando en los comentarios que había hecho el sacristán sobre Bernardo. «Las críticas de don Rodrigo no indican que él sea el culpable, pero se la pasa dándole palo al pobre negro como si tuviera algún interés en que lo maten. ¡Ay, no! ¿Será que hice mal diciéndole eso al oidor? Chema, es que tú no puedes callarte nunca. Ese tema está más oscuro que boca de lobo. Yo mejor me retiro a mi casa».

A las seis de la tarde los candados de la Puerta de Tierra hicieron su acostumbrado ruido, anunciando a los de adentro que podían descansar tranquilos, estaban protegidos, y a los de afuera que seguían viviendo desamparados.

En casa de don Cristóbal la cena se había servido desde las cuatro de la tarde, pero la misma fue retirada por los esclavos porque nadie se sentó a comer. El enfermo estaba perdido en otra dimensión. Su mujer arrodillada y rezando el rosario, le pedía perdón a Dios y prometía que, si su marido sobrevivía, no iba a volver a embrujarlo.

En su habitación, Isabel acariciaba el pelaje de Cometa que dormía en el piso, al lado de su cama. La joven estaba extraviada en sus pensamientos. «¿Qué hará Juan? Debe estar ilusionado por el hijo que le va a nacer. Tengo que olvidarme de este mal amor. ¡Señor! ¡Te juro que, si mi padre vive, no volveré a mirar a Juan de Palmas! No te prometo aún aceptar a Gonzalo, pero no voy a ser grosera con él, no te lleves a papá, ¡por favor!».

En la otra cama, Carmela, mirando hacia los ventanales, reflexionaba a su vez. «Si mi padre se muere, ¿qué voy a hacer? He estado ausente, usando a mi madrina como excusa para huir de esta casa. Dios mío, te prometo que, si mi padre vive, no me acostaré nunca más con los esclavos de mi madrina. Juro no volver a emborracharme ni a bañarme desnuda en ningún río. Por favor, Dios mío, ¡no te lleves a mi padre!».

En el cañón, Manuela, Damiana y Nuflo, acostados en sus catres, miraban el techo. Los pensamientos de Manuela saltaban uno tras otro sin ningún orden: «Mañana iré a ver a mi abuela. Es raro que no me haya mandado a buscar en estos días. ¿Qué será de mi madre?, ¿estará viva? Si el patrón se muere me llenaré de valor e iré a buscarla. No voy a pagar ninguna libertad, yo soy libre, aunque doña Catalina se haga la desentendida y me trate como a una esclava. Sí, le debo a mi patrón fidelidad porque me salvó del viejo Porcio cuando yo era una niña. Yemayá, haz que el patrón viva y ayúdame a encontrar a mi madre», concluyó orando a las deidades yorubas.

Por otro lado, Nuflo reflexionaba sobre sus problemas. «Yo no fui el ladrón de esos pedazos de piña, fueron la Toñita y el Benildito. Esos zambitos se portan mal. Entonces, Changó, ¿por qué me castigas poniéndome a contestar esas preguntas del señor del crimen? Y ahora el don Juan metiéndome en líos con esta carta que cargo en el bolsillo. ¿Cuándo yo voy a entregarle ese papel a mi señorita Isabel?».

Damiana daba vueltas de un lado a otro y se reprochaba. «¿Tanto te gusta ese español? No puedes volver a caer en sus brazos. Mañana comenzaré a bordar la segunda pollera y la haré aún más hermosa que la primera. Don Antonio me dijo que me pagaría el doble, entonces ya me falta menos. En cuanto el patrón despierte, porque yo sé, Dios, que tú no te lo llevarás, le pediré mi libertad. ¿Qué hago con Dolores? Esa mujer es un peligro».

En otras casas había otros desvelados.

«Ojalá que Gonzalo no insista en casarse con esa muchacha. Seguro que la negra del arrabal debe tener algo de razón, porque de tal palo tal astilla y ¿si la Isabel salió como el padre? ¡No! Ella es muy poca cosa para mi hijo. ¡Conmigo no va a poder esa descarada!».

—Beatriz, ya duérmete o, mejor, ¿por qué no hacemos otra cosa?

—¡Ay, no, Sergio! Me duele la cabeza, déjame descansar.

«Isabel se puso muy nerviosa cuando llegó don Juan de Palmas a saludar al gobernador, ¿ése será el hombre del que está enamorada? Yo he estado ausente por muchos años, no puedo esperar que me ame en un día. Mañana iré a su casa a ver cómo sigue su padre. En estos momentos necesita que la apoye y si ha pecado metiéndose con ese mulato, ¡quién soy yo para juzgarla! Ojalá don Cristóbal sobreviva, no quiero que ella sufra». Gonzalo Urriola dejaba vagar su mente antes de quedarse dormido.

«Ya Nuflo debe haberle entregado la carta a Isabel. Si la respuesta es positiva, les dejaré todo lo que tengo a Milagros y al niño que va a nacer. Tal vez no quiera irse ahora conmigo por la enfermedad de su padre, pero si él muere estoy seguro de que no lo dudará. ¿Y Bernardo?, ¿lo voy a dejar aquí encerrado injustamente? Antes de irme lo soltaré. ¿Qué más puedo hacer? Perdóname, Dios mío, prefiero ser un canalla que vivir sin la mujer de mi vida».

A medida que avanzaba la noche, el desvelo no dejaba dormir a algunos de los habitantes de intramuros y extramuros.

En la oscuridad del arrabal, junto a uno de los charcos del manantial del Chorrillo, dos personas desnudas hablaban.

—Nunca había estado con una mujer como tú.

—¿Por qué crees que los milicianos me prefieren? Pero, hombre, deja de mentir, dijiste que antes te gustaba otra esclava. ¿No será que estabas enamorado de María Yoruba?

—¡Estás borracha! Nada me atraía de esa negra y no hables de muertos. Ya el asesino va a pagar por su culpa.

—Estás muy seguro de eso, pero yo sé que no fue Bernardo.

—¡¡Ese negro es el criminal!! —aseguró el hombre con un velo de maldad en sus ojos.

Dolores notó que el tono de la voz del tipo había cambiado. Algo le avisaba que era mejor irse de ahí lo más pronto posible. Los guardias de la Puerta de Tierra la dejarían entrar por unas cuantas monedas.

—Está bien, como tú digas. Ya me voy que deben estar preguntando por mí en el cañón. Antes págame, recuerda que esto no es gratis.

—Voy a pensarlo y mañana tal vez te dé unos cuantos reales.

—¡Te dije que la paga debía ser hoy!

—¿Y si no quiero? ¿Qué vas a hacer? —el hombre se levantó y comenzó a vestirse.

—No te devuelvo esto.

—¡Negra de mierda! ¡Dame mi cruz!

En el forcejeo, Dolores deslizó el tramo vertical del crucifijo, que resultó ser la vaina de un puntiagudo puñal que brilló en la penumbra. El hombre agarró con rabia a la mujer que trataba de defenderse en vano.

—¡Suéltame! ¡No sé nadar! —gritaba desesperada la negra arrastrada hacia el centro de las aguas del manantial.

—No te preocupes, no necesitas hacerlo. Tienes la lengua muy larga y nadie en esta ciudad va a extrañarte —escupía el asesino mientras mantenía la cabeza de la esclava bajo el agua.

22

Muy temprano al día siguiente, Damiana se levantó para atender a Carmela y a Isabel. Mientras, Manuela se escurrió a donde su abuela. Saludó a unas negras lavanderas que iban rumbo al manantial. La choza de Josefa se encontraba cerrada, había un silencio extraño.

—¡Abuela! ¡Abuela!

Josefa no contestaba. Manuela entró por una ventana que tenía la madera rota y encontró a su abuela sudando y quejándose con una voz muy apagada.

—¡Abuela! ¿Qué ha pasado? Estás ardiendo.

La vieja como pudo le pidió a su nieta que se acercara y con una voz moribunda le dijo:

—Estate quieta, Manuela. Te estaba esperando para despedirme. No hagas nada. La muerte ha venido por mí. Si me quedo tranquila me va a llevar con piedad.

—¡No, abuela, no digas eso!

—Manuela, prométeme que seguirás bordando. Recuerda que eres libre y este bohío es tuyo. Si vuelves a ver a tu madre, dile que siempre la amé y oré por ella.

Manuela lloraba desesperada, mientras buscaba agua para su abuela. Josefa hacía un gran esfuerzo para expresar sus últimas palabras.

—Por favor, cuida la imagen de santa Librada. Siempre llévala contigo.

Manuela abrazaba a Josefa y gritaba pidiendo ayuda, pero para cuando los vecinos llegaron, la negra ya había muerto. Los llantos por la difunta se mezclaron con los chillidos de las lavanderas que regresaban corriendo desde el manantial del Chorrillo.

—¡Hay una mujer muerta tirada cerca de uno de los charcos del manantial! ¡Tiene algo blanco en la boca!

—Pero ¡¿qué carajo está ocurriendo en esta ciudad?! —don Juan maldecía cuando le avisaron sobre la muerte de otra negra, mientras galopaba hacia el lugar de la tragedia junto a su tropa.

Tirada desnuda, en el fango, se encontraba Dolores Lucumí. A la negra le salía una espuma blanca por la boca. Varios vecinos comentaban. «¡Ahora sí el Apocalipsis llegó a esta ciudad!», «¡La negra Lucumí se volvió un demonio y después de muerta echaba espuma por la boca como un sapo!», «¡Parece que están acabando con los esclavos de la Boquimuelle! ¡Esa familia está hechizada!», «¡Dicen que la hija de la prostituta Ana la había amenazado de muerte!».

En la residencia de los Fernández Bautista, Damiana arreglaba la bandeja y Nuflo atajaba a Cometa para que no se comiera el pan. Todos los esclavos estaban haciendo sus quehaceres. La esclava Matilda llegó corriendo a la cocina y anunció con la respiración entrecortada por la carrera:

—¡Acaban de encontrar a Dolores Lucumí ahogada en el manantial del Chorrillo!

A Damiana se le cayeron los trastes y unas esclavas se le vinieron encima a golpearla, acusándola de asesina. La esclava sacó su navaja como un rayo.

—¡Déjenme! ¡Yo no he matado a nadie! Ustedes no saben lo que estaba haciendo Dolores. ¿Quieren saber? —las negras enfurecidas no le creían nada—. ¡Esa bruja envenenó a…!

—¡Damiana! ¡Cállate y acompáñame al estrado! —la interrumpió la patrona Catalina que escuchó los gritos de Matilda hasta su cuarto y bajó con celeridad a ver qué era lo que pasaba—. ¡Y ustedes se me calman! ¡Basta de acusaciones! Esperemos las noticias del comandante a ver qué fue lo que le sucedió a esa negra.

La esclava, iracunda, siguió a su patrona. Estaba harta de que la culparan de ser una asesina. Ni ella, ni su hermano habían matado a nadie. Damiana trataba de serenarse porque si la vieja Catalina le salía con una insolencia, era capaz en ese mismo momento de darle su merecido.

Doña Catalina iba con una sonrisa entre sus labios. La muerte de Dolores le había caído al pelo. Ahora debía encargarse de la negra Damiana, quien conocía su secreto, no necesitaba un escándalo a la puerta de la pedida de mano de Isabel.

Don Benemérito se apresuró a llegar a la escena del crimen. Con su ojo experto miró todo a su alrededor y avisó enérgico:

—¡El criminal ha vuelto a atacar!

—¡Señor, no altere a los vecinos! No tenemos las pruebas de que la hayan asesinado.

—Mire, comandante, no hay peor ciego que el que no quiere ver. El asesino está muy cerca y es hora de que libere a ese pobre muchacho que paga injustamente por algo que no hizo. ¡Déjeme ayudarlo! —el alguacil del crimen miraba el cadáver de la mujeruca con frente ancha y el cuerpo embarrado de lodo.

Don Juan tenía una combinación de sentimientos. Estaba enojado, este nuevo caso retrasaría todos sus planes con Isabel. Pero el oidor tenía razón, la inocencia de Bernardo quedaba demostrada. Junto a don Benemérito fue a donde el gobernador a exponerle que el asesino se había cobrado otra víctima y que el negro Bernardo era inocente.

—¡Suelten a ese pobre esclavo que tienen preso! Hablaré con el obispo, las familias de intramuros deberán realizar las misas de Semana Santa en la iglesia de la Merced y los arrabaleros en Santa Ana, así se les venga el techo encima. Teniéndolos separados los de intramuros se sentirán más protegidos. Comandante, que sus tropas se mantengan vigilando el arrabal, estoy seguro de que ese asesino es un negro.

Cada vez que alguien aseguraba que el asesino era un negro a don Juan le hervía la sangre. Don Benemérito no estaba de acuerdo. Tenía en su mente al principal sospechoso y no era un negro, menos un arrabalero. Sabía que una mente asesina al sentirse acorralada se descontrolaba como una bestia y mataba a quien se le pusiera por delante.

El obispo, al enterarse de la noticia, vociferaba en la casa episcopal.

—¡Ese comandante es un inútil! ¡Mulato bueno para nada! Estoy harto de él, de los Fernández Bautista y de sus esclavos. ¡Esto es una desgracia! Y en plena Semana Santa. ¡¿Qué vamos a hacer?!

»¡¿Y por qué no han sonado las campanas de Santa Ana?! Es una tragedia lo que ha sucedido y todos los habitantes deben saberlo. ¿Dónde está el sacristán?

El pobre cura no sabía qué responder, ¡a ver cómo le decía al obispo que el sacristán Rodrigo no se había presentado a trabajar!

Don Benemérito caminó por la Calle de San Miguel donde se encontraba la casa de Rodrigo. Ésta colindaba con el Callejón del Chicheme. Ya era casi mediodía y se notaba una calma extraña en los predios de la modesta residencia. El oidor del crimen, en la intrincada maraña de sus pensamientos, tenía fijado a ese hombre que había llegado de tierras lejanas y vivía solo en el medio de intramuros. Don Rodrigo era respetado por ser blanco y por el trabajo que realizaba en el sagrado recinto de la iglesia. Llegó a Panamá en los postreros años de 1730 con una pintura que atestiguaba ser la imagen de su progenitor y una carta con un sello de las autoridades de Madrid que lo nombraban hijo y heredero de Ambrosio Cruz, un panameño que se había ido a probar suerte en la península. Con una simple revisión de los papeles, las autoridades istmeñas aceptaron el nombramiento y Rodrigo tomó posesión de una casa resguardada por la muralla que era el único bien de su padre, instalando en las tierras istmeñas su nuevo hogar. Desde que llegó dio muestras de ser un hombre devoto de la fe cristiana y contribuyó con su trabajo diligente. Su vida era discreta, no tenía amigos y sólo iba de la casa a la iglesia. Todos pensaban que su seriedad era por el trabajo que desempeñaba como sacristán.

Los años de experiencia le enseñaron al oidor que la intuición siempre sabe primero quién es el culpable.

En casa de Tomasa Núñez una negra le avisaba sobre la mala noticia.

«¡Ay! Esa mujer vino aquí ayer. Seguro que todos la vieron. ¿Qué voy a hacer? Me van a relacionar con ella», murmuraba para sus adentros, temerosa, la negra.

Tomasa Núñez, con la ansiedad de saber más detalles, le había pagado a la Lucumí sin reparo, pero de ninguna manera deseaba que la gente supiera sus andanzas como manipuladora de algunas intrigas y como informante de Izaguirre, aunque esas noticias eran un secreto a voces. En un santiamén se arregló y fue a casa de su socio, don Mateo.

Don Izaguirre estaba en su despacho junto a su empleado de confianza Diego de Noriega, cuando un esclavo le fue a avisar sobre la presencia de la negra en la puerta.

—No la dejes entrar más en esta casa. Si me la encuentro por la ciudad la saludaré de lejos. Yo no tengo nada que ver con ella y los líos en que se mete. Mi más acérrimo competidor está fuera de la carrera y eso es lo que a mí me interesa.

Ya veré cómo la saco a ella también del negocio. A mi mujer no le gusta que me ande juntando con esa negra que tiene tan mala fama. ¿Me escuchaste?

—Sí, patrón. Pierda cuidado, doña Tomasa no entrará más a esta casa.

Tomasa se dio cuenta de que Mateo Izaguirre le estaba dando una patada después de haberla usado. Todo lo que había hecho por él no le había servido para nada. La negra caminaba furiosa hacia su vivienda, seguida de sus esclavos. Humillada y decepcionada aguantaba las lágrimas de rabia mientras cruzaba el parque de Santa Ana. Los arrabaleros, mal vestidos y con los pies descalzos, estaban alrededor de la plaza comentando el nuevo suceso. Algunos vieron a Tomasa pasar y comenzaron a burlarse: «¡Mírenla! ¡Ahí va la negra que cree que tiene el rabo blanco!», «¡Dios se está encargando de los ricos pecadores!», «Dicen que el amor de su vida es don Mateo Izaguirre», «Ese hombre la tiene de esclava fina, pero ella no se ha dado cuenta», «Lo que me acaban de decir de buena fuente es que ayer vieron a la ahogada saliendo de la casa de la vieja negrera».

El negro Bartolo Mina se percató de que las lenguas maliciosas hablaban de su amada, dejó la piña que estaba comiendo y se fue a reprender a los bochinchosos.

—¡Se callan! No se metan con Tomasa. Ni pronuncien su nombre con esas bocas llenas de dientes podridos —avisó Bartolo.

—¡Ay! Pero miren, apareció el defensor de la vieja negrera —se burló un arrabalero.

—¡Viene a defenderla porque el que no llora no mama! —escupió otro. Todos se reían mientras Bartolo colocaba los puños en modo de pelea.

Tomasa apresuraba el paso, pero al llegar a la puerta de su casa unos guardias la estaban esperando para pedirle que los acompañara al cuartel. La negra miraba a su alrededor, asustada.

—¿Puedo ir en mi palanquín? —preguntó, ahí nadie la vería.

El guardia tenía ganas de decirle que no fuera tan engreída, pero pensó que así tal vez no tendrían que espantar a los mirones que se arremolinarían alrededor. Bartolo corrió y cuando Tomasa se montaba en su carro de mano, le rogó:

—Tomasa, déjame acompañarte.

La negra Núñez no quería hacer un escándalo y permitió que el negro Mina caminara al lado del palanquín. El gentío en el parque le tiraba naranjas y cáscaras de mango al pasar, porque Tomasa se había ganado el repudio de los arrabaleros y el rechazo de intramuros. Detrás de las cortinillas corridas dejó salir las lágrimas amargas. No quería ese escándalo y mucho menos podía pensar en ir presa. Ella no era una asesina, pero tal vez los guardias sospechaban que tenía algo que ver con la muerte de la Lucumí. Se asomaba por un lado de la cortina de su palanquín y veía a Bartolo Mina haciendo todo su esfuerzo por mantenerse impertérrito. Lo que más le dolía a la negra era que el hombre al que había sido fiel toda su vida le hubiera pagado de esa forma. Nunca tuvo marido. Nadie había tocado su cuerpo con deseo. Se había reservado para el ingrato que ahora la desechaba. De noche se acostaba y simulaba que una de sus almohadas era Mateo Izaguirre, la abrazaba y le declaraba su amor. Ese día estaba pagando su ceguera y su orgullo, su maldad se había vuelto contra ella y recordó lo que una vez la negra Josefa le gritó cuando se enteró de sus tejemanejes contra don Cristóbal.

«Y ¿es que tú crees que Mateo Izaguirre va a dejar a la española de abolengo para quedarse contigo? Vergüenza eres para nuestra raza, negra. Yo no sé si la historia malvada que cuentan de tus padres es cierta, pero lo que sí sé es que has sido perversa. Te he visto maltratando a tus esclavos, los dejas sin comer y vendes a sus hijos. Le has servido al diablo y escúchame bien, pecado de mucho bulto no puede estar siempre oculto. A ti te espera el infierno».

Tomasa Núñez vislumbraba desde la ventana del palanquín la entrada del cuartel. Escuchó cuando un guardia dio la orden de que el carro de mano no pasaba de ese punto. Con sus vestidos de seda y su sombrero a juego, salió del palanquín ayudada por Bartolo, quien no dejó que los esclavos se adelantaran a auxiliar a su amada. Él entró junto a ella al cuartel. Tomasa vaciló por el miedo a lo que iba a enfrentar, sintió al hombre firme a su lado y lo tomó del brazo.

Gonzalo Urriola aguardaba a Isabel en la entrada de la casa de los Fernández Bautista.

—Buenos días —saludó Isabel, Cometa enseguida se abalanzó sobre su antiguo amo.

Gonzalo se arrodilló para hacerle arrumacos al can, le hablaba al perro como si éste fuera una persona. Una leve sonrisa se asomó al rostro de la joven viendo la escena. Por fin el muchacho se puso de pie.

—No quiero ser inoportuno, porque sé que estás dedicada a tu padre. ¿Cómo está él?

Isabel no pudo aguantar y su voz se quebró en un leve llanto.

—¡Ay, Gonzalo! Mi padre no reacciona. Creo que lo estamos perdiendo poco a poco. Mi familia pasa por momentos muy difíciles. Primero el asesinato de la esclava María Yoruba, a quien le tenía un gran cariño, y ahora encuentran ahogada a otra de nuestras esclavas, Dolores. ¡Y lo de mi padre! —la voz se le deshizo.

El joven se acercó y extendió sus brazos. Isabel necesitaba un hombro para llorar.

—Entiendo cómo te sientes. Los designios de Dios son misteriosos, pero sigue orando, no pierdas la fe. Yo estaré aquí para apoyarte, si me lo permites. Le he dicho a mi madre que cancele la fiesta, pero no ha querido. No pienses, por favor, que voy a disfrutar la velada si tú no estás.

Gonzalo olía a una suave loción, vestía su uniforme militar, con gallardía; el reflejo de su mirada se notaba sincero. Damiana tenía razón, el joven era guapo y galante.

—Gracias. Siento mucha pena con tus padres. Sobre todo con tu madre que ha preparado esa fiesta, ilusionada por tu llegada.

—No importa. Si tú no vas a estar, no quiero celebrar nada. Recuerda que puedes contar conmigo.

—Gracias, Gonzalo. Tomaré en cuenta tus palabras. Ahora debo volver por si mi madre necesita algo.

Los jóvenes se despidieron. Isabel pensaba que ojalá pudiera llegar a amar a Gonzalo, era un buen hombre. Comenzó a subir las escaleras cuando de pronto escuchó que alguien la llamaba.

—Señorita Isabel —susurraba Nuflo.

Cometa le ladró a su cuidador y la ama se devolvió. El esclavo, nervioso, haciendo muecas para que el perro se callara, le entregó la nota a su patrona. Isabel reconoció la letra de don Juan. Su corazón latía más fuerte de lo normal. Se escondió en el despacho de su padre y comenzó a leer:

Medité mucho antes de escribir estas líneas, pero no soporto un día más sin ti. Perdóname por no haberte dicho lo del embarazo de Milagros. Siento cariño por la madre de mi hijo, pero no se compara con la devoción que te tengo. He tomado una decisión y, si estás de acuerdo, quiero que escapemos de esta ciudad. Tu padre ahora está enfermo, pero estoy seguro de que pronto se va a recuperar. Te espero el Domingo de Resurrección cerca de playa Prieta, a las dos de la tarde. Un bonguero nos estará esperando para llevarnos a Perico, desde donde zarpará un barco hacia Perú. Allá podemos comenzar una nueva vida. Yo estoy convencido de querer estar contigo para siempre.

Tuyo por toda la eternidad, Juan

23

Doña Catalina entró al estrado mostrando la prepotencia que le había hecho ganar por tanto tiempo el odio y la burla de sus esclavos, pero la mano temblorosa que escondía delataba un signo de debilidad. Damiana supo que se acercaba el momento de encarar a su odiosa ama.

—¿Qué ibas a decirle a los demás esclavos? —preguntó, retadora, Catalina.

—¿Patrona, tiene miedo de lo que yo hable?

—Yo no te tengo miedo a ti, ni a tu madre.

—Entonces ¿por qué no nos saca de su vida?

—Eso es lo que más he deseado.

—Déjeme comprar mi libertad. Le prometo que me alejaré de su casa y usted podrá vivir tranquila con su marido.

—¿Tranquila? Después de todo lo que tu madre me ha hecho...

—Doña Catalina, olvídese de mi madre. Ella no quiere nada con don Cristóbal. Lo que más ha deseado es apartarlo de su vida, ahora está dedicada a Dios, ¿no se da cuenta? Aleje la venganza de su corazón y afánese en cuidar a su esposo. Por favor, concédame la libertad —rogaba Damiana.

Catalina miraba a la negra y por su mente cruzaban varios pensamientos. «¿Qué ganaré yo con darle la libertad?

Ella sabe mi peor secreto y la única forma de que las olvide es que se mueran las dos. Voy a vengarme por todo el sufrimiento que su madre me hizo pasar».

—Déjame pensarlo. Tal vez sea lo más conveniente —concedió la patrona, ilusionando a Damiana, aunque sabía que no tenía intención de liberarla.

Al día siguiente el cuerpo de Dolores estaba siendo preparado por don Chema. La negra, que siempre fue pequeña, pero con una personalidad salvaje, ahora se veía indefensa. Su aspecto desagradable había desaparecido. No era más que otro ser humano resentido por el rechazo de la sociedad. En África alquilaba su cuerpo para poder mantener a sus diez hermanos hasta que un día fue cazada por un reyezuelo vecino y vendida a los negreros. Su resentimiento se convirtió en odio y juró regresar a su tierra con mucho dinero para darle una gran vida a su familia. Detrás de su forma de caminar y su temperamento violento, se escondía una niña triste reflejando el odio que el mundo le había mostrado.

En el momento del entierro de Dolores, no hubo voluntarios dispuestos a contribuir con un solo peso. Los patrones prefirieron apartar la mirada para no verse involucrados una vez más. Así llegaron a la decisión de brindarle a Dolores un entierro de limosna, ceremonia aún más humilde que los entierros de cruz baja. Estos rituales se reservaban para aquellos sin hogar o personas carentes de familia. Manuela, por compasión, aportó algunos pesos para incluir a Dolores en la misa fúnebre de su abuela. A Josefa la vistieron con la pollera que había estado bordando con tanto afán días atrás. Dolores sólo tenía una falda y dos camisas que estaban rotas y sucias, así que Damiana tuvo piedad de su enemiga y le regaló para su viaje a la eternidad una de las pocas sayas bordadas que le quedaban en su ajuar. La misa fue en la iglesia de Santa Ana, el padre Víctor la presidió y don Rodrigo esparcía con la mano derecha el incensario. De intramuros sólo asistieron los esclavos de la familia Fernández Bautista y Carmela e Isabel, acompañadas por Gonzalo. Don Juan no había recibido respuesta a la nota enviada a su amada. Desde una esquina de la iglesia la observaba de pie junto al joven Urriola. Isabel, al salir de la capilla, cruzó una mirada con él y sus labios esbozaron una leve sonrisa. Aquel gesto le dio esperanzas al comandante.

Don Benemérito asistió al entierro y su ojo avizor observaba cualquier persona que amagara usar la mano izquierda. Varias interrogantes daban vueltas en la mente del oidor: «¿Por qué la negra no fue a cumplir con su labor de vender las velas? La hija mayor de los Fernández Bautista dijo que dos de las esclavas estaban con ella, pero no dijo una palabra de María Yoruba. Las tres se ausentaron de forma misteriosa. ¿Estamos ante un posible plan de fuga de esas esclavas?».

El español miraba a Isabel junto a su amigo Gonzalo y divisaba en la otra esquina al comandante. Pensaba: «Dios y el cielo quieran que Gonzalo no sufra un desamor».

Los demás arrabaleros estaban asustados y comentaban que cualquiera de ellos podía ser la próxima víctima del asesino. Se armaron de piedras y palos para estar vigilantes ante esa bestia humana. Las mujeres se encerraron en sus casas, no querían ir al manantial del Chorrillo a lavar y no dejaban salir a los niños. El peligro era real y estaba suelto en los alrededores haciéndose pasar como un vecino más.

El padre Víctor daba el responso mientras el sacristán movía el incensario con prisa.

—Don Rodrigo, con calma, por favor —le llamó la atención el sacerdote entre dientes.

El día del asesinato de Dolores las campanas de la iglesia de Santa Ana no repicaron como debieron, porque el sacristán no se había presentado a trabajar. Tenía dos días de no salir de su casa. Don Chema, pendiente de los detalles del funeral, miraba con el rabo del ojo al sacristán. No existía una razón concreta para la sensación que se arremolinaba en su estómago al recordar la pregunta de don Benemérito sobre don Rodrigo.

Manuela le daba el último adiós a su abuela. Esa noche prefirió quedarse a dormir en el rancho que ahora era suyo. Abrió el baúl de Josefa y encontró una saya, una pollera de muselina, una enagua blanca que había pertenecido a Petronila cuando era una niña, una mantilla y telas. La negra encendió una vela y comenzó a bordar, recordando que su abuela le pedía que nunca dejara a un lado su talento.

Al día siguiente fue a la casa de sus patrones a hablar con doña Catalina para pedirle su libertad.

—Entiendo que mi marido fue bueno con tu difunta abuela y te compró. Para mí, desde ese momento, te volviste una esclava y no veo por qué debo darte la libertad de manera gratuita.

—Doña Catalina, usted sabe que don Cristóbal tenía en bien a mi abuela y aceptó comprarme por tan poco dinero para ayudarla. Le he servido y le agradezco todos estos años por darme un techo, pero no soy su esclava.

Manuela presintió siempre la respuesta de su patrona, por eso no había querido encararla.

—¡Negra malagradecida! —gritó el ama—. Claro que lo eres y si sigues con tus majaderías voy a mandarte a azotar. ¡Ponte a bordar mis vestidos, que para eso estás aquí!

Manuela, en la oscuridad del cuarto de costura, lloraba con amargura mientras bordaba. Se había equivocado, sí era una esclava y la libertad un lujo prohibido para ella. Ahora sentía la ansiedad de la que Damiana hablaba. Después de todo, Nicolás Porcio había logrado esclavizarla. De qué iban a servir los bordados si la vieja Catalina nunca le pondría precio a su libertad. La patrona sentía que cualquier peso que las negras ganaran con sus costuras, le pertenecía. La negra lloró con toda su alma. De pronto alguien entró a la pequeña pieza. Era Eduarda.

—Negra, ¿qué pasa?

Manuela le contó todo y Eduarda la abrazó. Sus ojos también se llenaron de lágrimas y con valentía se atrevió a decir:

—No llores, a mí me suceden cosas peores que a ti, estoy muerta en vida. Voy a escapar a un lugar donde nunca me encuentren. Me voy a matar.

—¡Eduarda! ¡¿De qué hablas?!

—Es que, si no me muero, mis hijos y mi marido corren un grave peligro.

Manuela buscó agua y se la dio a beber a la negra, que por fin contó lo que había pasado la noche del asesinato de María Yoruba.

Todos estaban en el recinto de la iglesia de Santa Ana pesando las velas. El padre permitía que los negros cantaran mientras trabajaban, siempre y cuando sus canciones no tuvieran palabras obscenas, ni bailes satánicos, como calificaba la iglesia a las danzas de su tierra. Eduarda comenzaba a entonar y los demás aplaudían.

> *Ay, pásame la vela*
> *que va a iluminar al Jesús resucitado*
> *arriba del altar. ¿Quién me da una vela?*
> *La voy a pesar y*
> *el padrecito bien contento está.*

Toñita no cantaba porque le dolía la barriga. Entonces Toribio siguió el canto, mientras ella llevaba a su hija a los árboles detrás de la iglesia. Ya estaba oscureciendo y las ramas cubrían el llano haciéndolo más sombrío. La niña se estaba demorando y la negra desgarró un pedazo del turbante con el que se envolvía el cabello, y le ordenó a Toñita que no se moviera. Mientras, fue corriendo al pozo a buscar agua para limpiarla una vez terminara de hacer sus necesidades. Cuando estaba halando agua del pozo, alguien la sujetó por la espalda.

—Sentía su horrible respiración en mi oído. Me decía «No hables, que vengo alborotado. Sólo déjame, quédate quieta, va a ser rápido». Su aliento era como si tuviera la boca llena de saliva y jadeaba como un animal. Me cubrió los labios y me violó. Todo estaba muy oscuro, yo sabía que conocía esa voz. Toñita me llamaba desde los árboles y él me decía que le dijera que esperara o si no le haría lo mismo. Al terminar desapareció como un demonio y yo, aunque estaba golpeada por su violento trato, busqué desesperada a mi hija. Tuve que disimular el llanto frente a ella. Aquel día el ruido de las campanas resonaban en mi oído como si fueran la risa del demonio. Alcé en brazos a Toñita y corrí hasta esconderme detrás del rancho de Josefa. Dolores Lucumí me siguió y cuando nos encontró me dijo en secreto que me había visto fornicando con otro hombre. Ella me chantajeó con contarle todo a Toribio.

— ¡Eduarda! ¡¿Qué me dices!?, ¿por qué no me lo contaste antes?! Cuánto lo siento. Y ¿sabes quién es ese desgraciado?

—¡No puedo decirte su nombre! Toda mi familia corre peligro. ¡Tengo mucho miedo! Nuflo dice que el oidor que vino de España está haciendo preguntas sobre el día del asesinato de María y que desea hablar conmigo.

Eduarda se tiró al piso y, como un bebé, lloró descorazonada. Manuela no sabía cómo consolarla. La esclavitud nunca andaba sola para perseguir a los negros, la acompañaban siempre los abusos y la tragedia. Prometió a Eduarda guardar el secreto y le arrancó el juramento de que no iba a cometer ninguna locura, pero en el fondo, cada vez veía más cerca la posibilidad de escapar a un palenque y llevarse con ella a todos aquellos que deseaban ser libres.

El Jueves Santo, después de la misa y por recomendación de don Benemérito, don Antonio Reyes, frente al gobernador, al escribano público, al alguacil mayor, al obispo y a don Juan de Palmas, firmó el documento en donde se redactaba la libertad de Bernardo por merced; el muchacho no tuvo que pagar nada por su liberación, y prometió a su jefe que trabajaría para él en el matadero hasta que se hiciera un viejito y no tuviera fuerzas para arrear las reses. Bernardo usó el apellido Pérez, igual que su madre. Damiana prometió que cuando ella fuera libre también usaría ese apellido.

El obispo estaba escandalizado y enfadado vociferaba en su oficina: «¡Cómo era posible que en plena Semana Santa iban a soltar a un reo y a celebrar su libertad!».

Decidió escribir una carta al virrey quejándose del actuar del gobernador y contándole los rumores sobre su apoyo a la ilícita actividad del contrabando.

Damiana seguía bordando sin descanso. Don Antonio había cumplido su promesa, por más que deseaba estar con la negra, no volvió a acercársele. Sólo la admiraba a través de las rendijas de la puerta, mientras ella cosía. Le pagó 100 pesos por la primera pollera, eso era mucho más de lo que le habían dado los contrabandistas, pero Damiana aún seguía a la espera de que doña Catalina pusiera el precio de su libertad.

Tomasa Núñez fue interrogada. Las autoridades se dieron cuenta de que no tenía nada que ver con la muerte de Dolores Lucumí pero supieron que utilizaba información que conseguía pagándole a algunas personas para favorecer sus negocios. Le retiraron el permiso de compra y venta de esclavos, quedando Mateo Izaguirre como único dueño de la licencia en la ciudad, a él no se atrevieron a tocarlo. La negra tan sólo pudo mantener su negocio de comercialización de cacao y tabaco.

El Viernes Santo los arrabaleros realizaron su procesión. La cofradía del Señor Sacramentado, fundada por Mateo Izaguirre, fue la más lucida. En ella participaban un gran número de negros libres, artesanos, cocineras, costureras, fruteros y comerciantes de extramuros. Todos agradecían a don Izaguirre por permitirles ser parte de aquella asociación, bien vista por la iglesia que les ofreció beneficios como la indulgencia plenaria al comulgar y cumplir con las confesiones, espacios en los cementerios para ser enterrados, además de poder acompañar al Señor Sacramentado, entre otras ventajas. Por todo ello los miembros debían pagar tan sólo 3 pesos al año.

Los vecinos de intramuros se reunieron en la iglesia de la Merced para conmemorar la muerte de Jesús. La Puerta de Tierra permanecía cerrada. De regreso a la casa, Catalina les dijo a sus hijas que necesitaba hablar con ellas.

—Isabel y Carmela, vuestro padre no despierta, debemos tomar una decisión sobre las empresas o nos iremos a la ruina. Han llegado varias cartas de los acreedores, pero Cristóbal nunca me dijo dónde guardaba el dinero, ni cómo realizaba sus negocios —explicaba doña Catalina, angustiada, a sus hijas, sin poder controlar el movimiento de su mano.

—Madre, ¿te sientes bien? Tu mano no deja de temblar desde hace varios días.

—No estoy bien, Carmela, pero es más importante saber cómo haremos para no perder todo lo que tu padre ha construido.

Isabel no opinaba. Desde que recibió la carta de don Juan no había hecho más que meditar en si debía escaparse o abandonar la idea de aquel loco amor.

—Hermana, ¿tú qué piensas? —preguntó Carmela.

—Pienso que aún nuestro padre no ha muerto, esperemos unos días y si no despierta, vendamos todo.

—¡Isabel! —expresó doña Catalina.

—¡Madre! Ninguna de nosotras sabe manejar esos negocios. En esta ciudad hay una gran cantidad de tramposos rogando que mi padre fallezca para ir tras las licencias de importación y exportación. ¿Cómo los vamos a enfrentar?

—Nos vamos a la ruina —musitó Carmela.

24

Manuela no dejaba de pensar en lo que Eduarda le había contado. Se sentía con las manos amarradas, porque la negra le había rogado que no dijera una palabra de aquel nefasto secreto, pero no se lo podía ocultar a Damiana. Nadie iba a defenderlas porque no era extraordinario que una esclava fuera abusada, pero tal vez el violador era el criminal. El sábado le pidió a la negra que la acompañara al rancho de su abuela y ahí le reveló todo.

—Manuela, Eduarda no dirá el nombre de ese maldito. Esto no se puede quedar así. ¿Qué tal que haya sido el mismo asesino de María y Dolores?

—¡Tienes razón! ¿Qué hacemos, Damiana?

—No lo sé. Déjame pensar.

—Negra, tengo que decirte otra cosa —Manuela se sentó en la hamaca de su abuela y con palabras seguras dijo—: Voy a escaparme.

—¡¿Qué?! Pensé que te habías quitado esa idea de la cabeza.

—Yo también, pero la vieja Catalina nunca me dará mi libertad, prefiero largarme a buscar a mi madre y voy a decirle a Eduarda y a Toribio que se escapen conmigo.

Damiana no salía de su asombro. Siempre fue ella la que lideraba los planes de libertad. Pero esa conversación con

Manuela volvió a darle fuerzas. Podían volver a trenzar el mapa del palenque. Ella lo recordaba con claridad, aunque ya habían tirado al mar aquel pedazo de papel para no ser acusadas, y seguir el plan iniciado con María Yoruba. Al día siguiente hablaría con su patrona sobre la cifra que debía pagar por su emancipación y si no recibía una respuesta, retomaría el camino de la fuga.

Don Benemérito iba llegando a la vivienda de los Fernández Bautista cuando se encontró con una negra que parecía ser Eduarda.

—Buenos días.

La mujer, al verlo, se fue corriendo y se encerró en el cañón.

El oidor se quedó estupefacto con la reacción de la esclava y al voltear vio a Rodrigo de la Cruz observándolo desde una distancia prudente.

—Don Rodrigo, qué gusto saludarlo.

—Oidor, veo que va por largo su estadía en nuestra ciudad.

—Debo hacer unos reportes que van a tomar algún tiempo.

—¿Sobre los esclavos?

—No, sobre el contrabando.

—Ah, es que como lo he visto hablar mucho con los negros.

—Don Rodrigo, veo que está usted muy atento —diciendo esto, se dio la vuelta y continuó su camino.

Cada vez sospechaba más que Rodrigo de la Cruz tenía algo que ver con los asesinatos. El sacristán se quedó parado frente al portal. Carmela venía de dar un paseo con su esclava y vio al hombre mirando hacia el interior del cañón.

—¡Don Rodrigo! ¿Qué se le ofrece?

El sacristán, al ver a una de las hijas de la casa, dio una excusa tonta y se fue. Carmela nunca había confiado en él, desde siempre su mirada le parecía lujuriosa y mal intencionada. La joven entró al cañón, se escuchaba como si una persona gimoteara. Abajo de uno de los catres estaba Eduarda con un cuchillo en el cuello, temblando de miedo sin poder hablar. Carmela, como pudo, le quitó el arma y subió a su cuarto, le contó todo a Isabel, que también le tenía desconfianza a Rodrigo. Cuando llegó Damiana sus patronas le hicieron saber lo que había pasado. La esclava comenzó a sospechar que el hombre tenía algo que ver con la violación de Eduarda, pero no podían acusarlo sin estar segura. Sería su palabra contra la de un blanco y, peor aún, un servidor de la iglesia. Si le contaban a Toribio, éste iría a matarlo y eso le costaría la horca. Por lo pronto, Damiana y Manuela decidieron estar pendientes de Eduarda y no dejarla sola para que no intentara hacerse daño.

Isabel leía la carta de don Juan una y otra vez. Estaba casi decidida a escaparse, ésta era su oportunidad, cuando una esclava la avisó de que Gonzalo Urriola la esperaba en la planta baja. La joven enredada en sus pensamientos contradictorios no quería darle la cara al apuesto muchacho. Le mandó a decir que se sentía indispuesta. Gonzalo se retiró y en su casa le escribió una nota, que tampoco fue contestada por Isabel.

Don Benemérito no perdía las esperanzas de hablar con Eduarda, pero debía disimular porque el sacristán lo estaba vigilando y eso lo hacía sospechar más de ese hombre que se había escudado en la iglesia. El oidor conocía bien a esa clase de criminales y no iba a perderle la pista.

—Don Juan, le aseguro como que me llamo Benemérito del Castillo Cabrera y Real que el hombre que estamos buscando es don Rodrigo de la Cruz. Debemos ponerle una trampa y sólo la negra Eduarda nos puede ayudar, pero no quiere hablar. ¿Qué podemos hacer? —el comandante trataba de prestar atención ante lo que el oidor decía, pero parte de su mente estaba perdida en la huida con Isabel. El oidor le tocó el hombro y don Juan dio un brinco—. ¿Se siente bien?

—Sí. Perdón, señor. Voy a mandar a llamar a Eduarda para indagarla.

—¡Ni se le ocurra! —exclamó don Benemérito. Todos sus años de experiencia le habían hecho ser cauto a la hora de colocar una pieza importante en el rompecabezas de un crimen—. Mejor vamos a vigilarlo por unos días mientras pensamos en una trampa. En cualquier momento el asesino va a cometer un error y usted y yo vamos a estar ahí para apresarlo.

Don Juan asentía con la cabeza, lo que no sabía el oidor era que el comandante estaba pensando en escaparse con su amada al día siguiente.

Isabel no había probado bocado, en silencio, sólo iba a la habitación de su padre a besarle la frente y a pedirle que la perdonara. Gonzalo, impaciente, regresó a casa de los Fernández Bautista en la tarde del sábado, pero Isabel tampoco lo atendió. Al muchacho se le veía recorrer las calles cabizbajo. Doña Beatriz de Urriola, preocupada por su hijo, juraba que esa insurrecta jamás pondría un pie en su casa.

Al amanecer, los gallos del arrabal se encargaban de levantar a todos. Era Domingo de Resurrección, un día muy especial para los buenos cristianos. La gente usaba sus mejores galas para ir a comulgar el día que Jesús había vencido a la muerte.

Ana tomó la decisión de convertirse en monja en agradecimiento porque su hijo Bernardo había salido de la cárcel y ahora era un hombre libre. Junto a la hermana Lucía, comenzaba a entrar a la vida religiosa.

Doña Catalina, Isabel, doña Eleonor y Carmela fueron acompañadas de Damiana y Manuela a la misa. Gonzalo, al ver a Isabel, corrió a saludarla, pero ella no le habló y lo trató con indiferencia.

A doña Catalina casi le da un síncope y excusó a su hija frente al joven Urriola.

—¡Te lo dije, Sergio! La altanera de Isabel Fernández está haciéndole malacrianzas a nuestro hijo —susurraba doña Beatriz.

—Querida, por favor, ésas son peleas de enamorados. ¿Acaso no recuerdas cuando tú y yo éramos jóvenes? Haz memoria de lo mal que me tratabas. Cuantos más desplantes me hacías, más me emperraba en conseguirte —le respondía el marido.

Damiana se dio cuenta de que algo no estaba bien con su joven ama. Ya no dejaba que Cometa entrara a su cuarto. El perro se la pasaba con Nuflo.

—Isabel, ¿Gonzalo te ha hecho algo? —preguntó la esclava.

—No, pero no me interesa tener ninguna relación con él, por favor, no me hables de ese tema.

Damiana sabía que esa reacción tan sólo podía haber sido causada por don Juan de Palmas.

Al terminar la misa, los sacerdotes recomendaron a los feligreses que se resguardaran en sus casas. Los arrabaleros siguieron el consejo porque se asustaban hasta de su propia sombra y no deseaban terminar como María o Dolores. Esto fue un golpe bajo para los vendedores de frutas y viandas de la plaza de Santa Ana. No pudieron recoger el dinero por sus productos ya que las calles estaban inusualmente desiertas y todas las puertas cerradas. La incertidumbre y el miedo habían invadido a la ciudad.

El obispo, sentado en su escritorio, reclamaba que ésta era la Semana Santa más deslucida que había vivido en su vida.

—Por eso a esta ciudad le pasan las tragedias. Se han alejado de Dios y las siete plagas nos están cayendo. Un gobernador corrupto llevará a su pueblo a la ruina moral y espiritual. Que Dios ampare a Panamá.

Manuela debía ir al bohío de su abuela a recoger unos hilos. Le pidió a Eduarda que la acompañara y Carmela, que comenzaba a actuar como jefa de familia, les dio el permiso.

De regreso a la casa, Isabel se cambió y se puso un vestido más ligero. No podría llevarse nada de equipaje para no levantar sospechas. Guardó un pañuelo bordado por Damiana como recuerdo. Había deseado con ansias este momento, pero ahora no lo sentía como lo había imaginado. ¿Valía la pena abandonar a su padre que estaba a punto de morir? Damiana había entrado a sus aposentos y conversaba con Carmela, que reía y le contaba algunas de sus hazañas en Natá. Isabel las veía mientras asimilaba que nunca más volvería a ver a su gran amiga y a su hermana. Por más que tuviera una mala relación con su madre, la iba a abandonar cuando más la necesitaba. También se sentía muy mal por el desplante que le había hecho a Gonzalo. El muchacho no lo merecía y si no fuera por esa obsesión que sentía por don Juan, le hubiera dado una oportunidad. Por otro lado, el comandante De Palmas estaba dejando a su mujer y a su hijo nonato por ella.

Mientras Damiana y Carmela hablaban, la joven fue a la habitación de sus padres a darle el último adiós. Vio a su madre arrodillada, rezando. Se acercó y le dio un beso en la cabeza. Doña Catalina lloraba sin parar. Isabel la abrazó y le pidió perdón. Recorrió su casa y en el estrado dejó tres cartas, una para Carmela y otra para Damiana, la última estaba dirigida a sus padres. Salió de su hogar, cruzó la Puerta de Tierra, el umbral que marcaba el inicio hacia una nueva vida, donde todo lo que conocía y amaba quedaba atrás. Las lágrimas brotaban de sus ojos recordando sus juegos con Damiana, el rostro hermoso de su hermana Carmela, lo injusta que siempre había sido con su madre, los abrazos y consentimientos de su padre y, aunque hubiera llegado hace poco, recordó el pelaje y las gracias de su perro Cometa. Se limpió su rostro y encaró una de las decisiones más difíciles de su vida. Llegó a playa Prieta donde don Juan la esperaba. El hombre, al verla, la abrazó y entre el susto y la ansiedad del momento sintió alivio ante la certeza del amor de la mujer de su vida. La ayudó a subir al bongo que los llevaría entre las olas del Pacífico al puerto de Perico.

Doña Catalina terminó de rezar. En la casa se sentía un silencio particular. Caminó hasta la cama donde su marido se debatía entre la vida y la muerte.

—¿Qué voy a hacer sin ti?

Catalina cerró los ojos y escuchó a Cristóbal llamar con una voz baja a su hija.

—Isabel, Isabel.

La mujer empezó a gritar. Carmela y Damiana corrieron apresuradas y vieron a don Cristóbal agitarse y clamar por su hija mayor. Doña Eleonor, que estaba en la otra habitación, escuchó el revuelo y también fue a ver qué sucedía.

—¡Negra! ¡Busca a Isabel! —le pidió Carmela a la esclava.

Damiana revisó todos los rincones de la vivienda y no la encontró. Fue al estrado y ahí estaban las cartas. Agarró la suya, la abrió y salió por la puerta principal de la casa corriendo hacia playa Prieta. En la Puerta de Tierra alegó que su ama la estaba esperando en el arrabal y como los guardias habían visto pasar a Isabel hacía poco, no pusieron objeción en dejar salir a Damiana.

En la casa algunos negros hacían sus labores y los demás estaban dentro del cañón. De pronto se escucharon los gritos y varios esclavos corrieron adentro a ver qué sucedía. ¡El patrón había vuelto a la vida! Todos comentaban que era un milagro y que don Cristóbal había sido bendecido por Dios y por las deidades yorubas a las que algunos rezaban.

Dentro del rancho de Josefa, Manuela recogía algunos hilos. Eduarda barría el patio que se había llenado de hojas. Rodrigo rondaba por los predios del arrabal y vio sola a la negra. Aprovechando el silencio de las calles desiertas entró al patio de Josefa. Eduarda, al ver al hombre quiso escapar, pero él la atrapó y le ordenó que caminara y lo esperara en el pozo detrás de la iglesia de Santa Ana, ¿o quizás prefería ver a su hija muerta? Eduarda soltó la escobilla y se alejó del rancho. Don Benemérito, que había estado vigilando a Eduarda, la observó salir rumbo a la iglesia de Santa Ana seguida por el sacristán. Esperó a una distancia prudente y los siguió. Era tarde para ir al cuartel a buscar a don Juan, por lo que le ordenó a un aguatero que fuera a la Puerta de Tierra y les dijera a los guardias que buscaran al comandante para que fuera con urgencia atrás de la iglesia de Santa Ana.

A Damiana le faltaba el aire, pero seguía corriendo hasta que llegó a la playa y vio el bote con su joven ama y don Juan alejándose de la orilla.

—¡Isabel! ¡¿Qué estás haciendo?! —la muchacha escuchaba a Damiana y se tapaba los oídos mientras don Juan la abrazaba.

La negra seguía gritando desde la orilla, exaltada.

—¡Isabel, tu padre ha despertado! Pregunta por ti. ¡Vuelve!

La joven oyó a Damiana y le dio un vuelco el corazón.

—¡Juan, tengo que regresar! ¡Esto no es correcto!

—¡Isabel, es nuestra oportunidad! Si no nos vamos ahora no será nunca.

Isabel recordó las palabras de su padre.

—Entonces no será nunca. ¡Dejar ir también es amar! ¡Hombre, regrese a la orilla! —ordenó al bonguero.

Damiana, al ver que el bongo dio la vuelta, comenzó a brincar de impaciencia. Entró a la playa y ayudó a Isabel a salir del bote. Se abrazaron y echaron a correr tropezando con sus sayas mojadas. Don Juan, abatido, caminaba hacia la Puerta de Tierra cuando los guardias lo atajaron y le dieron el mensaje del oidor.

Cerca del solitario pozo de la iglesia de Santa Ana, Rodrigo se abalanzó sobre Eduarda, sacudiéndola y tratando de ahorcarla.

—No puedo dejarte vivir porque con el oidor acosándote, eres capaz de ir a contarle todo lo que te hice.

Eduarda luchaba por su vida, el sacristán se reía con una risa siniestra, fuera de sí, al tiempo que se delataba:

—Tuve que hacer un esfuerzo para estar con la negra Dolores. Me daba asco cada vez que la veía en la iglesia. Era como un demonio y yo tenía que acabar con ella para que no entrara más ante el altar de Dios. A María la asesiné por no amarme. Estuve mucho tiempo declarándole mi amor, pero ella se creía inalcanzable. Aquel día la saludé y le hice señas para que viniera hacia mí. ¿Sabías que se iba a fugar a un palenque? ¡Pobre tonta! Me confesó todo cuando la iba a matar. Vendió unas polleras a los contrabandistas en el muelle para escaparse. ¡Tenía en su faltriquera una bolsita azul llena de monedas y unos caracoles! Yo no la iba a dejar ir, si no era mía no era de nadie. ¡Incluso pensé en hacerla mi esposa frente a Dios! Con la misma calma con que ella me rechazaba cada vez que le juraba mi amor, le corté el cuello. Me apresuré a terminar de matarla y a arreglar los caracoles a su alrededor. Se veía muy bonita con la sangre corriendo por su cuerpo. Gracias por ayudar a tirar mi casaca manchada de sangre al pozo. Tuve que desfogar mi lujuria contigo y fingir ante el padre para que pensara que yo estaba impresionado por lo que le había ocurrido a la María Yoruba. Saqué todas mis fuerzas y halé las campanas para advertirles. Me divertí viéndolos correr como animalitos espantados. Te juro que hace mucho tiempo no mataba a nadie. Los últimos fueron Ambrosio de la Cruz y su mujer, en España. Después vine a esta pocilga de ciudad a hacer una nueva vida. La familia del viejo Ambrosio había muerto y yo me hice pasar por su hijo. Traje un retrato de él que le robé. Con eso bastó para cobrar la herencia y poder adueñarme de la casa —Eduarda estaba horrorizada. El hombre continuó—. ¡Qué alivio!, tenía que desahogarme con alguien y tú fuiste la elegida. Ahora te voy a matar por lengua larga, después iré por tu hija, le agarraré las trenzas y se las cortaré antes de violarla y degollarla. Pero no voy a quedarme viviendo en esta fastidiosa ciudad. Así que nunca me capturarán.

El criminal musitaba una retahíla de locuras mientras trataba de quitarle la vida a Eduarda.

Ella intentaba gritar, pero no le salía la voz por la presión de las manos del asesino en su garganta. El crucifijo que Rodrigo llevaba en su cintura se bamboleaba como un badajo ominoso.

—¡Suelte a esa mujer! —gritó don Benemérito

El asesino, liberando a su presa se abalanzó sobre el oidor. En medio del forcejeo el oidor le arrancó el crucifijo y dejando a la vista el fino y puntiagudo puñal que se escondía en su interior con el cual había matado a María Yoruba, Benemérito se lo clavó a Rodrigo en el corazón. Don Juan alcanzó a ver la trágica escena. Y luego todo ocurrió muy despacio.

El sacristán miró, con los ojos desorbitados, la empuñadura que sobresalía del lado izquierdo de su pecho. Boqueó dos veces, como buscando aire y sus piernas fueron doblándose poco a poco hasta quedar arrodillado en el suelo. Luego cerró los ojos y se desplomó sobre su costado.

Mientras la negra gritaba y berreaba, don Benemérito se llevaba una mano a la frente. «Mire usted en lo que he quedado yo metido», se decía.

—Don Benemérito, ¿se encuentra bien?

—Estuve cerca, don Juan. Yo que vine a hacer un reporte sobre el contrabando y he terminado cazando a un criminal. Pero ¿dónde estaba usted que demoró tanto?

El comandante guardó silencio y pensó que era mejor no retar a Dios, porque él siempre pondrá orden y nos devolverá al sitio al cual pertenecemos.

El lugar se fue llenando de gente como un dulce se llena de hormigas. Toribio llegó desesperado y abrazó asustado a su mujer. Más tarde, cuando recuperó la compostura, Eduarda le contaría a su esposo parte del acoso y las amenazas de las cuales había sido víctima, pero nunca le confesó que el asesino la había violado, tuvo miedo de que Toribio no la volviera a mirar con los mismos ojos de amor. El negro en silencio supo que era hora de huir y proteger a su familia.

Los guardias rodearon al muerto y la noticia corrió como pólvora en el arrabal. El padre Víctor estaba impactado al ver a su sacristán muerto tirado en la tierra con el puñal que escondía su hermoso crucifijo enterrado en el pecho. Recordó el rostro del muchacho el día de la muerte de María Yoruba. El noble sacerdote había llegado a considerar a Rodrigo como un hijo y lo aconsejaba para que siguiera la vida religiosa. Con sentimientos encontrados se hizo la señal de la santa cruz, rezó y le dio la absolución al muerto, para que aquella alma perturbada encontrara la luz perpetua.

Don Chema preparaba un arreglo de flores para el altar cuando oyó el chillido y vio a la gente correr hacia la parte de atrás de la iglesia. Dejó todo y mientras caminaba escuchaba los comentarios de los arrabaleros:

«Siempre sospeché que él era el criminal», «No servía ni para tocar las campanas», «Llegó a la ciudad y todo mundo le creyó», «Dicen que la negra Eduarda era su amante, pero que su verdadero amor siempre fue María Yoruba».

25

En el salón de la residencia de doña Beatriz se realizó la celebración, a la cual sólo asistieron selectas familias intramuros. Sin embargo, en lugar de sumergirse en el regocijo de la llegada del primogénito de los Urriola Vargas, la velada se vio eclipsada por todo lo que había ocurrido en la ciudad y los chismes que circulaban en torno a los Fernández Bautista. Doña Beatriz, como anfitriona, trataba de mantener la compostura, pero los invitados no se contuvieron al expresarse de una manera soez sobre Isabel y su entorno familiar.

Gonzalo estaba enojado y antes de hacerle una malacrianza a su madre escapó de la encerrona que le tenían las jóvenes solteras, quienes pensaron iban a caer en gracia con el guapo militar. Después, sin que se dieran cuenta, se escabulló y sus pasos desesperados lo llevaron a casa de Isabel.

—Hermana, sé que no tienes ánimos de ver a Gonzalo Urriola, pero está en la entrada preguntando sobre la salud de nuestro padre —le dijo Carmela.

Isabel reflexionó y reconoció con sinceridad que no había sido buena persona. Tal vez no estaba dispuesta a iniciar tan pronto una relación, pero en el fondo le agradaba Gonzalo y pensó que podía darle una oportunidad. Así que se llenó de valor y bajó las escaleras con Cometa siguiendo sus pasos. Gonzalo ya estaba retirándose para regresar a su casa a verle la cara a la hipócrita sociedad panameña. Una vez más se iba decepcionado, estaba enamorado de la joven, pero se daba cuenta de que no lograba conquistarla. Cuando escuchó la voz de Isabel pronunciar su nombre, el perro corrió a saludarlo y el joven volvió a ver esos ojos azules que lo llenaban de esperanzas.

Doña Catalina estaba feliz porque su marido poco a poco recobraba el conocimiento. A pesar de las advertencias del doctor, de dejar descansar al paciente, ella no se aguantó y comenzó a contarle todo lo que había pasado en la ciudad.

—Rodrigo, el sacristán, resultó ser el asesino y estuvo a punto de matar a otra de nuestras esclavas, a Eduarda. ¿Te imaginas? Estaba obsesionado con nuestras sirvientas. ¡Quién sabe qué habrán hecho esas negras para provocarlo! —le decía con saña al hombre.

Eduarda recobró la tranquilidad y los domingos iba al rancho de Josefa donde Manuela les enseñaba a bordar a ella y a Toñita. Las telas de algodón, pequín y organza engalanaban la mesa esperando ansiosas ser adornadas por las cintas y los hilos. Poco a poco Toñita se fue convirtiendo en una alumna aventajada.

Damiana se reunió con su madre y con Bernardo en el arrabal.

—Ahora que el amo ha despertado, esperaré el momento prudente para pedirle que me deje pagar por mi libertad.

—Hija, ten cuidado con doña Catalina.

—Hermana, don Cristóbal puede ser muchas cosas, pero en el fondo es un hombre justo —dijo Bernardo ignorando que el patrón de su hermana lo había incriminado.

La negra pensaba que estaba decidida y si no le concedían su emancipación se convertiría en una cimarrona más.

Isabel y su hermana Carmela no se apartaban del lado de su padre. Las acompañaba Cometa, que había vuelto a ser el preferido de su dueña.

—Isabel, fuiste muy valiente renunciando a tu gran amor. Ojalá yo pudiera tener esos sentimientos tan bonitos y puros por alguien —susurró Carmela.

—No, hermanita, me di cuenta de que, si tenía que abandonar a mi familia por él, tal vez no era el gran amor que pensaba.

—Tienes razón, querida hermana. Te has vuelto muy sabia.

—Sé que a madre le tranquilizaría que estuviéramos prometidas. ¿Tú qué dices, Cometa? —el perro, como si supiera de qué hablaban, se daba la vuelta enseñando su panza para que le siguieran haciendo arrumacos.

—Isabel, creo que ya no quiero ir más a Natá, voy a dedicarme a aprender sobre los negocios de padre. Sé que tal vez por ser mujer me será más difícil pero no voy a rendirme —anunció, decidida, Carmela.

—Suerte con eso. Creo que eres muy capaz, pero vas a tener que ser muy valiente para enfrentar esta sociedad en donde la primera y última palabra la tienen los señores, en especial don Mateo Izaguirre que, con su ridícula peluca, querrá quitarte del camino.

—¡Ah, yo sé cómo domar a esos viejos! —dijo Carmela riendo con picardía.

—¡Ni se te ocurra, por favor, hermana!

La nueva semana despertó a los panameños con una gran noticia. Las autoridades habían levantado el toque de queda. El mercado de Santa Ana volvió a tener el mismo trajín de siempre. A los vendedores se les veía esperanzados ofreciendo sus frutas y viandas. Los arrabaleros volvieron a usar sus ratos de ocio para conversar alrededor de la plaza. Las cantinas reabrieron y se sentía en el ambiente un gran ánimo.

Doña Catalina venía de confesarse con el padre de la iglesia de la Merced. Habló de todos sus pecados menos de la brujería que le había hecho a su marido empujada por la Lucumí. Ése se lo contó ella directamente a Dios. Lo único que le preocupaba eran los espasmos que cada vez más afectaban a su mano y le perturbaba que la hija de su peor enemiga conocía su secreto. Cuando bajó de su palanquín vio a Manuela hablando con Toribio. No pudo contenerse y le gritó en plena calle:

—¡Negra! ¿Ya cosiste mis vestidos? Te la pasas habla que habla y no haces tus labores. ¡Entiende que tú eres una esclava! Tu trabajo siempre será arrodillarte por donde yo pase.

Damiana venía saliendo del cañón y al ver la algarabía, no pudo aguantarse. Fue hasta donde su ama y plantada delante de ella vociferó.

—¡¡Ella no es una esclava y ahora que el patrón termine de mejorar, voy a pedirle el monto de nuestra libertad!!

—Damiana, cálmate —intervino Manuela al ver la furia de su amiga.

Doña Catalina sintió que la sangre le hervía y frente a todos los que caminaban por la Calle Real de la Merced, con su mano sana, le propinó una cachetada a Damiana. La esclava no se quedó atrás y agarró a la patrona por las greñas rompiéndole la mantilla sevillana con que se cubría la cabeza. Aquello fue un espectáculo vergonzoso.

—¡¡Auxilio, rebelión!! —gritaba la vieja Catalina mientras Damiana le daba sus buenos pescozones.

Los vecinos salieron de sus casas y los esclavos, de los cañones. Damiana estaba prensada a los pelos de su patrona. Manuela trataba de separarlas, mientras pedía ayuda a gritos. Eduarda y Matilda corrieron a agarrar a Damiana, que se movía como un animal salvaje golpeando el rostro de su dueña. Doña Beatriz iba cruzando en su calesa en ese momento y vio a su futura consuegra en plena pelea callejera con la esclava.

—Esto no lo pensé ver nunca. Dios mío bendito, aparta a mi hijo de esta basura de gente.

Carmela e Isabel se apresuraron a sujetar a su madre y Nuflo atajó a Cometa, que pensaba se trataba de un juego y corría detrás de las dos mujeres enredadas en el altercado.

En el cuartel don Benemérito hablaba con el comandante.

—Don Juan, ¿sabe usted que la esclava María Yoruba iba a fugarse la noche del asesinato?

—No lo sabía, y ¿cómo se ha enterado usted?

—Rodrigo de la Cruz confesó a Eduarda, con frialdad en su voz, que en medio de la desesperación María Yoruba, al verse amenazada por él mismo, reveló el plan de fuga que había urdido con sus amigas. Yo le narré todo al escribano público menos esta parte, porque ya la esclava está muerta y preferí hablarlo primero con usted. Y eso no es todo. El asesino le confesó a Eduarda que María había vendido unas polleras a unos contrabandistas en el muelle para tener dinero y lograr escapar.

Don Juan levantó la mirada. Ahora todo encajaba. Entendió por qué Damiana fue al muelle de playa Prieta aquel día que Isabel estaba en su oficina. Fueron los contrabandistas quienes le dijeron que a María Yoruba alguien la había saludado en dirección al camino del Chorrillo.

—Don Benemérito, déjeme eso a mí. Bastante ha colaborado a la resolución del caso —expresó el comandante a sabiendas de que esa parte del cuento se la guardaría y no acusaría a Damiana y a Manuela con los alcaldes de la Santa Hermandad—. Eduarda también declaró que el asesino estaba vestido con una larga casaca, una camisa negra y un pantalón del mismo color. Después de matar a María, se quitó la casaca llena de sangre, la amarró de una piedra y la tiró al pozo; entró a la iglesia y de esta manera nadie notó rastros de sangre en el resto de su ropa.

—Así es, don Juan. Usó la prenda de vestir para no manchar la otra parte de su atuendo. En estos días han limpiado el pozo y ha aparecido la casaca del sacristán. Pero bueno, es hora de que yo haga lo mío. Esperaré unos días para ir por los lares de playa Prieta a investigar sobre esa ilícita actividad que está mermando las arcas reales. En fin, para eso vine a Panamá —dijo el oidor del crimen riendo mientras se tomaba una copa de vino.

En ésas estaban el oidor y el comandante cuando escucharon los gritos y un guardia tocó la puerta con violencia.

—¡Don Juan, hay una rebelión de negros en la calle Real de la Merced!

—¡Carajo! Pero ¿es que nunca vamos a vivir tranquilos en esta ciudad? —vociferó el miliciano y salió acelerado.

Al llegar vio aquel espectáculo de gente atajando por un lado a la esclava y por otro lado a la esposa de don Cristóbal, despeinada e histérica. La negra Damiana tenía las enaguas levantadas y la camisa rota; gritaba como una loca que la soltaran, que no había terminado con la Lamecharcos. Ana, que estaba llegando a la Iglesia de la Merced, al ver el altercado, se aproximó veloz hasta donde su hija y trataba de calmarla.

—¡Damiana, no, por favor!

—¡Estoy harta, madre! Esa mujer es malvada, nos trata como si nuestras vidas valieran menos que las de ellos. También somos seres humanos. ¡Maldita vieja Catalina! ¡Te odio! —escupía la esclava y le soltaba otro zarpazo tratando de llegarle a su patrona.

Los demás esclavos asentían con la cabeza uniéndose al sentimiento de Damiana, pero temerosos porque si alguno de ellos osaba hablar, sus dueños los amarrarían y les darían la cantidad de azotes correspondientes para que entendieran que, por más que se enojaran y gritaran, sus vidas no iban a cambiar, habían nacido negros y la esclavitud los perseguiría en esa vida y en la otra.

Don Juan, en el fondo de su corazón, entendía a Damiana, pero con dolor en el alma ordenó a los guardias que la apresaran. Ana se arrodillaba rogando piedad para su hija.

La hermana Lucía la sostenía consolándola. Isabel y Carmela, junto a doña Eleonor, auxiliaron a doña Catalina, que estaba llena de moretones y chichones.

La esclava fue apresada por unos violentos guardias que casi la arrastraron en el medio de la turba hasta el cuartel. La metieron en una celda y el comandante se acercó para hablar con ella.

—¡Damiana, tienes que calmarte! —la mujer respiraba como un toro bravo—. Has sido muy valiente, negra, pero tú sabes cómo son las cosas. Trataré de hablar con el gobernador para que la pena no sea tan severa.

La negra levantó el rostro y expresó con rabia:

—¡Aunque me hayan apresado, mi espíritu nunca se doblegará y siempre buscará su libertad!, ¡porque todos tenemos el derecho a ser libres y eso no lo determinan las injustas leyes de los blancos que sólo miran el color de la piel y no la valentía del alma! ¡Me pueden matar, pero jamás van a lograr esclavizar mi mente, ni callar mi voz!

Aquel día quedaría escrito en la historia de Panamá como la primera vez que una esclava se rebelaba ante su ama en plena calle, retando el sistema esclavista.

En la residencia de los Fernández Bautista, Isabel hizo el intento de ir a ver cómo estaba su amiga, pero su madre, llena de ira y mirándola a través de las greñas alborotadas, le advirtió:

—Si tú sales de esta casa a ver a esa negra salvaje, no entras más.

Carmela agarró a su hermana y le susurró.

—Ahora no, Isabel, Damiana va a estar bien.

Por la algarabía, don Cristóbal se asomó a la escalera y vio a su mujer desarreglada, angustiada y sin poder controlar los espasmos de su mano. En silencio recordó las palabras de Josefa: «... Y escucha, español, la persona que te ha hecho brujería también sufrirá las mismas angustias que tú estás viviendo. La verás temblar sin control».

En unos minutos la noticia corrió como la pólvora dentro y fuera de las murallas. Algunos se reían a carcajadas llamando a doña Catalina con todos los apodos y describiendo su aspecto tras la zurra que le había dado la esclava.

Tomasa Núñez se enteró del pleito y tan sólo dijo:

—Ya era hora de que alguien le diera su merecido a esa lamecharcos.

La negra Núñez había aceptado por fin que la ciudad de Panamá no era para ella y decidió mudarse a Natá para dedicarse al negocio de la ganadería. Como parte de su último pago por la venta de esclavos, Mateo Izaguirre le mandó unos cuantos pesos. Tomasa no los aceptó.

—Dígale que se los regalo para que compre otra ridícula peluca nueva y la use el día que le den su falso título nobiliario.

La negra partió hacia el interior en su calesa, acompañada de todos sus esclavos. Junto a ella, iba Bartolo Mina, quien por fin había conseguido que el amor de su vida lo aceptara. El negro Mina era el encargado de los negocios ganaderos. Fue un esposo amoroso e hizo muy feliz a su mujer.

La luz de la luna se colaba por los barrotes de la ventana de la celda e iluminaba los rulos espelucados de Damiana. Un ruido hizo que la negra levantara la cabeza y vio a don Antonio entrar a su calabozo.

—Tiene sólo unos minutos —le advirtió don Juan.

El español la abrazó.

—Escúchame, vamos a salir de esto. Yo te voy a ayudar.

La negra se dejaba rodear por esos brazos firmes. El hombre le había llevado pan y un poco de agua limpia.

Así pasaban los días. Don Juan la interrogó sobre lo que el asesino había dicho de la fuga de María Yoruba, pero Damiana no soltó una palabra.

—Negra, varias veces me ayudaste a estar con Isabel. Voy a dejar que todo ese asunto del negocio con los contrabandistas muera con la negra Yoruba.

Damiana sabía que, si le sumaban esos cargos, la horca sería su inminente destino. Con la voz baja sólo pudo decir:

—Gracias.

Su madre, su hermano y Manuela esperaban afuera del cuartel todos los días para saber qué pasaría con ella. Hasta que un día el alguacil mayor de corte llevó la nota a la oficina de don Juan.

Por mandato de la Real Audiencia, en representación del excelentísimo virrey del Nuevo Reino de Granada y del honorable gobernador Dionisio Alcedo y Herrera han designado el día veintisiete de agosto del año de Nuestro Señor 1745, como la fecha prestablecida para llevar a cabo el juicio contra Damiana Fernández. Los cargos que se le imputan incluyen delitos de rebelión, insurrección y robo. Este juicio tendrá lugar en la plaza Mayor, corazón de nuestra ciudad, donde se reunirán los vecinos de intramuros para presenciar el proceso de justicia.

La presencia de todos aquellos concernidos en esta materia es requerida, conforme a lo estipulado por la autoridad competente.

—¿La están acusando de robo? —preguntó don Juan extrañado al alguacil.

—Sí, comandante. Al parecer la esclava lucraba de un negocio clandestino de bordados sin reportar las ganancias a sus patrones.

Todas las residencias dentro de la muralla recibieron la invitación para ser testigos del juzgamiento de la esclava rebelde.

Días antes del juicio de Damiana, don Benemérito se había despedido de la ciudad porque con todos los acontecimientos emocionantes que pasaban en Panamá era muy posible que le dieran ganas de quedarse a vivir en el istmo. Un grupo de negros lo llevó a lomo de burro hasta Portobelo, donde embarcó hacia Sevilla. En su travesía redactaría el reporte sobre el contrabando. Con sinceridad nunca vio al gobernador en alguna situación sospechosa, más bien, la ciudad de Panamá vivía momentos tan estrepitosos que le robaron protagonismo a esa actividad ilícita. Prefirió recomendar otra investigación ya que a don Dionisio aún le faltaban un buen par de años para terminar su labor.

El día del juicio la Plaza Mayor estaba rodeada de guardias. Prefirieron mandar a cerrar la Puerta de Tierra y la del Mar para que no se colaran arrabaleros en el acto. En primera fila estaban los jueces, con el escribano mayor de cámara, los alguaciles, procuradores, regidores, magistrados y el gobernador. En otra fila se encontraba el comandante De Palmas. De un lado la parte acusadora representada por doña Catalina Fernández Bautista, acompañada por el obispo. Don Antonio Reyes estaba sentado como espectador junto a Isabel y Carmela Fernández Bautista. Don Cristóbal, aún convaleciente, no asistió. Gonzalo ocupaba los puestos de atrás con sus padres y toda la crema y nata de intramuros. En una esquina de pie estaban Ana y Bernardo Pérez, Manuela y algunos esclavos compañeros de Damiana, quienes se lamentaban al ver el estado en que se encontraba la negra: encadenada de manos y pies, como una salvaje, lista para ser juzgada.

Las primeras acusaciones dictaban que Damiana era un mal ejemplo para los demás esclavos que sin duda seguirían sus pasos para rebelarse ante cualquier desacuerdo con sus patrones, poniendo en una constante inseguridad a la ciudad donde la mayoría de los habitantes eran negros esclavos, negros libertos, zambos y mulatos. La gente aplaudía ante esta acusación. Las lenguas ponzoñosas gritaban: «Si la sueltan es capaz de liderar una rebelión», «Ahórquenla y que sirva de ejemplo para los demás negros», «Esta ciudad pertenece a los blancos». Isabel se agarraba la cabeza a punto de comenzar una pelea con una mujer sentada al lado de ella. Carmela cambió de lugar con su hermana para que no se suscitara otro altercado.

Doña Catalina también culpó a la esclava de mantener relaciones a escondidas con don Antonio Reyes. El español, estoico en su puesto, no negaba los hechos. La amaba sin importarle los prejuicios de la sociedad. Las mujeres a su lado comenzaron a llamarlo en voz baja sinvergüenza, adúltero e indecente.

La última acusación fue por robo ya que no reportó a sus patronos las ganancias de su trabajo como costurera.

Los ánimos se iban caldeando, entonces llamaron a algunos esclavos como testigos, pero sus temerosas y endebles confesiones no lograron ayudar en nada a la defensa de Damiana.

En las noches, el comandante y don Antonio junto a Damiana deslindaban la difícil defensa. La negra deseaba acusar a doña Catalina de bruja por el envenenamiento causado a Isabel y a don Cristóbal, pero don Antonio le aconsejó que no lo hiciera porque eso extendería el juicio, y las probabilidades de que no le creyeran eran muy grandes. La sociedad panameña y el obispo pedían la cabeza de la negra revoltosa. La única esperanza era que don Cristóbal, como patrón de Damiana, convenciera a su mujer para darle el perdón a la negra.

—¡Cristóbal, jamás le daré el perdón a esa mujer! Ella y su madre me han humillado frente a todos. No vuelvas a pedirme piedad para esa negra que para mí no es más que una bestia —escupía doña Catalina.

Llegó el día de la sentencia y todos, ubicados en sus mismos puestos, escucharon cuando el cabildo encontró a Damiana Fernández culpable. Sería azotada y apresada por varios años. La negra encadenada de pies y manos miraba a todos sus enemigos. Muchos de los que la señalaban, en algún momento, habían compartido horas de pasión con ella.

Las mujeres de sociedad le gritaban prostituta. Varios le tiraban basura y lo que tuvieran en la mano como un acto de desprecio. Ella, con sus vestidos sucios y rasgados, miraba entre el público a su madre, a su hermano y a don Antonio, que se le veía muy afligido. Él sentía que era culpable por el destino de la negra. Pero incluso en esos momentos, la admiraba por la entereza que la mujer demostraba. El obispo, sentado junto a doña Catalina, la aconsejaba al oído y le decía que lo correcto era que la esclava no volviera a salir de la cárcel ya que los habitantes de la ciudad no descansarían tranquilos pensando en los ataques violentos que los negros podían planear.

Don Antonio habló con Isabel para que por piedad ayudara a su amiga. La joven y su hermana estaban dispuestas a hacer lo que fuera para sacar a Damiana de la cárcel.

Uno de esos turbulentos días, Isabel y Carmela hicieron que Ana hablara con don Cristóbal. Paseando con su padre, aún convaleciente, lo llevaron al callejón de las Ánimas donde lo esperaba la madre de Damiana. Ana vestida de novicia y con la frente en alto dijo:

—Vengo a apelar a su justicia. Don Cristóbal, si alguna vez hubo un sentimiento noble para mí en su corazón le ruego se lo devuelva a mi hija. Esto será lo último que le pediré en esta vida.

—¡Ana! —musitó el español al verla con aquel hábito religioso.

—¡Ahora soy la hermana Ana! —espetó ella levantando la barbilla.

Don Cristóbal recordó de nuevo otras de las sabias palabras de Josefa.

«Español, el que busca paz, encuentra la paz; el que busca el rejo, que se atenga a las consecuencias...».

Don Cristóbal al ver a Ana le vino a su memoria el recuerdo de aquel intenso amor. Juanito Criollo también lo trató de convencer mientras lo llevaba de vuelta a su despacho.

—Patrón, esto se lo debe usted a la negra Ana. Mire que no le cumplió el rancho bonito, ni ayudó a Bernardo cuando estuvo preso. No quede como un desgraciado. Usted dispense que se lo diga. Ana siempre fue buena con mi señor, ella nunca se hubiera atrevido a hacerle esos trabajos malignos que le dijo la difunta Josefa, que en paz descanse, le habían tirado. Cúmplale a la negra ayudando a su hija.

—Pero, negro, ¿cómo obligo a Catalina a que lo haga?

Juanito se asomó para cerciorarse que no estuviera la esposa de su patrón cerca.

—Yo tengo una idea, pero no sé si usted se atreva —el esclavo le susurró al patrón la única alternativa que podía hacer que su mujer aceptará darle clemencia a Damiana.

Don Cristóbal subió a su cuarto. Su mujer estaba rezando con la mano temblorosa.

—Catalina, ¿estás bien? Tu mano tiembla y te veo angustiada rezando todo el día.

—Cristóbal, cuando casi mueres me puse muy nerviosa y tal vez eso afectó mi mano —dijo la mujer levantándose asustada del pequeño altar que tenía en su cuarto.

—¿Segura que fue eso?, ¿no será que tú también tomaste de las hierbas que casi nos matan a Isabel y a mí?

Doña Catalina sintió un escalofrío en todo el cuerpo.

—No sé de qué hablas —murmuró.

—Sí que sabes. Llegaste muy lejos y a mí no me importa morir, pero con tus locuras estuviste a punto de acabar con la vida de nuestra hija. Tu empecinamiento te ha hecho perder la razón —doña Catalina lloraba en silencio sin poder negar su culpa—. Yo también he actuado mal con mis infidelidades, pero nunca sería capaz de envenenarte. Ahora Dios te da una oportunidad para expiar tus culpas.

—¡Ja! ¡Todo eso venía por ahí! Quieres que ayude a la hija de tu amante —expresó con rabia la mujer—. ¡No lo haré, aunque me muera!

—Si no lo haces, no te vas a morir, pero yo mismo iré a acusarte de tratar de matarnos a Isabel y a mí —espetó el marido de Catalina.

—¿Eres capaz de culparme para salvar a esa negra que me golpeó y que mancilló nuestro nombre frente a todos? ¿¡Te das cuenta de que si haces eso tus hijas quedarán marcadas para siempre!?

—Mis hijas son más listas que tú y que yo y cuando se enteren de lo que has hecho no te van a perdonar. Si quieres vivir en paz conmigo bajo el mismo techo, ofrécele clemencia a Damiana, yo iré en nombre de los dos a hablar con el gobernador.

Don Antonio y el comandante entrevistaron a varios esclavos que sin estar frente de los magistrados denunciaron la miseria de comida que recibían en la casa de los Fernández Bautista y que la mayoría del tiempo realizaban largas jornadas de trabajo con el estómago vacío. Por esta razón, varios hacían labores clandestinas para poder alimentarse. Informaron que todas las veces que le pedían a su ama más comida, ella los mandaba azotar. Estas declaraciones fueron escritas y entregadas al gobernador.

Don Cristóbal, en contra de lo que su mujer dijera y apoyado por sus hijas, solicitó al cabildo que revisaran la condena de Damiana, ya que él estaba dispuesto a darle el perdón y pidió a las autoridades el permiso para concederle la libertad. Las autoridades, en un segundo juicio, tomaron la denuncia de los esclavos de la familia Fernández Bautista y la palabra del mismo don Cristóbal, hicieron una revisión del caso no sin antes escuchar la opinión de la parte demandante. El obispo, que no estaba de acuerdo, intervino y solicitó que le dieran la potestad a doña Catalina para que fuera ella quien diera la última palabra. Catalina, al ver el rostro de su esposo decidido a acusarla de bruja, le concedió el perdón a Damiana. De nuevo el obispo levantó su mano y pidió a los jueces que le dieran el derecho a doña Catalina de imponer el monto que la esclava debía pagar por ser emancipada. Unos aplaudían de acuerdo y pocos apoyaban a la negra con su silencio. Doña Catalina se aseguró de pedir una cifra alta para que la esclava no la pudiera sufragar. Damiana siempre pensó que su libertad costaría los mismos 400 pesos que había pagado su madre por la de ella, pero su patrona exigió que la negra diera a cambio de su autonomía 600 pesos. La esclava había reunido apenas 200 bordando las polleras para la mujer de don Antonio. Su patrón abogó por que le dieran un término de tiempo razonable para recoger los pesos que faltaban. Doña Catalina, asesorada por el obispo, aceptó, ya que parte del dinero lo donaría a la iglesia, pero de ninguna manera la negra podía volver a vivir en su casa. Damiana fue liberada y echada de intramuros por ser un mal ejemplo. No le era permitido entrar hasta el día que pagara por su libertad. La fecha de entrega del dinero se fijó para el 17 de octubre de 1746. En todo ese tiempo la negra podía realizar sus labores de costurera. Damiana respiró aliviada. Su madre y hermano la abrazaron. Manuela le ofreció al rancho de su abuela para que fuera su hogar.

Los meses pasaban en la ciudad de Panamá y los habitantes seguían sus vidas apostando a que la negra Damiana no iba a poder pagar el monto del dinero que le habían exigido.

El comandante De Palmas siguió en su puesto y los domingos en la iglesia se le veía feliz con su hijo y su mujer. Toda su vida amó en silencio a Isabel.

Catalina nunca le dio la libertad a Manuela. Un día la negra estaba bordando en el rancho de su abuela y una mujer cubierta con un manto tocó la puerta. Manuela reconoció aquellos ojos donde ya se asomaban las arrugas. Era Petronila, su madre.

—Hija, prometí venir a buscarte. Aquí estoy.

—¡Madre, estoy lista para ser libre como tú!

Ambas negras se trenzaron el cabello dibujando caminos y ríos, y guardaron monedas y semillas entre los recovecos de las greñas. Petronila recordó a su hijo muerto y dio gracias por haberse vuelto a encontrar con Manuela. Pero no huirían solas, una noche cargaron con el baúl de hilos y telas, y la imagen de santa Librada de Josefa. Junto a ellas escaparon Eduarda, Toribio y sus dos hijos. Lograron librar la vigilancia de los guardias y alcaldes de la Santa Hermandad. Una semana después divisaron el río Chagres, y la gran montaña en donde se encontraba su nuevo hogar los abrazó. Fueron recibidos con regocijo y libertad. Transcurrirían décadas de lucha y resistencia para que el palenque fundado por Petronila fuera reconocido oficialmente como un pueblo. Sus habitantes, llenos de determinación y perseverancia, erigieron una iglesia y una escuela. A lo largo de los siglos, la descendencia de los valientes cimarrones educó a sus hijos y le transmitieron con orgullo las tradiciones gastronómicas, vestimentas y danzas ancestrales de la cultura africana.

Gonzalo no se rindió y pasó un año cortejando a Isabel, quien al final aceptó casarse con él en la iglesia de la Merced. La novia lució un vestido confeccionado por su querida amiga Damiana. Catalina estaba muy enferma, pero fue llevada en su palanquín a la boda de su hija. Orgullosa, la vio caminar hacia el altar de la mano de don Cristóbal. La pareja formó un hogar con cinco hijos, tres niños y dos niñas, que no le hacían caso a su mamá y le recordaban todas las veces que ella desobedeció a la suya. Cometa también consiguió una novia, no de su misma casta, claro está, pero tuvieron muchos perritos y vivieron muy felices.

Carmela trabajó con tesón y se convirtió en una hábil mujer de negocios. Defendía las finanzas de su familia como una leona y aunque los hombres trataban de hacerle trampas y discriminarla, no lo permitió. Heredó la fortuna de su madrina doña Eleonor, invirtió en la búsqueda de perlas y en la importación de quinaquina. Fue una de las mujeres más ricas de Panamá. La justicia siempre prevaleció en la relación con sus esclavos. Nunca contrajo nupcias. Don Cristóbal se sentía muy orgulloso de sus hijas, pero no vivió muchos años para poder disfrutar de su vejez. Doña Catalina siguió deteriorándose por la enfermedad de los espasmos. Murió tres años después con una gran tristeza en su corazón por no haber conseguido nunca el amor de su esposo, pero antes de dar el último suspiro dio gracias a Dios por sus hijas.

Damiana se había instalado a bordar sin descanso día y noche en el rancho, ahora vacío, de Josefa en el arrabal. Don Chema la ayudó para que la contrataran como la costurera de los trajes de las hermandades y cofradías. Por más que la negra tuviera fama de mal ejemplo y estuviera vigilada por los guardias, las mujeres intramuros no se resistían a la maestría de sus bordados y la visitaban para que la costurera les confeccionara pollerones con telas muy finas. Don Antonio, de vez en cuando, se aparecía para llevarle a Damiana hermosos hilos y lienzos traídos de Europa. Ambos estaban perdidamente enamorados pero su idilio no podía mostrarse al mundo.

—Permite que tan sólo te brinde un beso y que estos hermosos zarcillos de oro con perlas adornen tu semblante por siempre.

Damiana tomó los aretes que le regalaba su amado, y en la noche se colocó la esperma de la vela caliente en los lóbulos de las orejas. Con la parte puntiaguda, entre el dolor y las ganas de lucirlos como una ofrenda al amor, se perforó las orejas. La hinchazón por la pequeña herida le duró algunos días, pero después su rostro era iluminado a cada lado por las prendas que brillaban ante los ojos de los envidiosos.

La noche anterior al 17 de octubre de 1746, día fijado por las autoridades para que Damiana hiciera el pago, la negra no durmió. Ayudada por Isabel, Gonzalo y Carmela contó uno por uno los 600 pesos, recolectados gracias a sus bordados. A la mañana siguiente, después de más de un año de bordar y ahorrar, vestida con una pollera de organza calada con hilos de oro y unos zapatos hechos por el zapatero Joseph, cruzó la Puerta de Tierra seguida de los guardias y entró a aquella ciudad amurallada en donde había vivido por tantos años. Caminó por las calles y se dio cuenta de que allí todo permanecía igual. En la plaza Mayor los chismosos estaban sentados en sus mismos puestos.

«Mírenla, dicen que no consiguió el dinero para pagar por su libertad», «Vino ataviada con telas finas para que pensáramos que sí lo había recaudado», «Otra negra más que se cree de rabo blanco», «Lo que cuentan es que don Antonio Reyes la ayudó y le dio unos pesos». Damiana sintió a los charlatanes hablar de ella y con una sonrisa de triunfo se encontró a su madre y hermano quienes, felices, la fueron a acompañar. La negra entró al cabildo y pagó uno por uno todos los pesos que le exigieron por su libertad.

La guerra del Asiento, entre Gran Bretaña y España, terminó en 1748. Muy cerca a esa fecha finalizó el período del cargo del gobernador, don Dionisio Alcedo y Herrera, quien fue culpado en su juicio de residencia por los rumores que lo involucraban en el delito del contrabando.

Don Mateo Izaguirre por fin recibió su título nobiliario con bombos y platillos. Desde entonces la historia lo reconoció como conde de Santa Ana. Con su donación y la de varios vecinos más, se pudo terminar de construir en los arrabales el templo de mampostería en el año 1757. Izaguirre aprovechó la ocasión para también cimentar su casa y un hotel con la misma piedra. Pasado un tiempo, una de las embarcaciones negreras del conde de Santa Ana se infectó de viruela y murieron más de ochenta esclavos. El hombre perdió una gran suma de dinero.

A medida que el tiempo transcurría, las habilidades de las costureras se perfeccionaban en el delicado arte del bordado de las polleras. Un proceso lento y meticuloso lleno de puntadas influidas por la cultura española.

A finales del siglo XVIII y por decreto del monarca Carlos III de España, la Expedición Malaspina partió hacia los confines de los territorios españoles en Asia y América. Bajo la mirada atenta de los exploradores, en las tierras istmeñas, capturaron en grabados mujeres ataviadas con enaguas y polleras que enaltecían la belleza y destreza de las artesanas panameñas.

La abolición de la esclavitud en Panamá ocurrió en la década de 1850, cuando el primer ferrocarril interoceánico en el mundo cruzó el istmo. En una ciudad bulliciosa llena de viajeros, la muralla que dividía intramuros del arrabal fue perdiendo valor y en esa misma década comenzó a ser destruida.

A través de los siglos, las futuras generaciones recibieron la confección de la pollera como un hermoso legado. Las abuelas, madres e hijas panameñas vistieron con orgullo y reverencia el traje impregnado de tradición.

La historia no fue justa con la información de la primera esclava que enfrentó el sistema rebelándose ante su ama en las calles de la ciudad de Panamá. Pero en un antiguo registro aparece en el folio 406, en el año de Nuestro Señor de 1784, la muerte de Damiana Pérez. Su entierro fue celebrado con cruz alta.

FIN

Esta obra se terminó de imprimir
en el mes de agosto de 2024,
en los talleres de Grafimex Impresores S.A. de C.V.,
Ciudad de México.